HEYNE

MARINA HEIB

DREI METER UNTER NULL

THRILLER

Wilhelm Heyne Verlag
München

Der Verlag weist ausdrücklich darauf hin, dass im Text erhaltene externe Links vom Verlag nur bis zum Zeitpunkt der Buchveröffentlichung eingesehen werden konnten. Auf spätere Veränderungen hat der Verlag keinerlei Einfluss. Eine Haftung des Verlags ist daher ausgeschlossen.

MIX
Papier aus verantwortungsvollen Quellen
FSC® C014496

Verlagsgruppe Random House FSC N001967

Vollständige deutsche Taschenbuchausgabe 08/2018

in der Verlagsgruppe Random House GmbH,
Neumarkter Straße 28, 81673 München
Redaktion: Annika Ernst
Umschlaggestaltung: Nele Schütz Design, München
unter Verwendung von shutterstock/donatas1205
Satz: Satzwerk Huber, Germering
Druck und Bindung: GGP Media GmbH, Pößneck
Printed in Germany

ISBN: 978-3-453-43928-3
www.heyne.de

Für Michael.

Prolog

Ich war sieben Jahre alt, als ich den bitteren Geschmack der Demütigung kennenlernte. Es geschah am Ende des zweiten Schuljahres, in der letzten Stunde. Die Sommerferien waren zum Greifen nah. Wir Kinder konnten es kaum erwarten, dass die Schulglocke uns endlich in die Freiheit entlassen würde. Nur noch wenige Minuten trennten uns vom Glück – vom Baden in den Leipziger Seen, dem Faulenzen am Ufer und dem Wälzen im kitzelnden Gras, vom Wassereislutschen, Arschbombespringen und von dem Geruch billigen Sonnenöls und nasser Haare. Von all den Versprechen, die der Sommer für ein Kind bereithält, das eben nicht mehr zum Glück braucht als den Sommer und die Ferien. *Nichts Schöneres unter der Sonne als unter der Sonne zu sein.*

In den Schneisen, die das Licht in unser Klassenzimmer warf, tanzte der Staub, zwanzig Paar Kinderfüße scharrten ungeduldig unter Pulten und Bänken, es roch nach dem Schweiß vom Sportunterricht und nach Ungeduld.

Da stellte unsere Lehrerin eine letzte Frage: »Was wollt ihr später einmal werden?«

Die Klasse reagierte träge und desinteressiert. Nur ich streckte wie wild den Finger in die Höhe. Was für ein glücklicher

Zufall! Genau mit dieser Frage hatte ich mich die letzten Tage beschäftigt! Doch zuerst rief die Lehrerin ihre Lieblingsschülerin Ulrike auf, die ebenfalls den Finger erhoben hatte, allerdings mit weit weniger Verve als ich.

Ulrike sagte mit ernsthaftem Augenaufschlag: »Ich werde mal Lehrerin. Genau wie Sie.«

Typisch Ulrike, sie wollte sich immer einschleimen.

Unsere Lehrerin lächelte anerkennend und entgegnete: »Was für eine schöne Idee. Du wirst bestimmt eine sehr gute Lehrerin werden.«

Dann blickte sie über die anderen Schüler der Klasse. Mein Finger zuckte weiterhin wie wild in der Luft. Die Lehrerin nickte mir erwartungsvoll zu.

Ich stand auf und verkündete voller Inbrunst: »Ich werde Pippi Langstrumpf!«

Unsere Lehrerin schüttelte missbilligend den Kopf, doch noch bevor sie etwas sagen konnte, wandte sich Ulrike mit verächtlichem Blick an mich.

»Du bist so dumm! Pippi Langstrumpf gibt es gar nicht. Und man kann nichts werden, was es nicht gibt!«

Dann fing sie an zu lachen. Ein paar andere lachten mit und steckten die restlichen an. Schließlich lachten alle. Sie hörten gar nicht mehr auf. Das tat weh, es tat richtig weh. Ich stand geschockt da und wollte Ulrike am liebsten ins Gesicht schlagen. Ich wollte alle verprügeln. Aus Hilflosigkeit. Weil ich nicht wusste, wie ich mich sonst hätte wehren können. Denn ich verstand nicht einmal, warum sie lachten, und das machte es noch schlimmer. Was konnte es Besseres geben, als das stärkste Mädchen der Welt zu sein, das frei und selbstbestimmt mit einem Affen und einem Pferd in seiner Villa Kunterbunt wohnte und aufregende Abenteuer mit seinen Freunden erlebte? Außerdem hätte ich schrecklich gerne lange rote

Zöpfe gehabt. Meine Haare waren aber braun und zu der Zeit kurz und standen wirr von meinen Kopf ab wie Unterholz.

Dass ich nun von allen ausgelacht wurde, machte mich einsam, ratlos und zornig, und es brachte mich zum Weinen. Es waren Tränen der Scham und der Wut. Ich setzte mich wieder hin und senkte den Blick. Während die Lehrerin noch versuchte, die johlende Meute zu beruhigen, ertönte der Gong, und wir waren aus dem Schuljahr entlassen. Ich griff meinen Ranzen und stürmte mit hochrotem Kopf als Erste hinaus, ich wartete nicht einmal ab, bis die Lehrerin uns schöne Ferien gewünscht hatte.

Zu Hause verschwieg ich die Demütigung.
Ein paar Tage später fuhren meine Eltern mit mir an die Ostsee, wo mein Vater mir das Segeln beibrachte. Ich war glücklich und vergaß den Vorfall. Eine Zeit lang. Bis ich in der zweiten Woche unseres Urlaubs mit Vater in der Jolle auf der Ostsee dümpelte. Wir waren in eine Flaute geraten, lagen träge im Boot und ließen die Beine ins Wasser baumeln. Ich schaute den vorüberziehenden Wolken zu und überlegte, wie weit es wohl wäre bis Taka-Tuka-Land. Da fragte ich meinen Vater, ob man etwas werden könne, was es nicht gibt.

»Natürlich, meine Kleine! Du kannst alles werden, was du willst!«, sagte er. »Und wenn du es geworden bist, dann gibt es das ja auch.«

Das leuchtete mir ein. Ulrike war die Dumme, nicht ich.

Mit diesem sicheren Wissen überstand ich die weiteren Demütigungen in der Schule. Denn auch am Ende der dritten Klasse stellte unsere Lehrerin wieder die gleiche Frage – vermutlich wollte sie damit unsere heranwachsende sittliche und gesellschaftliche Reife überprüfen. Die verächtlichen

Reaktionen auf meinen ersten Berufswunsch hatten mich jedoch nicht in die Anpassung getrieben, im Gegenteil. Im Jahr darauf gab ich selbstbewusst bekannt, dass ich Winnetou werden wolle. Oder vielleicht Tarzan. Das Echo auf meine trotzigen Angaben war das gleiche: Die Lehrerin schüttelte mit milder Missbilligung den Kopf, und die Kinder schütteten sich aus vor Lachen und verhöhnten mich. Sie wollten Ingenieur werden. Oder Ärztin. Oder Kosmonaut.

Aber ich hielt stand und beharrte auf meinen Wünschen. Vermutlich war ich nur deswegen mutig genug, gegen den Strom zu schwimmen, weil meine Eltern mich und meine exotischen beruflichen Vorstellungen liebevoll unterstützten. Zuerst bauten sie mir aus Stühlen, Kissen, Decken und allerlei Stoffresten eine Villa Kunterbunt in mein Kinderzimmer, und sie ließen sich auf mein Betteln hin zum Armdrücken überreden, um mich anschließend voller Bewunderung als stärkstes Mädchen der Welt zu bestätigen. Wenn ich dann vor Glück strahlte, lachten sie, nahmen mich in die Arme und küssten mich. Im Jahr darauf gingen mein Vater und ich gemeinsam in den Wald und suchten lange, gerade gewachsene Äste, die wir hinter uns her nach Hause schleiften, wo Vater sie mit seinem Fahrtenmesser anspitzte und Mutter die Äste dann in der Dusche mit kochendem Wasser übergoss und gründlich abbürstete, damit sich kein Ungeziefer in meinem Kinderzimmer ausbreiten konnte. Wir stellten die Äste in der Mitte meines Zimmers in einem Rund auf, die Spitzen gegeneinander gelehnt, Mutter nahm ein großes Laken, das wir zu dritt mit indianischen Motiven bemalten, dann legten wir es um die Äste, und fertig war mein Tipi. Ab sofort war ich je nach Laune und Tagesform entweder das stärkste Mädchen der Welt mit einem Apfelschimmel namens »kleiner Onkel« oder

der edle Häuptling der Apachen mit einem Rappen namens »Iltschi«.

Ein Jahr später wurde in meinem Kinderzimmer, das meine Eltern und ich Traum-Raum nannten, die Villa Kunterbunt abgebaut, da ich mich inzwischen zu erwachsen dafür fühlte. Ein Pferd in die Luft zu heben erschien mir nun doch etwas unrealistisch. Das Tipi durfte bleiben, wurde aber in eine Ecke geschoben, denn ich brauchte Platz für diverse Lianen aus dicken Tauen, die mein Vater mit Haken an der Zimmerdecke befestigte, damit ich mich wie Tarzan durch den Dschungel meiner Fantasie schwingen konnte.

Einmal, in einem sehr heißen Sommer, war ich derart in mein Afrika-Abenteuer vertieft, dass ich – auf der Suche nach meinem durch den Speer eines Buschmannes schwer verletzten Lieblingselefanten Tembo – die Grenzen meines Traum-Raums sprengte und mit meiner Liane aus dem weit geöffneten Fenster hinaus ins Freie schwang. Ich wollte eine breite Ebene überqueren, um möglichst schnell zu Tembos angestammtem Wasserloch zu gelangen, wo ich ihn in akuter Lebensgefahr vermutete. Doch während ich schwungvoll durch das Fenster hinaus ins gleißende Sonnenlicht flog, fiel mir plötzlich ein, dass ich mich nicht in Afrika, sondern im dritten Stock eines Wohnhauses in Leipzig befand und unter mir kein von weichem Gras umsäumtes Wasserloch, sondern harter Bordstein sein würde. Also ließ ich nicht los, hielt mich erschrocken fest, krachte im Rückschwung teils gegen die Hauswand, teils gegen den Fensterrahmen und kletterte mit Müh und Not und unter Schmerzen und Stöhnen zurück in mein Zimmer. Mutter kam, von dem Krachen und meinem lauten Stöhnen alarmiert, hereingestürmt und brachte mich in das Krankenhaus, in dem sie arbeitete. Ich hatte zwei Rippen gebrochen und die rechte Schulter ausgekugelt.

Mutter schimpfte nicht. Aber als Vater am Abend nach Hause kam, hörte ich, wie sie besorgt zu ihm sagte: »Das muss aufhören, Werner. Schenk ihr andere Bücher. Sie soll endlich mit Puppen spielen. Und Ärztin werden wollen. Oder sonst was Normales.«

Zum ersten Mal fühlte ich mich im Stich gelassen und verraten. Mir war auf diffuse Art klar, dass die Kinder im Kindergarten und danach auch die in der Schule mich sonderbar fanden und mich deswegen ausgrenzten. Aber sie waren mir egal, zumindest wollte ich das glauben, und ich trotzte ihnen und ihrer Ausgrenzung mit meiner kindlichen Selbstbehauptung im Sonderbaren. An jenem Tag jedoch begriff ich, wie verloren ich war. Wenn selbst meine eigene geliebte Mutter das Normale als wünschenswert oder gar unerlässlich einstufte, hatte ich keinen Rückhalt mehr und keine Chance, in irgendeiner Zukunft vielleicht Gleichgesinnte oder Verbündete zu finden. Die letzte, winzige Hoffnung war wie so oft mein Vater.

Ich fragte ihn weinend, warum es wichtig sei, dass alle Menschen normal sind. Brauchte die Welt denn so viele Ingenieure und Ärzte, aber keinen einzigen Winnetou oder Tarzan?

Er lächelte mich traurig an.

»Weißt du, meine Süße, die Welt, in der wir leben, die braucht in der Tat hauptsächlich Ingenieure und Ärzte. Aber es ist eine armselige Welt …«

Ich sah, wie Mutter ihm einen warnenden Blick zuwarf. Er sah es auch.

»Aber vermutlich ist es die beste aller möglichen Welten«, fuhr er seufzend fort. »Und deswegen ist es auch für dich das Beste, in dieser Welt zu leben. Und dich nicht an Lianen aus ihr herauszuschwingen. Denn dann besteht die Gefahr, tief zu stürzen und hart aufzuprallen.«

Mutter schüttelte den Kopf über Vaters Welterklärungsversuche. Sie übernahm wie immer den pragmatischen Part, setzte sich zu mir und blickte mich liebevoll, aber ernst an.

»Die Welt der Fantasie ist etwas Wunderbares, mein Schatz. Aber sie ist auch gefährlich. Man kann sich in ihr alle Knochen brechen, wie du gerade gelernt hast. Aber was noch schlimmer ist: Man kann sie nicht essen. Wer überleben will, muss sich anpassen.«

Ich nickte tapfer, weil ich sah, wie wichtig diese Sache mit der Anpassung meiner Mutter war. Und ich wollte ihr gefallen, schließlich liebte ich sie. Sie nahm mich in die Arme und drückte mich fest. Damit war es beschlossene Sache, dass ich normal werden musste.

Als mein Vater die Lianen abnahm und ich mein Tipi abschlug, gelang es mir besser als ihm, die Tränen zu unterdrücken. Es war ein stummer Abschied von der Kindheit, das Ende eines Abschnitts. Doch mir kam es vor wie das Ende der Welt. Ich hatte noch nicht gelernt, die Welt in Stücke zu zerteilen. Aber ich versprach meinen Eltern, mein Bestes zu geben.

Am 9. November desselben Jahres fiel die Mauer, im darauffolgenden Frühjahr siedelten wir nach Westberlin um. Ein neuer Abschnitt begann. Ich habe weder meine damalige Leipziger Lehrerin noch irgendeinen meiner früheren Mitschüler je wiedergesehen. Erst Jahre später verstand ich, dass viele aus der Klasse, die mich damals auslachten, nicht einmal wussten, wer Pippi Langstrumpf überhaupt war. Die Bücher durften offiziell zwar gelesen, aber über einen langen

Zeitraum nicht gedruckt werden. Astrid Lindgrens Entwurf eines unabhängigen, freigeistigen Kindes war der Regierung zu anarchistisch. Mein Vater hatte mir jedoch auf verschlungenen Pfaden die in kleiner Auflage erschienene, ostdeutsche Erstausgabe von 1975 besorgt. Ich hatte dieses Buch heiß und innig geliebt. Die meisten, die sich damals Ulrikes verächtlichem Gelächter angeschlossen hatten, kannten das Buch nicht. Sie waren schlichtweg dumme Lemminge, die keine Ahnung hatten. Sicher sind viele von ihnen Ingenieur geworden. Oder Ärztin.

Ich bin jetzt vierunddreißig Jahre alt. Sehr lange habe ich dem Wunsch meiner Mutter entsprechend versucht, »etwas Normales« zu sein. Und vorgegeben, es zu sein. Es ist mir einigermaßen gut gelungen. Ich bin groß, schlank, hübsch, gebildet und erfolgreich. Ich habe nun halblanges, brünettes, leicht welliges Haar, das nicht mehr wie Unterholz von meinem Kopf absteht, sondern durch einen gestuften Bob nach einer richtigen Frisur aussieht. Meine Gesichtszüge sind klar, ich kleide mich stilvoll, verdiene gutes Geld und genieße beachtliche Erfolge im Job und bei Männern. Zudem besitze ich eine schicke Eigentumswohnung in Berlin-Mitte. Ich bin zwar nicht verheiratet und habe keine Kinder, aber dafür ist ja noch Zeit. Man akzeptiert mich als selbstbewusste, unabhängige junge Frau. Es wird schon lange nicht mehr über mich gelacht. Und falls doch, lache ich mit. Manche Menschen mögen mich sogar. Mein Chef zum Beispiel. Weil ich klug und geradlinig sei und mich nicht anbiedere. Außerdem sei ich auch ein bisschen seltsam und geheimnisvoll. Aber auf die sexy Art. Das hat er gesagt. Die Spuren des Sonderbaren von früher haften mir noch an, aber in pudrigen Mikrodosierungen scheinen sie für meine Umwelt nicht nur akzeptabel, sondern in gewissem Maße auch interessant. Als wäre das Sonderbare an mir inzwischen nur noch eine Art kleiner Leberfleck. Die Schönheit des Makels.

Mein Leben verlief also in den letzten Jahren ganz normal. Vielleicht besser als normal.

Ich habe eine Zeit lang sogar selbst daran geglaubt. Zwar war ich mit dem unwohlen Gefühl aufgewachsen, anders zu sein als die anderen Kinder – auch wenn ich den Grund dafür nie verstand –, aber ich habe es verdrängt, habe die lauten und jeden noch so leisen Zweifel an meiner Normalität erstickt. Doch dann geschah etwas, das alles zurechtrückte. Meine mühsam aufgebaute Welt wurde zersplittert und zu einem neuen Ganzen zusammengefügt. Das Bild, das entstand, war ein Spiegel. Und ich sah hinein.

Es geschah an einem Donnerstag im November des vorletzten Jahres.

Als Kind dachte ich noch, man kann sich aussuchen, was man werden will. Das sagen sie einem. Bis man die vorgegebenen Grenzen zu weit ausdehnt und sich aus einem Fenster ins Freie schwingt. Da lernte ich: Ich werde niemals Pippi Langstrumpf sein, das stärkste Mädchen der Welt. Ich werde weder Tarzan noch Winnetou sein. So wie ich mir als Kind, in der Welt der Fantasie verfangen, die Rippen brach, so bin ich als Erwachsene auch mit meinen Bemühungen um Normalität gescheitert. Jetzt stelle ich mich meinem Schicksal und meiner Bestimmung. Mein neues Ziel ist weniger Beruf als Berufung.

Ich werde Mörderin.

Die Häutung

An einem nebligen Donnerstag im November des vorletzten Jahres wurde Ich zertrümmert.

Innerhalb weniger Sekunden zerfielen Städte zu Staub, verloren Bäume Blätter und Nadeln, welkten Wiesen, trockneten Bäche und Flüsse aus, verdunkelte sich die Sonne, und ein Sturm zog auf.

Dann nahm ich ein Messer und häutete mich. Ich nahm die oberste Schicht ab und sah, was darunter lag. Alles, was innen gewesen war im Dunkel des Körpers, wurde nach außen gestülpt und kam ans Licht. Es stank. Brannte wie Feuer.

Das, was Ich glaubte zu sein, aber nie gewesen war, verging.

Ich stürzte in ein Vakuum. Und die Transformation begann.

Das Vakuum füllte sich langsam mit Fruchtwasser. Zuerst fiel mir das Atmen schwer. Dann vergaß ich es. Am sechsten Tag blutete Ich in die Welt als weinendes Kind ohne Namen.

Zwei Jahre, bis die neue Haut mich umschloss.

Ich wuchs vom Kind zum Tier.

Jetzt zerreißt die Wölfin die magische Fessel, gesponnen von Zwergen aus dem Trittgeräusch der Katzen, den Bärten der Frauen, den Wurzeln der Berge, dem Atem der Fische und dem Speichel der Vögel. Feuer und Rauch steigen zum Himmel, und Sturm entwurzelt die Bäume.

Die Wölfin macht sich auf den Weg in die Wildnis der Städte. Sie will ihr Rudel suchen. Sie will Wölfe jagen.

Hermann

Geduld ist die Tugend des Jägers

Ich beginne mit Hermann.

Hermanns Leben ist ein stehendes Gewässer. Es verströmt einen fauligen Geruch. Doch niemand scheint den Gestank wahrzunehmen, der in Blasen aus dem Sumpf nach oben steigt. Schmeißfliegen scharen sich begeistert summend um Hermann. Er ist der reichste Mann in seinem Kaff. Bauunternehmer. Macht Geschäfte. Besticht den Bürgermeister und den Stadtrat. Ist im Kirchenvorstand. Spendet große Summen. Geriert sich als Wohltäter. Seine dubiosen Kontakte in die Unterwelt kennt hier keiner. Die pflegt er äußerst diskret.

Ich beobachte Hermann seit über sechs Wochen. Betrachte diesen Morast aus verlogener Bürgerlichkeit. Sehe, wie Hermann morgens aufsteht, sich die Zähne putzt und joggen geht. Wie er danach duscht, mit einem Applikator Hämorrhoidensalbe in den Enddarm schmiert, sich die Hände in Unschuld wäscht, sich ankleidet, beim Frühstück die Zeitung liest, seine Frau abwesend auf die Wange küsst und mit seinem Benz-Cabrio in die Firma fährt. Ich halte Abstand, aber ich bin auf seiner Fährte. Gelegentlich beobachte ich auch seine Frau Stefanie. Sehe, wie sie die Augen vor allem verschließt, was um sie herum vorgeht. Wie sie mittags beginnt, Sherry zu trinken. Wie sie auf der Wohnlandschaft in cremefarbenem Leder mit einem Dildo masturbiert, sobald sie genug Alkohol intus hat. Hermann hat eine Geliebte. Stefanie hat einen Porsche. Sie geht regelmäßig zum Brazilian Waxing, obwohl niemand sie vögelt.

Anfangs hatte ich Probleme mit der Vorgehensweise. Ich bin weder eine ausgebildete Ermittlerin, noch habe ich hilfreiche Kontakte zur Polizei. Aber es ist erstaunlich, was man alles herausfinden kann, wenn Datenschutzgesetze keine Grenze darstellen. Wenn nichts mehr eine Grenze darstellt. Die Freiheit der Anarchie.

Ich habe bis vor Kurzem bei einer internationalen Software-Firma gearbeitet. In meinem früheren Dasein. Bildete Kollegen und Kunden aus, die unsere Systeme bei sich implementierten. Zwei Jahre später ging ich ins Solution Management und präsentierte unser Lösungsportfolio. Meist war es ermüdend, manchmal habe ich meine Auftritte gemocht. Wenn wenigstens ein paar meiner überforderten Zuhörer aufmerksam waren und verstanden, was ich vortrug. Statt mir stupide auf die Titten zu starren. Oder wenn ich wusste, dass ich besonders gut war, auch wenn sie meinen Ausführungen kaum folgen konnten. Vielleicht gerade deswegen. Aber oft habe ich mich gelangweilt. Die immer gleichen Sätze, immer gleichen Fragen, immer gleichen leeren Augen in weiß getünchten Schulungsräumen, wo der Staub im

Lichtstrahl des Beamers tanzt und zur Kaffeepause trockene, übersüßte Teilchen gereicht werden.

Ursprünglich wollte ich etwas anderes für mich. Doch mit fortschreitendem Alter, was wachsender Anpassung gleichkommt, modifizierte ich die Vorstellungen von meiner Zukunft zu immer realistischeren Varianten. Seit dem Leipziger Fenstersturz nutzte ich Bücher als Lianen. Nur noch an ihnen schwang ich mich in fremde Länder, fremde Leben, fremde Lust und fremdes Leid. So beschloss ich zunächst, Reisejournalistin zu werden. Etwas ziemlich Normales. Oder Reiseschriftstellerin. Letzteres klang anspruchsvoller, aber auch ein wenig ärmlich. Ich war unentschlossen. Jedenfalls reisen und schreiben. Immer unterwegs im Nirgendwo, ohne je anzukommen. Aber da setzte das Zeitschriftensterben ein, und Journalisten aßen Tütensuppen, weil die Zeilenhonorare nicht mehr für Sushi ausreichten. Also kam es anders, für mich wie für die meisten Menschen. Meine Träume verloren immer mehr an Farbe. Und an Temperatur. Und mit ihnen wurde auch ich blasser. Und kälter. So gefalle ich mir nicht besonders. Aber ich komme besser klar. Und darum geht es doch. Man muss klarkommen in der Welt.

Ich lernte Dinge. Studierte Fächer. Informatik. Betriebswirtschaft. Sprachen. Ohne Leidenschaft, stattdessen mit Konzentration und Ehrgeiz. Direkt von der Uni weg engagierte mich dann diese Software-Firma. Wenig später war ich zuständig für Kunden in Mitteleuropa und Russland. Ich spreche fließend Englisch, Französisch und Russisch. Ich bin gut in meinem Job. Sehr gut. Meine Firma zahlt mir viel Geld. Ich habe die letzten Jahre klug investiert, ein wenig spekuliert und viel beiseitegelegt. Für eine Swan, den Rolls-Royce unter den Segeljachten. Ich wollte irgendwann die Barfußroute mit einem eigenen Boot fahren – von den Kapverden bis in die Karibik. Vermutlich ein letzter Rest von Sehnsucht nach Abenteuer, ein letzter, verstohlen ins Erwachsenenleben geretteter Fetzen Kindheitstraum von Pippi in Taka-Tuka-Land …

Doch selbst dieser verbliebene karge Rest von Sehnsucht nach etwas Wahrem, Guten und Schönen, dieser kleine Wunschtraum-Fetzen … An jenem Donnerstag des vorletzten Jahres ging auch der in die Brüche. Es zersplitterte, was in mir noch hell und heil war. Die heimliche Hoffnung auf irgendetwas, das größer und schöner war als ein Leben zwischen Beton und Bausparverträgen, erlitt einen Schlaganfall, ihr Antlitz wurde entstellt, und sprechen konnte sie auch nicht mehr, nicht einmal mehr leise flüstern. Also hielt ich die Hoffnung nicht künstlich am Leben. Ich habe sie begraben.

Der Wind weht seitdem rau aus einer anderen Richtung. Ich fahre eine andere Route. Eine Todesroute. Ich segele ohne Boot und Balken auf einem Meer aus Wut und werde die Fluten mit Blut färben.

So lautet der Plan. Es ist mehr als ein Plan. Es ist Ich.

Nach diesem Plan benötige ich acht Monate für das Jagen und Erlegen. Also bleiben vier Monate Zeit für unvorhergesehene Zwischenfälle. Die muss man immer mit einkalkulieren. Ich plane großzügig. Man weiß ja nie. Meine Firma hat mir ein Sabbatical von einem Jahr zugestanden. Aber ich werde nicht zurückkehren. Es gibt kein Zurück.

Bevor ich meinen Antrag auf das Sabbatical einreichte, habe ich fast ein Jahr lang recherchiert. Und trainiert. Mental und körperlich. Nach der Arbeit, vor der Arbeit, in Hotelzimmern in Polen, Österreich, Frankreich, Russland, Litauen oder sonst wo. Von morgens bis abends und oft die halbe Nacht hindurch. Atem- und Konzentrationsübungen, Gedächtnistraining, Kniebeugen, Crunches, Liegestützen, Langlauf, Sprints, Seilspringen, Schattenboxen, Karate, Kendo, Messerwerfen, Schwimmen, Tauchen … Bis zur völligen Erschöpfung. Manchmal habe ich gekotzt vor Anstrengung. Aber aufzugeben war keine Option. Ich habe immer und überall trainiert. Unaufhörlich. Letzten Sommer, als es in der Firma ruhig war, nahm ich mir zehn Wochen frei und mietete mich in einer Hütte in Litauen ein, weitab von Städten, fern vom nächsten Dorf. Ich lief jeden Morgen um sechs Uhr zehn Kilometer durch den Wald, danach folgten ein frugales Frühstück, Recherche und Krafttraining.

Nach zwei Wochen traf Janis ein. Ein litauischer Kunde, dem ich seit unserer ersten Begegnung aus instinktiven Gründen vertraute, hatte mir ganz privat den Freund eines Freundes vermittelt, als ich ihm erzählte, dass ich mich in Selbstverteidigung schulen lassen wollte. Als Frau, ständig auf Reisen, allein in einer männerdominierten Welt … So kam Janis zu mir. Er zeltete zwei Monate vor meiner Hütte und gab mir sieben Stunden pro Tag unerbittlichen Unterricht in Kampfsport. Der oberste Grundsatz meines Lehrers, der verschiedene asiatische Kampfstile eingehend studiert hatte und lieber von Kampfkunst denn von -sport sprach, lautete: Alles ist erlaubt, es gibt keine Regeln. Das war mir nur recht, denn ich trainierte für den Ernstfall.

Janis war schon Anfang fünfzig, besaß aber den Körper eines durchtrainierten Dreißigjährigen. Auf den ersten Blick fielen aber vor allem seine unglaublich blauen Augen auf. Er wirkte trotz seiner Muskeln wie ein harmloser Intellektueller. Doch der Eindruck täuschte. Janis war zwar belesen, aber in erster Linie war er ein gefährlicher Mann. Wenn man ihn reizte. Zu mir war er sanft wie ein Schmusekätzchen, sofern wir nicht gerade trainierten. Was wir allerdings fast immer taten. Er nannte mich Maschukas, was so viel wie »mein Liebling« bedeutet. So nannte er mich auch, wenn er mir seine Faust in den Solarplexus rammte oder mich mit einem Tritt so abrupt von den Beinen holte, dass ich beim Aufkrachen auf den verwurzelten Waldboden glaubte, jeden einzelnen meiner Knochen gebrochen zu haben. Dann befahl er mir, aufzustehen und weiterzumachen.

Janis lehrte mich nicht nur zu kämpfen, viel wichtiger als jede Technik des Angriffs und der Verteidigung waren ihm Disziplin und Selbstüberwindung. Er war schon ziemlich weit auf seinem Weg, ernährte sich vegan, ohne mich indoktrinieren zu wollen, meditierte und trainierte voller Hingabe. Er beeindruckte mich auch dadurch, dass er im Gegensatz zu den meisten Männern keinen einzigen Versuch unternahm, mich ins Bett zu zerren. Als ich ihn einmal darauf ansprach, lachte er. Die einzige intensive Emotion, die er bei sich zulasse, sei sein noch immer glühender Hass auf die Russen, die sein Land mehrfach okkupiert hatten. Wegen der Russen hatte er als Jugendlicher in den Siebzigern begonnen, sich in Kampfkunst auszubilden. Er wollte ihnen etwas entgegenzusetzen haben, wenn sie ihn bedrängten, erniedrigten oder verprügelten. Sein Vater war wie rund eine Viertelmillion anderer Litauer bei Massenrepressionen nach Sibirien in ein Lager deportiert worden. Demnach hielt Janis wenig vom passiven antisowjetischen Widerstand. Er erzählte mir von den frühen Annektierungen bis hin zum Jahr 1991, als die Sowjetunion zum vorerst letzten Mal versuchte, mit Waffengewalt gegen Litauen vorzugehen, weil der kleine Nachbar als erster der baltischen Staaten seine Unabhängigkeit erklärt hatte. Vierzehn Litauer waren bei dem letzten Kampf ums Leben gekommen. Die Zahl der toten Russen sei nicht bekannt, sagte Janis. Ich sah in seinen Augen, dass er zumindest von einigen wusste – von denen, die er selbst getötet hatte. Und er sah, dass ich es sah.

Er nickte langsam.

»Auch aus deinen Augen blitzt die Lust zu töten, Maschukas. Ich kann dich nur warnen. Es wird dich verändern. Du wirst nie wieder die sein, die du einmal warst.«

»Ich war noch nie diejenige, die ich war«, erwiderte ich.

Er schwieg kurz, sah mich prüfend an, nickte wieder, zog mich auf die Füße, und wir setzten das Training fort.

Als wir uns nach zwei Monaten verabschiedeten, nahm er mich zum ersten Mal in die Arme. Ich musste weinen, was ihn bewegt lächeln ließ.

»Da ist noch viel Mensch in dir, kleine Wölfin«, sagte er. »Aber davon wird nichts übrig bleiben. Weißt du, was das Schlimmste ist?«

»Die Schuldgefühle?«

Janis schüttelte den Kopf.

»Damit wirst du leben. Aber irgendwann kommt unweigerlich der Tag, an dem du dir wünschst, wieder ein Mensch zu sein. Weil du die Einsamkeit der Wildnis nicht mehr erträgst. Sie ist das Schlimmste.«

Dann küsste er mich auf beide Wangen, stieg in seinen Geländewagen und fuhr davon.

Ich arbeitete meinen Plan aus und traf Vorbereitungen. Auf Janis' Rat hin schuf ich mir eine Rückzugsbasis und mietete eine Wanderhütte in den Vogesen an. Für meine komplette Jagdsaison. Strategisch günstig gelegen. Nicht in meinem persönlichen Jagdrevier, aber einigermaßen gut erreichbar. Für den Fall der Fälle. Ich wusste damals nicht genau, wozu diese Sicherheitsmaßnahme nötig sein konnte, vertraute aber Janis, dass es nicht schaden würde, einen Bau zu haben, um sich, wenn nötig, zurückzuziehen.

Als ich von Litauen wieder nach Berlin fuhr, fühlte sich mein Körper an, als wäre jeder Knochen gebrochen, jede Muskelfaser gerissen. Ich war grün und blau geprügelt von meinem Trainer und leckte in meinem Zuhause erst einmal meine Wunden.

Zuhause. Das Wort hat seinen Sinn verloren. Wie so vieles. Es gibt kein Zurück und kein Zuhause mehr. Nur noch zeitweilige Zufluchten. Verstecke. Höhlen. Lager. Und Hügel, von denen ich auf die kommenden Schlachtfelder herabspähe.

Ich bin so weit. Der Plan steht. Und wird ausgeführt. Es wird kein Abweichen geben. Und keine Gnade.

Heute ist Sonntag. Sonntags kommt Hermanns und Stefanies Sohn mit seiner hübschen Gattin und den hübschen Kindern zum Essen. Hermann legt Wert auf Familie. Hermanns Enkelkinder, ein achtjähriger Junge und ein fünfjähriges Mädchen, sehen adrett aus. Sie heißen Lukas und Lena. Heute Nachmittag spielen sie in adretter Kleidung im Garten des großväterlichen Bungalows Verstecken. Ich schaue ihnen zu.

Hermanns Grundstück grenzt an eine kleine Lichtung, die im Westen von einem verwilderten Bahndamm mit stillgelegten Gleisen und im Norden und Osten von einem Mischwald gesäumt ist. Im Süden liegt Hermanns Grundstück. Wenn er über die Terrasse geht, kann er sofort losjoggen. Hermann achtet auf seine Figur und seine Fitness. Obwohl er schon vierundsechzig Jahre alt ist, läuft er jeden Morgen um sieben Uhr eine halbe Stunde, bevor er gesund frühstückt und dann in die Firma fährt. Er nimmt stets die gleiche Strecke: den schmalen Pfad quer über die etwa dreihundert Meter breite Lichtung zum gegenüberliegenden Mischwald. Dort taucht er in den Wald ein, dreht ein paar Runden und kommt an der östlichen Seite der Lichtung wieder heraus. Von dort läuft er zurück zum Haus. Auf dem Hinweg über die Lichtung passiert er einen verwitterten, vom Förster nicht mehr benutzten Hochsitz, der an der nördlichen Waldgrenze steht und von dem aus man das Gebiet gut überblicken kann. Auch Hermanns Haus und den Garten. Hier sitze ich mit meinem Fernglas und widerstehe dem Drang, mit meinem Messer etwas in die Holzbohlen zu schnitzen. Mir ist langweilig. Aber ich will keine Spuren hinterlassen. Das Geschwätz der Schwalben geht mir auf den Wecker. Ich schaue einem in der Sonne glitzernden Spinnwebfaden zu, der vom Wind sanft hin und her geschaukelt wird. Dabei frage ich mich, woher er kommt und wo er endet. Welche Art von Spinne ihn fabriziert hat. Doch schnell verliere ich auch daran das Interesse.

Die sonntäglichen Rituale in Hermanns Familie öden mich an. Es gibt immer Kuchen, den Hermanns Frau von der Konditorei liefern lässt. Oder sie tauen eine Torte aus dem Gefrierfach auf.

Bei uns zu Hause gab es sonntags auch oft Kuchen. Aber den hat meine Mutter selbst gebacken. Ich habe ihr dabei geholfen. Ich mochte es, den kühlen Mürbeteig zu kneten, die prallen Pflaumen zu vierteln, die kleinen Spalten wie ein feines Mosaik eng aneinander geschmiegt auf dem ausgerollten Teig zu verteilen und mir dann den Saft von den Fingern zu lecken. Manchmal haben wir Muster und Gesichter aus verschiedenen Obstsorten auf dem Teig arrangiert. Die Gesichter haben immer gelacht.

Hermann und seine Familie backen nicht. Sie haben Wichtigeres zu tun. Statt Teig zu kneten, kneten sie sich gegenseitig, bis sie mürbe werden. Der Sohn, er arbeitet bei der ortsansässigen Bank, redet mit Hermann über Geschäfte. Stefanie und die Schwiegertochter streifen wie Katzen umeinander herum. Sie halten das Schnurren nie lange durch, schließlich fauchen sie und fahren die Krallen aus. Dann werfen sich die Männer genervte Blicke zu. Nach der Verabschiedung steigen der Sohn und die Schwiegertochter schweigend ins Auto. Die Kinder kommen aus dem Garten angelaufen und toben auf dem Rücksitz weiter, Sohn und Schwiegertochter blicken sich nicht an. Kaum sind sie abgefahren, beschwert sich Stefanie über die Schwiegertochter.

Ich weiß das, denn ich habe eine Wanze im Wohnzimmer und im Schlafzimmer installiert. Die Wanze im Schlafzimmer war rausgeworfenes Geld, dort passiert nichts, es wird nicht einmal geredet. Hermann ist völlig desinteressiert an der Larmoyanz seiner Frau. Gleich wird er wie jeden Sonntag zu seiner Geliebten fahren, der er ein kleines Appartement im Erdgeschoss eines unauffälligen Wohnhauses in einem Stadtrandviertel angemietet hat. Stefanie bleibt zu Hause und säuft Sherry. Wenn Hermann fort ist, vergisst sie, beim Trinken den kleinen Finger abzuspreizen.

Als ich sie zum ersten Mal allein beobachtete, tat sie mir leid. Hermann war zu seiner jungen Geliebten gefahren. Stefanie weiß von ihr. Die beiden stritten, bevor Hermann wegfuhr. Es war ein erbitterter, gemeiner kleiner Streit, und beim Zuhören wurde mir klar, dass sie diesen Streit schon häufig geführt hatten. Stefanies Vorwürfe und Hermanns Antworten schienen erprobt, eingeübt, ritualisiert, bis hin zum finalen Türenknallen. Dann sah ich, wie Stefanie innehielt und lauschte. Als sie hörte, dass Hermanns Wagen die Auffahrt verließ, ging sie unter die Dusche. Ich dachte, dass sie jetzt den Dreck der Auseinandersetzung abspült. Nach dem Duschen cremte sie sich sorgsam ein, wählte mit Bedacht ein schönes schwarzes Kleid aus dem Schrank, schminkte sich und richtete sich die Haare. Zuletzt legte sie Parfüm auf und zog schicke Pumps an. Ich lächelte zufrieden in mich hinein, denn ich war überzeugt, dass sie eine Verabredung hatte. Dass sie nicht allein zu Hause bleiben würde, während Hermann sich auf seiner Mätresse abmühte. Sondern dass sie sich auch ihren Spaß gönnte. Stefanie hatte offensichtlich einen Liebhaber, was mich schon fast wieder ein wenig mit ihr versöhnte. Doch dann ging sie ins Wohnzimmer und begann zu trinken. Mit jedem Sherry verlor ihr Make-up an Klasse, ihre Frisur an Ordnung, ihre Haltung an Würde. Bis sie schließlich den Vibrator hervorholte. Stefanies Geliebter ist batteriebetrieben. Und sie ein Abbild alkoholgetränkter Einsamkeit.

Da begann ich sie zu verachten.

Mit siebzehn war Stefanie Weinkönigin. Wer weiß, was sie einmal werden wollte. Wovon sie geträumt hat. Als sie neunzehn war, tauchte Hermann in der Stadt und in ihrem Leben auf. Da war er schon reich und imposant und fuhr einen Sportwagen. Wenig später heiratete sie ihn, zwanzig Jahre jünger als er. Hermanns jetzige Geliebte ist zwanzig Jahre jünger als Stefanie. Aber Stefanie verlässt Hermann nicht. Die ehemalige Weinkönigin ersäuft ihr verpfuschtes Leben lieber.

Heute verachte ich sie nicht einmal mehr. Die seit Monaten ewig gleichen Bilder haben mein Mitgefühl abgestumpft. Stefanie ist mir egal. Sie scheint sogar sich selbst egal zu sein.

Ich sitze auf meinem Hochsitz und schwitze. Obwohl die Sonne schon im Westen steht, herrschen noch über dreißig Grad. Es ist eine extrem heiße erste Juniwoche, an manchen Orten in Deutschland werden wie so oft in den letzten Jahren Temperaturhöchstwerte seit Messbeginn erreicht. Ich schätze, ich bin an einem dieser Orte. Mein Shirt klebt an meinem Rücken. Der Bügel-BH drückt. Ich öffne ihn, zerre ihn mir durch die Ärmel meines Shirts vom Leib und stopfe ihn in meinen Rucksack. Unter und zwischen meinen Brüsten sammelt sich Schweiß. Ich reibe mit meinem Shirt über die Stellen, doch es ist längst durchnässt und trocknet mich kein bisschen.

Hermann verlässt das Haus und steigt in seinen Wagen. Ich folge ihm nicht. Nicht mehr an den Sonntagabenden. Ich weiß inzwischen, wo er hinfährt, was er dort macht und wie lange er dafür braucht. Ich muss auch nicht länger hierbleiben, denn ich weiß ebenso gut, was Stefanie nun treibt und wie lange sie braucht, bis sie mit ihrem Dildo betrunken auf dem Sofa einschläft.

Wie lange werde *ich* heute brauchen, um einzuschlafen? Zwei Stunden? Drei? Ich schaue über die Lichtung. Niemand zu sehen. Also breche ich auf und gehe durch den Wald zu meiner Operationsbasis.

Als ich noch ein Mensch war, lebte ich einige Hundert Kilometer von Hermanns Wohnort entfernt. Um uns herum war Wald, den ich als Kind täglich durchstreifte. Häufig mit meinem Vater, der mir geduldig die Namen der Bäume und Pflanzen beibrachte und ihre Lebensformen erklärte. Aber sehr gern ging ich auch alleine spazieren, pflückte Beeren, beobachtete Eichhörnchen und Vögel oder stellte mir vor, als Robin Hood im Sherwood Forest den Schergen des Sheriffs aufzulauern. Ich bin immer noch glücklich in der Einsamkeit des Waldes. Vor allem in dunklen Tannenwäldern. Ich mag es, wie sich die Baumwipfel im Wind wiegen und wie sie rauschen. Ich mag den Geruch von Harz, der aus der Rinde der Bäume tritt und ganz langsam herabrinnt. Ich mag den weichen, von mehreren Schichten Tannennadeln gedämpften Schritt über den Waldboden. Nur auf das Zwitschern und Herumflattern der Vögel kann ich inzwischen gut verzichten.

Als Kind fand ich Vögel faszinierend. Wenn sie im Frühling nach längerer Pause wieder zu zwitschern anfingen, verspürte ich jedes Mal eine geradezu körperliche Nervosität, es war, als würden meine Sehnen und Zellen durch das Gezwitscher der Vögel in Schwingung geraten. Mein Körper sang.

Aber heute machen die Vögel mich nervös. Vor allem, wenn sie im Sturzflug meine Bahn kreuzen, während ich mit meinen Gedanken ganz woanders bin.

Mein Plan lässt mir noch knapp zwei Wochen Zeit. Dann muss ich weiterziehen. Ich habe das Gefühl, dass ich keine Woche mehr brauche. Ich könnte schon morgen, schon heute zuschlagen. Aber da Hermann der Erste ist, will ich Vorsicht walten lassen. Ich will nicht übereifrig sein, will mich nicht zu sicher fühlen. Ich muss alles ein Mal, drei Mal, zehn Mal überprüfen. Wenn ich bereits hier einen Fehler mache, gefährde ich den Rest. Also muss ich mich selbst überprüfen, ständig aufs Neue. Geduld ist die Tugend des Jägers.

Nachdem ich den Wald schlendernd durchquert habe, erreiche ich den Campingplatz. Ich kann Camper nicht ausstehen. Aber ein Hotelzimmer wäre nicht klug. Hotels mag ich eigentlich auch nicht mehr. Ich mag überhaupt keine Orte mehr, an denen sich Menschen zusammenrotten. Ich glaube, ich mag keine Menschen mehr.

Der Campingplatz ist die bessere Wahl. Es ist zu auffällig, mehrere Wochen in dem einzigen Hotel im Ort zu wohnen, wenn man nichts Nachweisliches zu tun hat. In so einer wirklich kleinen Kleinstadt weiß jeder alles. Und wer sich nicht in ein Gespräch verwickeln lässt und bereitwillig Auskunft gibt über Job, Familienverhältnisse, Wahlverhalten und Einkünfte, ist per se auffällig, verdächtig. Ich bin die Fremde.

Die Camper versuchen zwar auch, Kontakt aufzunehmen, aber sie sind wie erhofft nicht so hartnäckig. Sie akzeptieren mitleidig meinen Rückzug und meine stundenlangen Spaziergänge in der Einsamkeit der Felder und Wälder. Sie sind sogar ein bisschen stolz auf ihre mentale Großzügigkeit, weil sie sich dadurch gegen das Establishment zu positionieren glauben. Camper sind cooler als ihr Ruf, sagen sie damit. Sie rennen mit Freude gegen ihr Spießer-Image an, indem sie Außenseiter wie mich willkommen heißen. Und sie zum Grillen einladen. Als Kind war ich mit meinen Eltern ein paarmal beim Campen an der Ostsee, daher weiß ich das.

Damals gefiel mir das sehr. Sowohl das Zelten als auch später das Leben im Wohnwagen, den wir uns alljährlich mieteten und der uns wie unglaublicher Luxus vorkam. Es gefiel mir, dass alles ein wenig improvisiert war. Dass es keine festen Essenszeiten gab. Dass ich die Körperwärme meiner Eltern ganz dicht neben mir spürte. Und dass ich in den Himmel sehen konnte. Über meinem Schlafplatz im Campingwagen war eine Dachluke. Wenn ich nachts wach wurde, lag ich auf dem Rücken und zählte die Sterne, die ich in dem kleinen Geviert sehen konnte. Aber Zelten mochte ich auch. Das Zelt hatte zwar keine Dachluke und damit keine Aussicht in die Unendlichkeit des Himmels, aber ich hatte trotzdem nie das Gefühl, als befände ich mich irgendwo in einem engen Raum. Selbst im kleinsten Zelt fühlte ich mich im Freien, denn die Haut, die mich von der Welt trennte, war nur die dünne, sich im Wind wiegende Zeltmembran, die die Natur nicht aussperrte, sondern einen Licht, Luft, Feuchtigkeit und Temperatur jederzeit spüren ließ. Als wir noch in Lübben wohnten, baute mein Vater mir manchmal das Zelt im Garten auf, und ich durfte darin übernachten. Das unverwechselbare Geräusch des prasselnden Regens auf dem Zeltdach. Die klamme Kälte der Nacht auf der Nasenspitze, die wohlige Wärme im Schlafsack, die dampfende Hitze, wenn die Sonne aufging und das noch feuchte Zelt schneller aufheizte, als ich aus dem Schlafsack krabbeln wollte …

Inzwischen kommt mir das naturnahe Selbstversorgeridyll verlogen vor. Weil mir inzwischen alles verlogen erscheint. Ich weiß, das liegt an mir, an mir, an mir. Aber wenn ich noch eine weitere Woche Grillwürste und Grillfleisch à la Puszta oder mit Bärlauch mariniert und in Grillsoßen getränkt verköstigen und dabei meinen diversen Gastgebern die traurige

Mär von meinem untreuen Ehemann erzählen muss, dessentwegen ich mich nun vorgeblich für eine Zeit der Selbstfindung aus meiner vorgeblichen Heimatstadt entfernt habe, dann kotze ich in die Grillkohle.

Meine Wohnwagennachbarn heißen Marianne und Michael oder Cindy und Bert oder so ähnlich. Es gibt sogar Ernie und Bert. Die halten sich für das gesellschaftliche Zentrum des Campingplatzes, weil bei ihnen Lachs statt Wurst gegrillt wird und sie weiche Stoffservietten in silbernen Serviettenringen neben die Teller legen.

Ernie sagt: »Auch beim Campen darf die Kultur nicht in den Arsch gehen.«

Alle lachen laut.

Also setzt Bert noch einen drauf: »Ernie wollte sogar Messerbänkchen kaufen, aber das ist mir dann doch zu prätentiös.«

Dabei tätschelt er Ernies Unterarm.

Alle lachen wieder.

Bis auf Marianne, die fragt: »Was sind denn Messerbänkchen?«

Ernie ist begeistert, ihr einen Grundkurs in feinen Sitten geben zu können: »Beim Essen wird das Messer bekleckert. Wenn man es dann auf dem Tisch ablegt, bekommt die Tischdecke Flecken.«

»Aber man kann das Messer doch auf den Teller legen«, wendet Marianne ein.

»Ja. Das sollte man. Falls man kein Messerbänkchen hat.«

Obwohl Ernie ein wenig beleidigt wirkt, lachen wieder alle.

Insgeheim finden alle diesen Hang zum Überflüssig-Ornamentalen typisch für Schwule und äußerst putzig und erfreuen sich einmal mehr ihrer offenen Welteinstellung. Ich habe allerdings gesehen, wie sich Cindy nach einem Grillabend bei

Ernie und Bert die Hände mit Desinfektionsspray eingesprüht hat. Für man weiß ja nie. Oder besser: Gegen man weiß ja. So viel dazu. Vielleicht liegt es doch nicht nur an mir, dass ich mich hier fehl am Platze fühle.

Aber heute werden bei Ernie und Bert Doraden gegrillt. Das darf ich nicht verpassen. Haben sie gesagt. Und ich passe mich an.

Cindys Bert freut sich, dass er mit Ernies Bert richtig gut über Fußball reden kann. Ein schwuler Schalke-Fan sprengte bisher seine Vorstellungskraft. Was er offen zugibt, nur mit etwas anderen Worten. Ich weise ihn darauf hin, dass es viele schwule Fußballspieler gibt, einige davon in der Nationalmannschaft. Ernie stimmt mir zu und bedauert, dass sie sich nicht outen, weil nicht alle Fans so tolerant sind wie Cindys Bert.

Cindys Bert nickt verlegen und sagt: »Ja, das ist ein Problem.«

Dann vertieft er sich angestrengt in das Filetieren seiner Dorade, die genau zum richtigen Zeitpunkt vom Grill geschwommen kommt, um dem Gespräch eine Wendung ins weniger Heikle zu geben. Ich sehe Cindys Bert im Stadion vor mir, wie er mit seinen bierseligen Kumpels einen der Schwalbe verdächtigen Spieler lauthals als Schwuchtel beschimpft. Aber ich sage natürlich nichts.

Nach dem Essen und einer angemessenen Zeit für sinnlose Konversation bedanke ich mich artig und verabschiede mich, um noch einen späten Spaziergang durch den Wald zu machen. Sobald ich weg bin, werden sie mich bei einer neuen Flasche Chablis gemeinsam bedauern. Wo ich doch so eine nette Frau bin.

Weit gefehlt. Wenn ich mir selbst zuhöre, weiß ich sehr wohl, was ich für ein arrogantes Arschloch bin. Andererseits ist es geradezu albern, mich wegen meiner Arroganz schlecht zu fühlen, wenn ich gleichzeitig plane, Menschen zu ermorden. Liegt vermutlich an der guten Erziehung, dass mir mein geheimer Spott über die Camper in irgendeiner kleinen, versteckten Hirnwindung ein schlechtes Gewissen bereitet. Mein Vater hat in ähnlichen Zusammenhängen gerne François Villon zitiert: »In Rattenpiss und Altweiberspei soll man die Lästerzungen braten!«

Andererseits spüre ich ganz tief in mir, dass ich mich nur so selbstgefällig über das Spießerglück dieser Camper erhebe, weil ich mich insgeheim danach sehne. Nach diesem früheren Gefühl der Zugehörigkeit, der Sorglosigkeit, der kleinen, heilen Welt. Ich hatte das alles auch einmal empfunden. Eine Ahnung davon. Für ein paar viel zu kurze Jahre. Aber all das ist zunichte. Deswegen hasse ich es jetzt.

Etwas hassen ist weniger schmerzhaft, als es zu vermissen.

Ich bin unentschlossen, ob ich Hermann nach einem seiner Besuche bei seiner Geliebten auf der Straße auflauern soll oder morgens im Wald, wenn er joggen geht. Auf der Straße gibt es Unwägbarkeiten. Selbst wenn das Stadtviertel recht abgelegen ist, muss man immer mit Passanten rechnen. Ich weiß inzwischen, wann die Nachbarn von Hermanns Geliebter ihre Runden mit den Hunden drehen. Aber ich kann nicht wissen, ob einer dieser Hunde plötzlich Durchfall bekommt und deshalb zur Unzeit von seinem Besitzer vor die Tür geführt wird und mir so einen unverhofften Zeugen beschert. Im Wald hingegen ist es schwieriger, sich unauffällig anzunähern.

Es fällt mir schwer, klar darüber nachzudenken und alle Parameter zu berücksichtigen. Denn ich will töten. Ich kann es kaum erwarten. Dabei bin ich überhaupt nicht sicher, ob der Vorgang, ob die Realität des Tötens meinen Vorstellungen entspricht. Mein Plan lautet, die Tat emotionslos durchzuziehen. Doch das wird nicht funktionieren. Wenn ich durch die erleuchteten Fenster der Erdgeschosswohnung sehe, wie Hermann seine Geliebte besteigt, oder wenn ich sehe, wie er den Kopf der jungen Frau auf seinen Schwanz drückt, damit sie das schlaffe Glied oral auf Vordermann bringt, dann spüre ich alles auf einmal und werde wütend, weil er sich dabei auch noch so sicher fühlt, dass er nicht einmal die Vorhänge zuzieht. Aber warum sollte er? Hermann gehört zu den Typen, die glauben, mit allem davonzukommen. So hat er es gelernt.

Aber nun bin ich hier. Hermann wird dazulernen.

Eine Woche später habe ich mich für den Wald entschieden. Alles ist vorbereitet.

Als er mir joggend entgegenkommt, halte ich ihn auf und tue so, als hätte ich mich verlaufen. Ich frage ihn nach dem Weg Richtung Süden. Er trabt auf der Stelle und schaut mich dabei belustigt an. Ja, er hat recht: Es zeugt von Dummheit, sich in diesem kleinen Waldstück so nahe an der Straße zu verlaufen. Ich gebe das zu, verweise auf meine blonden Haare, lache mit ihm und merke, wie er auf meine engen Shorts und meine nackten Beine starrt. Bevor er auch nur irgendwie anzüglich werden kann, drücke ich ihm zu seiner großen Überraschung eine Spritze in den schweißtriefenden Hals. Das Ketamin wirkt innerhalb von Sekunden. Hermann schafft es gerade noch, mich verblüfft anzusehen, ehe er zusammensackt.

Ich fange ihn auf, bevor sein Körper den Boden erreicht, zerre ihn ein paar Meter vom Waldweg weg hinter einen großen Busch und fessele und knebele ihn, da ich nicht exakt einschätzen kann, wie lange die betäubende Wirkung des Ketamins anhält. Mein Training war notwendig. Hermann wiegt an die neunzig Kilo und ist ohne seinen Muskeltonus nur sehr schwer zu bewegen. Aber ein paar Minuten später bin ich mit meinem Wagen auf dem Waldweg. Ich wuchte Hermann in den Kofferraum, verwische die Schleifspuren und fahre los.

Keiner hier kennt meinen Wagen. Er stand mit falschen Nummernschildern in der nächsten Großstadt in der Flughafengarage, wo ein Dauerparker nicht auffällt. Zu dem Campingplatz bin ich mit einem Mietwagen gekommen. Mein angeblicher Ehemann hat nämlich angeblich mein Auto unrechtmäßig an sich genommen. Der egoistische, rücksichtslose Widerling hat vorerst sogar das angebliche Haus und die angeblichen Kinder behalten. Weil ich ihn betrogen hätte. Was nicht stimmt und nur eine verlogene Behauptung von ihm ist, um mich nach außen hin einigermaßen sauber loszuwerden. Dabei war ich immer treu. Im Gegensatz zu ihm. Aber mir glaubt keiner. Denn er ist Bürgermeister in unserer Stadt und hat alle im Sack. Und ich das Nachsehen.

Auf dem Campingplatz haben sie Mitleid mit mir. Sie bedauern, dass ich keine Freunde habe, die zu mir halten. Ich erkläre ihnen, dass ich so sehr in der Ehe und der Kindererziehung aufgegangen bin, dass ich alle meine Freundinnen von früher vernachlässigt habe, bis sie sich nicht mehr meldeten. Oder mit meinem Mann schliefen. Meine Campingnachbarn schwanken zwischen Bewunderung für meine Aufopferung für die Familie und mildem Kopfschütteln über meine naive

Selbstlosigkeit. Sie sagen, ich müsse mich erst einmal zurechtfinden in der neuen Situation. Und dass ich einen guten Anwalt bräuchte, der die Dinge für mich regelt. Weil Kinder zu ihrer Mutter gehören, komme, was da wolle. Ich gebe ihnen recht, bedanke mich für ihr Verständnis und lache verlegen mit ihnen, wenn sie mich mit zotigen Witzen von all den Männern, die ich in Zukunft beglücken werde, aufzumuntern versuchen.

Vor drei Tagen habe ich mich von meinen Grillsoßenfreunden verabschiedet. Ich führe zurück nach Cochem, wo ich angeblich in einer kleinen Steuerkanzlei als Sekretärin arbeite. Man hat mir viel Glück für die Scheidung gewünscht. Und dass ich Haus, Kinder und Wagen vor den gierigen Griffeln meines zukünftigen Exmannes retten kann. Ich habe mich noch einmal bewegt für die Solidarität und die vielen Grillwürste bedankt, bin in die Großstadt zum Flughafen gefahren und habe den Mietwagen zurückgegeben.

Niemand wird, niemand kann mich mit Hermann in Verbindung bringen. Sie werden in seinem persönlichen Umfeld nach dem Täter suchen. Vielleicht verdächtigen sie seine Frau. Obwohl Frauen selten das tun, was ich tun werde. Aber sie werden keinesfalls eine harmlose, einsame, frustrierte und verzweifelte Camperin im Visier haben, die rosa Crocs, Shorts von Lacoste und Shirts mit Strassmotiven trägt und ihrem untreuen Gatten hinterherjault. So eine tut nicht das, was ich tun werde.

Jämmerlichkeit ist eine hervorragende Deckung.

Die letzten Nächte habe ich in meinem Auto verbracht. Unbequem, aber machbar. Die Gegend hier ist rund um das Kaff so dünn besiedelt, dass niemandem ein Auto auffällt, das von der verlassen daliegenden Landstraße in einen noch verlasseneren Waldweg einbiegt.

Jetzt fahre ich mit Hermann im Kofferraum zu der leer stehenden Scheune, die exakt dreiundsiebzig Kilometer von seinem Wohnort entfernt liegt und die ich schon vor Wochen ausgekundschaftet habe. Die Dosis an Ketamin, die ich Hermann verpasst habe, wirkt nicht allzu lange. Als ich ihn aus dem Kofferraum in die Scheune zerre, ist er nicht mehr bewusstlos, sondern schwebt in einer Art Zwischenwelt. Sein Geist pendelt haltlos zwischen Realität und Rausch.

Ich muss warten, bis er klar im Kopf wird. Das fällt mir schwer, ich bin aufgewühlt. Dabei weiß ich gar nicht genau, was mich aufwühlt. Mein erster Mord steht kurz bevor. Habe ich Skrupel? Habe ich Angst zu versagen? Oder habe ich Angst zu genießen?

Ich warte. Hermann liegt delirierend vor mir auf dem mit altem Stroh bedeckten Boden. Ich habe ihn an Händen und Füßen festgepflockt. Wenn er endlich zu sich kommt, wird er merken, dass er seinen Körper nicht bewegen kann. Dass er mir ausgeliefert ist. Ich lege alles bereit.

Ich warte.

Hermann regt sich unruhig. Er hat sich in seiner Bewusstlosigkeit im Kofferraum eingenässt, aber ich nehme den Uringeruch, der von seiner Jogginghose ausströmt, kaum wahr. Die Luft in der Scheune ist ohnehin heiß und zäh. Außerdem habe ich in der Zwischenzeit ein paar Zigaretten geraucht, zudem riecht es hier nach Staub und Spreu und Schimmel und dem in den Ecken herumliegenden Rattenkot. Ich weiß, das Rauchen ist nicht gut für meine Gesundheit. Aber wer macht schon alles richtig?

Hermann braucht etwas Zeit, um sich geistig halbwegs ans Tageslicht zu kämpfen. Vermutlich halluziniert er. Oder er ist in einem durch das Ketamin verursachten K-Hole, wie es in der Drogenszene heißt. Bei Überdosierung, und ich habe definitiv überdosiert, kann Ketamin Psychosen und Nahtoderlebnisse auslösen. Ich gebe ihm Zeit. Ich werde warten, bis er die Highs and Lows der Droge durchwandert hat. Wenn er wieder klar im Kopf ist, wird er ein *echtes* Nahtoderlebnis haben. Dafür werde ich sorgen.

Ich warte ab, weil ich will, dass er alles, was passieren wird, bewusst mitbekommt. Flucht in den Nebel ist nicht gestattet.

Ich bin gespannt, ob er sich für Demut oder Aggression entscheidet.

Nun bin ich ganz ruhig. Kein Zögern. Keine Zweifel.

Es dauert. Mir ist es egal. Niemand wird uns hier stören. Ich beobachte seinen Zustand wie eine Ärztin, ich messe sogar seinen Blutdruck. Er soll mir nicht an drogenbedingten Herzrhythmusstörungen abkratzen.

Langsam kommt er zu sich. Und begreift, dass die Realität mindestens genauso unangenehm ist wie der unfreiwillige Drogenrausch. Er blickt sich um. Sieht mich nun mit bewusstem, wenn auch verständnislosem Blick an. Ich sage ihm, dass er sterben wird. Tatsächlich.

Nach dem ersten Schock entscheidet er sich für Aggression. Hermann ist ein Machtmensch. Er zerrt an seinen Fesseln und tobt und tut und macht und schimpft und fragt und fordert und droht.

»Wer sind Sie? Was wollen Sie von mir? Das muss eine Verwechslung sein! Binden Sie mich los, sofort!«

Ich lasse ihn gewähren, niemand hört ihn hier außer mir. Nur ein einziges Mal gebe ich ihm eine Antwort. Vielleicht ist er dann ja still.

»Ich bin der Jäger, und du bist die Beute. Du hast keine Chance. Und dies ist keine Verwechslung, Harry.«

Er wird blass, als ich ihn Harry nenne. Ich sehe, wie es in ihm arbeitet. Ich rauche eine weitere Zigarette und betrachte ihn. Meine Ruhe beunruhigt ihn zutiefst. Seine im Alltag so demonstrativ zur Schau gestellte Selbstsicherheit verlässt ihn mehr und mehr. Ich sehe, wie Angst in jede seiner Zellen kriecht. Aber das ist mir nicht genug. Es wird nie genug sein.

Dabei ist er keineswegs still. Ich schweige nun beharrlich zu all seinen Fragen, seinem Flehen, seinen lächerlichen Angeboten, sich freizukaufen. Ich will seine Angst steigern, will, dass er begreift, dass es keinen Ausweg gibt. Hoffnung kann man nicht kaufen.

Es dauert, bis er es begreift. Aber er versteht es nicht. Er weiß nicht, warum er hier ist. Warum ich hier bin. Es dämmert ihm, aber er will es nicht wahrhaben. Ich packe mein Besteck aus. Langsam. Bedächtig. Seine Augen treten hervor, als er das Messer sieht, sein Körper wird steif, dann bäumt er sich auf, zerrt wieder an seinen Fesseln. Hermann beginnt zu hyperventilieren. Ich beruhige ihn. Ich will nicht, dass er sich in eine Ohnmacht rettet. Als er wieder etwas gleichmäßiger atmet, schneide ich ihm die vollgepissten Klamotten vom Leib. Er riecht stark nach Schweiß. Wieder nässt er sich ein.

Ich schaue ihn an. Betrachte ihn eingehend. Will sehen, ob der Wolf den Wolf erkennt. Doch er gibt sich hartnäckig als Schaf aus, das keine Ahnung hat, wieso es auf der Schlachtbank liegt. Obwohl ich ihn knappe zwei Monate beobachtet habe, kommt es mir vor, als sähe ich ihn zum ersten Mal. Nackt wie er ist, bloß. Er hat Gänsehaut am ganzen Körper. Ich weiß nicht, ob er friert oder ob es die Furcht ist. Ich glaube, er friert vor Furcht. Seine Brustwarzen sind hart, sein grau-blaues Glied ist schlaff und schrumpelig. Die Beine sind dünn, aber die Waden kräftig. Seine Füße sind hässlich und mit Hornhaut bedeckt, die Fußnägel zu lang, gelb und dick. Über den Bauch zieht sich eine Fettschicht mit Cellulite ähnlichen Dellen, die er nicht wegtrainieren konnte. Die Brust ist eingefallen. Ein paar weiße Haare kräuseln sich in dem Trichter und um seine Brustwarzen. Ich finde ihn widerlich.

Ich sage ein paar Dinge. Frage ein paar Dinge. Ziehe meinen Schutzanzug und die Handschuhe an. Er sabbert. Weißer, blasiger Schaum sammelt sich in seinen Mundwinkeln. Er begreift langsam, warum er hier ist. Warum ich hier bin. Dass ich entschlossen bin und er verloren. Dass nichts, was er tun, sagen oder schreien könnte, etwas ändern wird. Er beantwortet meine Fragen.

Sagt: »Manni.«

Ich sage: »Weiß ich.«

Er sagt: »Hinz und Kunz ficken Krethi und Plethi.«

Nennt mir einen Namen. Erklärt, mehr könne er nicht sagen.

Ich schaue in seine Augen, sie sind nackt wie sein Körper, die geweiteten Pupillen Tore zu einer Hölle der Panik. Und es steht noch etwas anderes in ihnen, etwas, das ich nicht deuten kann. Angst, ja. Er hat Angst vor mir. Aber ich habe den Eindruck, da ist noch eine größere Angst.

»Sie bringen mich um, das weiß ich«, sagt er.

Ich nicke.

»Was ist mit meiner Familie? Meinem Sohn, meinen Enkeln? Bringen Sie die auch um?«

Ich sehe ihn irritiert an und schüttele den Kopf. Wofür hält der mich? Für ein Monster?

Ich blicke auf seinen alten, wächsernen Leib. Nehme mein Messer ... und zögere. Nicht aus Unentschlossenheit, sondern aus Ekel. Eigentlich wollte ich Hermann quälen. Eine gefühlte Ewigkeit lang. Als ich die Scheune ausgesucht hatte, saß ich knapp zwei Stunden darin und stellte mir vor, wie das Blut aus Hermann schießen, wie es Stroh, Spreu und Staub einfärben und wie das Leben aus ihm heraus ins Nichts pulsieren würde. Kein friedlicher Vorgang. Ganz und gar nicht. Ich malte mir aus, was dazu nötig wäre, und besorgte es: eine Astschere, um ihm Teile vom Körper abzutrennen, ein Skalpell für die Feinmechanik ... Ich stellte mir symbolträchtige Verrichtungen vor, doch dann rief ich mich zur Ordnung.

Es geht nicht ums Verzieren, sondern ums Vernichten.

Nun liegt der Wolf nackt vor mir, all seiner Macht beraubt.

Und ich will ihn nicht anfassen, nicht einmal mit Handschuhen.

Hermann weiß nicht, was für ein Glück er hat.

Stattdessen schreit er und schreit und schreit und schreit, bis ich ihm seine Socken in den Mund stopfe. Da gurgelt er und würgt Schaum und Magensäure hervor und bekommt kaum noch Luft. Ich fürchte, dass er erstickt, und das will ich nicht. Das angeblich, wenn auch nur kurz eintretende Hochgefühl vor dem Exitus ist ihm nicht gestattet. Also ziehe ich die Socke wieder aus ihm heraus. Süchtig saugt er seine Lunge voll Luft. Ich denke kurz darüber nach, wie sehr die meisten Lebewesen an ihrem jämmerlichen Leben hängen. Jeder einzelne weitere Atemzug scheint eine unverzichtbare Köstlichkeit zu sein. Oder ist es nur ein Reflex? Gegen den Hermann nicht ankommt, gegen den kaum einer von uns ankommt, selbst wenn man sich noch so sehr wünscht zu sterben, um den absehbar beschissenen Rest des Lebens nicht mehr zu erleben. Doch Hermann sollte wissen, dass es für ihn keinen Unterschied mehr macht, ob er noch einen Atemzug hat oder zehn. Im Gegenteil. Gleich wird er sich wünschen, an der Socke und seiner Angst erstickt zu sein.

Ich nehme den Kanister, den ich aus dem Auto mitgebracht habe, und übergieße Hermann mit Benzin. Es ist noch viel Leben in ihm. Er schreit, fleht, zappelt, bäumt sich auf, stemmt sich dagegen. Ich werfe ein Streichholz auf ihn und fackele seinen wilden, wütenden Widerstand gegen das Ende ab. Seine Schreie sind nervig. Ich bevorzuge Stille.

Dann … endlich … nur noch Flackern und Knistern …

… ein Wolf weniger.

Als ich in meinen Wagen steige, brennt die Scheune lichterloh. Ich sehe die Flammen im Rückspiegel lodern und fürchte, dass sich der Brand wegen der in Deutschland seit Wochen anhaltenden Dürre ausbreiten könnte. Ich hoffe sehr, dass dies nicht geschieht. Das war nicht geplant. Ich muss mich in Zukunft noch genauer an meinen Plan halten. Heute habe ich nicht ganz sauber gearbeitet. Aber ich bin trotzdem zufrieden. Dass meine Hand beim Schalten der Gänge etwas zittert, betrachte ich als die verzeihliche Erregung einer Anfängerin.

Wie ich war, was ich nicht war,
bevor ich wurde, was ich bin

TEIL 1

Rapsblüten im Wind

Wenn ich mit ihnen fertig bin, bin auch ich fertig. Dann habe ich abgeschlossen. Vollendet. Ich weiß nicht, was danach kommt. Ob etwas kommt. Jedes Ende ist ein neuer Anfang. Klingt wie ein dämlicher Schlager. Oder sollte ich über das Gesetz vom Erhalt der Energie nachdenken? Ich bin definitiv ein abgeschlossenes System. Ein abgeriegeltes geradezu. Werde ich mich noch einmal häuten können? Den Wolfspelz abstreifen wie eine Schlange ihre alte Haut? Kann und will ich wieder ein Menschenschafopferlamm werden?

Als ich noch ein Menschenschafopferlamm war, wusste ich nicht, was das ist, das ich war. Jetzt, da ich Wölfin bin, sehe ich von außen auf meine frühere Existenz: Als Menschenschafopferlamm war ich Mensch, dumm wie das sprichwörtliche Schaf nicht begreifend, dass ich von Anbeginn der Zeit dazu bestimmt war, als Lamm geopfert oder – bestenfalls – zum Schaf zu werden und Lämmer zu zeugen, die zur Schlachtbank geführt werden, damit die Wölfe etwas zu fressen haben.

Als ich noch ein Menschenschafopferlamm war, erschien mir das Leben gut und schön. Ich hoppelte über Wiesen, die mal saftig, mal karg waren, und schlief im Stall wohlig zwischen Mutter und Vater, die nicht wussten, dass sie Schafe waren, so wie ich nicht wusste, dass es im Stall zum Himmel stank.

Damals nannten wir uns gegenseitig Menschen und nicht Schafe. Ich war ein Menschenkind, das Anlass zu Hoffnungen gab. Zumindest sagten meine Eltern das. Sie hofften es, weil sie mich liebten. Vermutlich teilten nicht alle diesen Optimismus. Meine Kindergärtnerin etwa dürfte mich anders gesehen haben. Im Kindergarten fiel ich manchmal unangenehm auf, weil ich ganz unmädchenhaft andere Kinder verprügelte, wenn sie ... Ich weiß nicht mehr, was die Anlässe waren. Aber ich erinnere mich an Hiebe und Tritte und Kinder, die weinend unter mir lagen und ihre Rotznasen hochzogen. Dann kam Katrin, die doofe Kindergärtnerin, packte mich mit eisenhartem Griff am Oberarm und zerrte mich von den anderen Kindern weg. Die ersten Male redete sie mit bemüht sanfter Stimme auf mich ein und wollte wissen, warum ich dies oder jenes gemacht hätte. Ich gab ihr nie eine Antwort, weil ich keine hatte. Manchmal habe ich die anderen Kinder gehasst, ohne zu wissen, warum. Manchmal habe ich sie geliebt, ohne zu wissen, warum. Wenn ich wieder einmal ein Kind verprügelt hatte, petzte Katrin bei meiner Mutter, sobald sie mich abholen kam. Ich konnte Katrin nicht leiden. Sie war längst nicht so alt wie meine Mutter, wirkte aber verkniffen und knochig, trug altmodische Röcke und Pullunder, und wenn sie lächelte, sah sie aus wie eine Ratte. Zumindest erinnere ich mich so an sie: als eine manipulative, rattige Intrigantin. Vielleicht war sie aber auch einfach nur ein Opfer ihrer eigenen Umstände, das sich an anderen abreagierte. So wie wir alle.

Meine Mutter hörte sich Katrins Beschwerden stets ganz ruhig an, sprach ein paar halbwegs beschwichtigende Sätze und ging dann mit mir Hand in Hand nach Hause. Sie sagte nichts. Zu Hause schaute meine Mutter dann immer ein wenig traurig meinen Vater an.

Der seufzte und fragte: »Schon wieder?«

Und sie nickte. Auch meine Eltern fragten mich anfangs ein paarmal, warum ich die anderen Kinder verprügelte. Mein sonst so brummiger und wortkarger Vater wurde nahezu gesprächig, meine Mutter blieb immer sanft. Ich gestand ihnen offen und ehrlich, dass ich es nicht wusste. Dass es manchmal einfach so aus mir herausbrach, obwohl der Peter oder die Gabi nicht wirklich gemein zu mir gewesen waren. Nur zu schmerzhaft spürte ich die Sorge meiner Eltern, die noch deutlich größer war als ihre Missbilligung, und ich schämte mich und fühlte mich schuldig. Nicht, weil ich ein Kind geschlagen hatte, sondern weil ich Mutter und Vater traurig gemacht hatte.

Jedes Mal bekam ich von meinen Eltern eine milde Strafe, und sie warfen sich seltsam wissende Blicke zu. Die Strafen störten mich nicht. Aber diese Blicke verunsicherten mich zutiefst. Sie gaben mir eine erste, noch diffuse Vorstellung von dunklen Geheimnissen und dem Gefühl der Ausgeschlossenheit, und mir stellten sich die Härchen auf den Unterarmen auf.

Nach jedem Vorfall riss ich mich zusammen und blieb brav, so gut und so lange ich konnte. Doch irgendwann schlug ich wieder zu. Gabi. Dieses Mal gab es sogar einen nachvollziehbaren Grund. Gabi hatte eine im Hinterhof des Kindergartens herumstreunende Katze so fest in den Bauch getreten, dass die Katze schreiend und humpelnd davonlief und sich schnell in ein Nachbargebäude flüchtete, weshalb ich sie nicht trösten konnte. Als ich Gabi deswegen anschrie und schubste, packte sie mich an den Haaren und zog daran, so fest sie konnte. Also habe ich sie geschlagen. Natürlich hat sie weder der Kindergärtnerin noch später ihren Eltern den Grund für meine Attacke genannt, sondern sich selbst wie üblich als völlig unschuldiges Opferlamm dargestellt. Tierquälerei? Sie? Niemals! Zeugen gab es keine, also war ich schuld.

Meine handfeste und angeblich völlig grundlose Attacke auf Gabi schien Katrin persönlich zu beleidigen, sodass sie wieder mit ihrem eisenharten Griff kam und begann, mich laut zu beschimpfen. Als sie sagte, dass ich ein grundböses und sehr schlechtes Mädchen sei, verlor ich den Rest meiner guten Vorsätze aus den Augen und biss ihr so fest in die Hand, dass das Blut spritzte, alle Kinder schrien und weinten und Katrins Hand in einem Krankenhaus genäht werden musste.

Ein paar Tage später forderte Katrin, nachdem sie den ersten Schock verarbeitet hatte, in meinem Beisein von meinen Eltern ein rigoroseres Einschreiten oder – bedeutend besser – zur »Sicherung der weiteren Erziehung und Entwicklung«, wie Mutter noch Jahre später zitierte, meine schnellstmögliche Unterbringung in einem staatlichen Kinderheim. Meine Eltern sagten, sie würden darüber nachdenken, und gingen mit mir nach Hause.

Ich weinte den ganzen Weg über, denn ich hatte große Angst vor dem Heim.

Nach ein paar Metern beugte sich Mama zu mir herunter und flüsterte mir ins Ohr: »Hör auf zu weinen, mein Schatz. Du brauchst keine Angst zu haben, es passiert nichts Schlimmes.«

Dann richtete sie sich wieder auf, und wir gingen zügigen Schrittes weiter. Meine Eltern sprachen nie viel auf der Straße, man wusste nie, wer mithörte. Aber ihre lieb gemeinten Worte halfen nicht. Ich bibberte vor Angst. Vielleicht fand Mama es einfach nicht schlimm, mich in ein Heim zu stecken? Glücklicherweise war der Weg vom Kindergarten bis nach Hause sehr kurz. Zu Hause angekommen, nahm mich Mama, inzwischen ebenfalls weinend, in die Arme und sagte: »Meine Süße, Papa und ich, wir werden dich niemals, niemals in irgendein Heim oder sonst wohin schicken! Das verspreche ich dir!«

Papa nickte bekräftigend und fügte hinzu: »Deine Kindergärtnerin ist eine blöde Kuh.«

Das brachte ihm von Mama zwar einen tadelnden Blick ein, aber ich fand's prima. Ich knutschte meine Eltern ab und verging dabei fast vor Liebe, Rührung und Dankbarkeit.

Meine Eltern entschlossen sich zu einem Ortswechsel. Zum zweiten Mal, was ich damals nicht wusste. Ich wusste nichts. Wie auch. Ich war ja ein Kind. Sie wollten von Lübben im Spreewald nach Leipzig, wo mein Vater bei der parteieigenen Interdruck als Ingenieur eine Stelle bekommen hatte. Als ich das erfuhr, war ich kreuzunglücklich, denn ich wollte nicht weg. Ich bettelte und flehte und versprach, nie wieder ein Kind zu schlagen oder sonst wie ein schlechtes Mädchen zu sein, ich versprach alles, nur um im Spreewald zu bleiben. In meinem märchenhaften, geheimnisvollen Wald, meinem Dschungel, durchzogen von Flussläufen, Auen und Moorlandschaften. Ich war so schrecklich gerne dort. Ich liebte es, mit meinem Vater in seinem Kanu auf den Flüssen zu paddeln, vorbei an Schilfgräsern und tief hängenden Trauerweiden, im Frühjahr und im Herbst durch Nebelbänke, die wie Geister über dem Wasser schwebten, im Hochsommer durch heißfeuchte Luftmauern, die einen kaum atmen ließen. Dann taten wir so, als wären wir Indianer, die der Stille lauschten und sich einen Dreck um die tausend Stechmücken scherten, die uns in der Abenddämmerung umschwirrten und auffraßen. Wir paddelten durch geheimnisvolle Welten in Sattgrün,

Hellgrün, Dunkelgrün, Lindgrün, Zartgrün, Gelbgrün, Braungrün, Blaugrün, Smaragdgrün, und das waren nur die üblichen, allgemein bekannten Grüntöne. Papa und ich sahen in manchen Ecken und hinter unverhofften Biegungen auch noch ein besonders dunkles Kongo-Grün, ein ins Violette tendierendes Brombeergrün, dazu Algengrün, Schottischgrün, Krötengrün, Eitergrün, Wutgrün, natürlich auch Rotzgrün und Kotzgrün, Marsmännchengrün und das von uns besonders geliebte Mississippi-Uferschlammgrün, das einen Stich heller war als Lindgrün und glänzender als Gelbgrün. Wir erfanden auch Wörter für Witterungen, weil uns warm, heiß, kalt und kühl nicht reichten, um zu beschreiben, welche Temperaturen und Wetter wir fühlten, wenn wir in unserem Kahn unterwegs waren. Für uns zeigte sich das Wetter als sinnlich greifbare Atmosphäre, die uns umgab – mal stockig, kartoffelsuppig, dünnwandig, flockig oder flatterig, flirrend, nervös oder schwer in sich ruhend, mal gesprenkelt, gestreift oder einfach flach.

Aber genauso liebte ich es, ganz allein mit meinem Fahrrad entlang der Kanäle über die Baumwurzeln zu brettern, die wie starre Adern die durch ein Bett von Tannennadeln weichen Wege durchzogen. Ich trank aus einem Bach, der hinter unserem Haus einen kleinen Hügel hinunterfloss, aß direkt von den Büschen Brombeeren, die in den Spätsommern so dick und reif waren, dass ihr Saft beim Pflücken in Rinnsalen meine Hände hinunterfloss und sogar meine Gedanken violett verfärbte. Ich war glücklich in der Einsamkeit des Waldes, denn hier war ich Luft, Baum, Wurzel, Gras, Busch und Beere zugleich.

Doch all mein Betteln und Flehen nützte nichts. Es waren die Umstände, die meine Eltern nicht ändern konnten. Von diesen ominösen Umständen, die selten genau definiert werden und auf die kein Mensch wirklich Einfluss zu haben scheint, habe ich in meinem Leben später noch oft gehört. Der Mensch ist sehr häufig ein Opfer der Umstände. Wir zogen also umständehalber in die Stadt. Ich bekam ein neues Fahrrad mit mehreren Gängen und raste zwischen Betonbäumen über Asphaltflüsse auf der vergeblichen Suche nach flirrender oder suppiger Stille.

Anfangs tat ich mich in Leipzig schwer, ich fühlte mich entwurzelt. Bis zu jenem nebligen Donnerstag im November des vorletzten Jahres hatte ich geglaubt, in Lübben geboren zu sein und den Spreewald für meine angestammte Heimat gehalten. Tatsächlich wurde ich in einem Dorf etwa hundert Kilometer vom Spreewald entfernt in die Welt gepresst.

Damals, als ich in diesem mir fremden Dorf geboren wurde, da war ich noch ein Ding ohne Bewusstsein. In so eine Tabula rasa graviert das Leben zwar schon Hunger und Durst und Blähungen und warm und kalt und Mutter und Vater wie Gräben und Muster und Schnitzer und Narben und grobe und feine Linien, aber das kleine, gravierte Ding kriegt das nicht mit, weil es die Gravur nicht lesen kann.

Erst in Lübben bemerkte ich, dass ich in der Welt war, auch wenn ich noch nicht wusste, was das bedeutet. Ich reagierte mit triebhafter Neugier auf diesen neuen Umstand des In-der-Welt-Seins. Denn ich war eine rohe Kindmasse, eine Art Schlammspringer, kaum dem Meer und den Sümpfen entstiegen. Und so benahm ich mich auch. Unverformt und neugierig, immer getrieben von dem Wunsch nach Eroberung der Welt, meiner selbst und der anderen. Der Schlammspringer wollte, dass ihm Beine wachsen.

Angeblich entdeckt ein Kind das Selbst, wenn es zum wiederholten Mal in einen Spiegel schaut und irgendwann, ganz plötzlich und ohne Vorwarnung, begreift, dass hinter dem Spiegel kein Anderes ist. Ab diesem Moment ist man dem Zustand der Gnade entwachsen und sich und den anderen, die es vorher nicht gab, ausgeliefert.

Aber der Wolf sagt, Ich-Bewusstsein kann auch erst sehr, sehr viel später beginnen. Wenn man plötzlich erkennt, wer man *wirklich* ist. Etwas, das man in keinem Spiegel sehen kann. Weil man sofort ein Anderes dahinter vermuten wollen würde, um nicht verrückt zu werden. Um nicht am unvermittelt entdeckten Selbst zu zerbrechen.

Beginnt man nicht mit etwa drei Jahren Erinnerungen zu speichern? Ich erinnere mich zumindest an nichts vor der Zeit im Kindergarten. Dort war ich, zumindest aus meiner heutigen Sicht – abgesehen von meinen gelegentlichen Prügelattacken –, wie jedes Kind ein experimentierfreudiger Nachahmer, ein rückenmarksgesteuerter Wildling, ein loses Bündel von sich langsam, aber stetig verknüpfenden Nervenzellen und nicht nachvollziehbaren Neuronengewittern, die mich mal prügeln und mal lieben, mal weinen und mal lachen ließen. Meine Eltern jedoch sahen von Jahr zu Jahr deutlicher das Hervorblitzen einer instabilen Persönlichkeit, und die machte ihnen Sorgen.

In Leipzig kam ich dann zur Schule. Zu meiner großen Überraschung gefiel mir das Lernen so sehr, dass ich den Spreewald fast vergaß. Ich schrieb nur gute Noten und prügelte mich nicht mehr. Und ich entdeckte neue Welten. Denn ich lernte lesen. Die Welt, in der ich lebte, war klein und eintönig.

Tagein, tagaus die gleichen Rituale: aufstehen, waschen, frühstücken, zur Schule gehen, Mittagessen, Hausaufgaben, spielen, Abendessen, fernsehen, zu Bett gehen. Dazwischen mahnende oder freundliche, missbilligende oder liebende Gesten oder Worte von Mutter oder Vater. Der Rahmen war gesteckt und er war eng. Die Welten der Bücher hingegen waren groß, sie waren unendlich. Ich verschlang und inhalierte alle Kinderbücher, die mir mein Vater mit seinen guten Kontakten in der Branche besorgen konnte. Es waren die schwerelosen Zeiten meines Traum-Raums, in dem ich eine Villa Kunterbunt und dann ein Tipi bewohnte und mich an Lianen durch den Dschungel meiner Fantasie schwang. Als die Mauer fiel, war ich acht Jahre alt. Meine Eltern, die jeden Montag zur Demo an der Nikolaikirche gegangen waren, feierten eine große Party mit Freunden und wickelten so schnell es ging ihre kommunistische Vergangenheit ab, die sie viel zu lange wie schweigende Lämmer geduldet, aber nie überzeugt gelebt hatten.

Dann zogen wir nach Berlin-Charlottenburg in eine geräumige Altbauwohnung in der Nähe eines kleinen Parks mit See. Vater war glücklich und kaufte Bücher. Mutter war glücklich und begann, die drei Zimmer der Wohnung wie auch Küche, Flur und Bad bunt zu streichen und mit einer schier unglaublichen Ausstattungslust zu dekorieren, bis man kaum noch Staub wischen konnte, ohne tausend kleine Sachen hin und her bewegen zu müssen. Schließlich erteilte ihr Vater, der, seit ich denken konnte, fürs Staubwischen und Staubsaugen zuständig war, Nippes-Verbot. Zumal er nicht mehr barrierefrei seine Bücher aus dem Regal ziehen konnte. All die hübschen, überflüssigen Dinge, die es hier im Westen gab und die sie bislang nicht hatte haben können, verdrehten meiner Mutter den Kopf und trieben sie in einen Kaufrausch, der ihr bisheriges, puristisches Stilempfinden verpuffen ließ. Aber sie war glücklich. Auch wegen mir.

Der Schulwechsel fiel mir leicht. Die Kinder in Berlin kamen mir auf den ersten Blick cooler vor als die in Leipzig und erst recht cooler als die Ahnungslosen in Lübben im Spreewald. Mein Klassenlehrer war ein kiffender Alternativer, der keinerlei Druck auf uns ausübte und mich so zu freiwilligen Höchstleistungen inspirierte. Zudem war ich als achtjähriges Ossi-Mädchen noch nicht so indoktriniert, dass ich mich nun in Westberlin auf ein neues System der Weltanschauung hätte einstellen müssen. Zumal mein Blick auf die Welt viel mehr geprägt war durch die Anarchie von Pippi Langstrumpf und *Pu der Bär* als durch Marx und Engels und die »klassenmäßigen Tugenden«, die man in der DDR schon den Kindern versucht hatte einzutrichtern.

Meine Mutter arbeitete in Berlin wie vorher in Leipzig als Krankenschwester, und Vater, der Drucker und dann Ingenieur im polygrafischen Bereich gewesen war, fand in einem Autohaus eine Stelle als Verkäufer. Er stieg schnell zum Filialleiter auf, verdiente gutes Geld und verwöhnte mich mit neuen Büchern, vielen Büchern. Mein Vater liebte Bücher noch mehr als ich und war Drucker geworden, um leichter an Bücher heranzukommen, was in der DDR gar nicht einfach gewesen war. Wenn er reich wäre, sagte er oft, würde er Erstausgaben seiner Lieblingsromane sammeln. Stattdessen begnügte er sich mit möglichst gut erhaltenen Hardcovern, die er in Antiquariaten und auf Flohmärkten erstand. Als ich zum ersten Mal ein Eselsohr in ein Buch machte, hielt er mir einen langen Vortrag zum Thema Respekt vor dem gedruckten Wort und bastelte mir ein ledernes Lesezeichen aus meinem alten, aussortierten Leipziger Schulmäppchen, das Mutter als Erinnerung aufgehoben hatte.

Was mir mein Vater an Büchern nicht schenkte, holte ich aus der Leihbücherei. Neue Bücher, neue Welten. Neue Sorgen für Mutter. Manchmal nahm sie mir ein Buch weg und schickte mich nach draußen, damit ich endlich einmal wieder mit anderen Kindern spielte. Aber die anderen Kinder, selbst die ganz coolen, die etwas älter waren als ich und schon in den USA in Urlaub gewesen waren oder in Afrika, und die Skateboard fuhren oder Bronski Beat oder Kate Bush schon live gesehen hatten, sie wussten nichts von *Moby-Dick* oder dem *Grafen von Monte Christo*, sie hatten keine Ahnung von Süskinds ganz speziellem *Parfum* oder Gordons *Medicus*. Mein erster Blick hatte getrogen. Auch hier in Berlin waren die anderen nur dumme Schafe. Nicht wert, dass ich sie verprügelte. Nicht einmal, wenn sie mit blöden Ossi-Witzen über mich herfielen. Sie machten mich nicht mehr wütend. Zum ersten Mal empfand ich bewusst Verachtung, die genährt wurde von der bitteren Enttäuschung, auch hier keine Gleichgesinnten zu finden, was immer das auch heißen mochte.

Dennoch waren es gute Zeiten. Vielleicht die besten.

Aber sie dauerten nicht an.

Wie jedes Jahr fuhren wir zwei Wochen an die Ostsee in Urlaub. In eine kleine Datscha in einem Kiefernwald direkt hinter den Dünen. Ich sehe noch, wie Mama barfuß vor der Haustür sitzt und Kartoffeln schält oder die Fäden von grünen Bohnen entfernt und sie in ihre Kittelschürze fallen lässt, die zwischen ihren gespreizten Beinen wie ein Sprungtuch aufgefaltet ist. Und ich höre, wie sie dabei leise vor sich hinsummt oder singt. Operetten und Schlager. »Immer nur lächeln und immer vergnügt« aus *Land des Lächelns* von Léhar. Oder »Ein Schiff wird kommen« von Melina Mercouri. Mama hatte es mehr mit der Musik, Papa mit Wörtern.

Auch Papa war weniger brummig an der Ostsee. Er brachte mir geduldig das Segeln auf einer kleinen Jolle bei, scherzte mit Mama und lachte häufig. Er konnte, wenn er denn nicht las, stundenlang auf einem kleinen gestreiften Klapphocker am Strand sitzen und aufs Meer starren. Dabei wirkte er immer auf eine seltsame Weise traurig. Oder bedrückt. Manchmal setzte sich Mama eine Zeit lang zu ihm. Einmal habe ich gesehen, wie er stumm ihre Hand nahm und sie kurz drückte. Das gefiel mir.

Mama war an der Ostsee immer glücklich. Auch weil ich von meinen Büchern abließ und freiwillig aus dem Zimmer kam. Ich lernte mit Begeisterung segeln und konnte nicht genug vom Schwimmen und Tauchen kriegen. Wenn ich aus dem Wasser gerufen wurde, weil meine Lippen schon ganz blau waren, setzte ich mich oft neben Papa, eingewickelt in mein Badetuch, starrte wie er aufs Meer und grinste über seine ungewohnte Untätigkeit. Oder ich streifte allein durch die Dünen. Am liebsten kletterte ich die Steilküste hinauf und berauschte mich an der Weite. Damals wollte ich unbedingt Seefahrer werden, über die Meere segeln, fremde Länder bestaunen und Schatzinseln entdecken. Papa nickte immer nur lächelnd und besorgte mir Bücher von Herman Melville, Jack London, Joseph Conrad und anderen Abenteurern. Dafür liebte ich ihn. Auch weil er mir nicht erklärte, dass ich als Mädchen kein Seefahrer werden konnte. Vielleicht Hostess auf einem bescheuerten Kreuzfahrtschiff. Manches Mal beschlich mich der Verdacht, dass er selbst gerne vom Meer schanghait worden wäre. Vielleicht wirkte er deswegen hin und wieder so bedrückt, wenn er über die See schaute.

Ich fragte ihn einmal danach, als wir vor unserem Wohnwagen mit Blick aufs Meer saßen.

»Papa, wärst du auch gerne über die Sieben Weltmeere gesegelt? Auf der Suche nach den Schatzinseln, auf denen die Piraten ihr Gold und Geschmeide versteckt haben? Ich würde das jedenfalls wahnsinnig gerne machen!«

Er lächelte mich an.

»Wenn man so jung ist wie du«, sagte er in seinem typisch ruhigen Tonfall, »liegt das Abenteuer immer in unerreichbarer Ferne. Aber irgendwann begreifst du, dass du es in dir trägst. Und was die Schatzinseln betrifft, meine kleine Tochter …« Dabei wies er mit einem leichten Kopfnicken Richtung Mutter, die gerade den Tisch deckte. »Ich habe meinen Schatz gefunden. Und ich sage dir eines: Er war wahrlich nicht leicht zu heben.«

Dabei grinste er wie David aus der Parallelklasse, wenn er verlegen war, weil er mit einem Mädchen sprach. Ich hielt meinen Vater damals für etwas spießig, aber die Wärme, die er bei diesen Sätzen ausstrahlte, umfing mich wohlig.

Dann kamen die Albträume. Ich war ein paar Monate zuvor elf Jahre alt geworden, als es anfing. Als mich nachts übermächtige Dämonen jagten, die mich würgen, zerfleischen oder mir den Schädel spalten wollten. Nacht für Nacht wachte ich schreiend und schweißgebadet auf, Mama kam herbeigeeilt, rieb mir zärtlich mit einem feucht-kalten Waschlappen die Stirn ab und wollte, dass ich mich beruhigte und wieder einschlief. Doch ich hatte fürchterliche Angst, die Augen zu schließen und zurück ins Reich der Dämonen gesogen zu werden. Mama versicherte mir, dass ich nur geträumt hätte. Ich verstand nicht, was sie mit »nur« meinte. Als wären Träume bloß ätherische Nachtschattengespinste, deren Klauen und Zähne mir nichts anhaben konnten. Dabei waren die Dämonen meiner Träume viel wirklicher als etwa die Butterbrote, die mir Mama morgens mit zur Schule gab. Ich konnte im Traum die Hitze der schuppigen Dämonen-Körper wahrnehmen, ich konnte die Monster sogar riechen. Sie rochen nach salzigem Tang, als kämen sie aus dem Meer. Und ich spürte sie überdeutlich, die Klauen und Zähne, wie sie sich in mein Fleisch hackten und gruben, Teile aus mir herausrissen und sie schmatzend und sabbernd verschlangen, während ich hilflos schreiend erleben musste, wie ich Stück für Stück aufhörte zu existieren.

Mit Papa wollte ich aus unerklärlichen Gründen nicht darüber reden, obwohl er bestimmt viel über Monster und Dämonen gelesen hatte. Mama sagte, die Träume hätten mit der Pubertät zu tun und damit, dass ich eine Frau werden würde. Das tröstete mich wenig. Denn sie hörten nicht auf, sondern wurden schlimmer. Nach einem halben Jahr nächtlicher Qualen schleppte Mama mich zu einem Kinderpsychologen, der mir viele Fragen stellte, deren Sinn ich nicht verstand. Er zeigte mir Bilder, ich sagte Wörter wie rot, blau, schwarz, Treppe, Blume, Loch, Schmetterling, Haus, Wut, Gabel, Kind, Wolke, und er nickte immer nur, scheinbar zufrieden, als hätte ich etwas richtig gemacht, dabei war ich sicher, dass er genauso wenig wusste, was er da tat, wie ich. Die Dämonen fraßen weiter. Mama machte sich Sorgen, denn statt erste kleine Rundungen zu bekommen, magerte ich ab, wurde immer verschlossener, und das Gewebe um meine Augen färbte sich in ein schattiges Grafit und schwoll an. Doch irgendwann, ich war fast dreizehn Jahre alt, hörte Es wieder auf, so plötzlich, wie Es gekommen war.

In jenem Jahr, kurz bevor die Dämonen in ihre schwarzen Höhlen unter meiner Haut zurückkrochen, verbrachten wir unseren letzten Sommer an der Ostsee.

An diesem einen Tag, an dem meine Kindheit unwiderruflich endete, ging ich wieder zur Steilküste hinauf. Die Küste war weder sehr steil noch sehr hoch, aber wenn ich oben war, war ich über den anderen, die einige hundert Meter westlich der Steilküste unten am Strand lagen und mir von dort oben wie Fliegenschiss in Badehosen vorkamen. Ich stieg voller Vorfreude den Hügel hoch und spürte, wie auflandiger Wind weich über das Gras strich und meine nackten Beine in kurzen Hosen streichelte. Sobald ich ganz oben war, würde der Wind stärker blasen, er würde in meinen Ohren brausen, meine Haare verwehen und mein T-Shirt aufblähen. Ich freute mich auf meinen Felsen, der für mich eine Art Kapitänsbrücke war, auf der ich im Geiste über die aufgewühlte See fuhr.

An jenem Tag jedoch war meine Lieblingsstelle besetzt. Ein junger Mann saß auf meinem Felsbrocken, hatte die Augen geschlossen und hielt sein Gesicht nach Südwesten gewandt in die nachmittägliche Frühsommersonne. Seinen Kopf hatte er leicht in den Nacken gelegt. Es gefiel mir, wie der Wind mit seinem halblangen, hellblonden Haar spielte. Er hatte es mit einem Gummi am Hinterkopf zusammengezwirbelt, doch der Wind löste einzelne Strähnen aus dem Knoten und fegte sie ihm sanft über das Gesicht. Er sah schön aus, er war ein paar Jahre älter als ich, vielleicht siebzehn.

Ich ging etwas näher heran, einerseits fasziniert von dem entrückten Anblick, den er bot, andererseits verärgert, weil er meinen Platz in Beschlag genommen hatte. Obwohl ich nun schon recht nahe bei ihm stand, bemerkte er mich nicht. Da fiel mir auf, dass er Ohrstöpsel trug, von denen ein Kabel in seine Jackentasche führte. Er hörte Musik. Plötzlich verspürte ich einen großen Zorn, der meine Faszination in einer einzigen Sekunde vernichtete. Wie konnte er hier sitzen, so in sich gekehrt und abgeschottet, sich ganz selbst genügend und die Sonne und den Wind genießend, als könnte ihm nichts und niemand auf der Welt etwas anhaben? Und das mit geschlossenen Augen, als gäbe es keine Dämonen?

Mein Lieblings-Felsbrocken lag ganz nah an der Klippe, dort ging es etwa fünf, sechs Meter hinab. Unter der Klippe war ein schmaler Streifen steiniger Strand. Fast nur Geröll, kaum Sand. Ohne groß nachzudenken, blickte ich mich um, sah niemanden weit und breit, nahm einen kurzen, aber kraftvollen Anlauf und stieß den Kerl vom Felsen die Klippe hinunter. Er schrie vor Schreck auf, dann hörte ich einen dumpfen Aufprall und das helle, knirschende Geräusch von sich bewegendem Geröll und Kies. Ich wartete kurz, dann legte ich mich auf den Bauch, robbte nach vorn und lugte vorsichtig über die Klippe. Da unten lag er, die Glieder verdreht, den Kopf zur Seite. Aus seinem Schädel sickerte hellrotes Blut über das Geröll. Aber er war nicht tot, er stöhnte leise, sah jedoch nicht zu mir herauf. Er versuchte sich zu bewegen, doch es ging nicht, und er stöhnte lauter. Die Geräusche verwirrten mich und machten mir Angst. Mir wurde übel. Ich robbte durch das Gras zurück, erhob mich und rannte davon.

Ich rannte und rannte, zuerst den schmalen Trampelpfad die Klippe hinunter, dann quer durch Büsche, Brennnesseln und ein Rapsfeld, das bald verblühen würde. Als mir die Luft ausging und ich Seitenstechen bekam, ließ ich mich auf den Boden fallen. Ich lag auf dem Rücken und hielt mir die Seite. Keuchend blickte ich in den blauen Himmel über mir und versuchte nicht daran zu denken, was gerade passiert war. Ich hatte es sicher »nur« geträumt. In meinem Blickfeld wiegten sich einzelne Rapsblüten im Wind. Sie waren wunderschön. Sanft, gelb, fröhlich. Beinahe als würden sie zu dem Surren meiner Zellen tanzen. Als mein Atem zur Ruhe gekommen war und der Tanz der Rapsblüten langsam in den Hintergrund trat, drängte sich mit Macht nach vorn, was ich getan hatte. Das war kein böser Traum gewesen. Doch so sehr ich auch darüber nachdachte und in mich hineinhorchte – mir wurde nicht klar, warum ich es gemacht hatte. Das entsetzte mich fast noch mehr als die Tat an sich. Ich war in diesem Moment fest davon überzeugt, verrückt zu sein, und das war eine schreckliche Vorstellung, die mir sehr große Angst machte.

Zudem quälte mich der Gedanke an meine Eltern. Was, wenn sie davon erfuhren? Sie waren immer so lieb und verständnisvoll zu mir. Manchmal blickte Mama mich an, als wäre ich ein Wunder. Als ich sie einmal belustigt danach gefragt hatte, meinte sie, dass ich in der Tat ein Wunder sei. Sie hatten so lange vergeblich auf ein Kind gehofft, und dann – als meine Eltern es in ihrem etwas fortgeschrittenen Alter schon aufgegeben hatten – kam ich plötzlich. Eben wie ein Wunder! Ich fand es sehr süß von ihr zu sagen, ich sei plötzlich gekommen, und mir damit in meinem jugendlichen Alter Visionen vom Geschlechtsverkehr meiner Eltern zu ersparen. Als ich etwas älter war, zog ich sie deswegen manchmal auf und nannte meine Geburt das Wunder der jungfräulichen Empfängnis. Das passte sehr gut, denn meine Mutter heißt Maria. Sie lachte meistens und gab mir einen leichten Klaps auf den

Hinterkopf. Manchmal blickte sie aber auch nur still vor sich hin und erließ mir den Klaps.

Wenn sie hören würde, was ich auf der Steilküste getan hatte, würde es ihr das Herz brechen. Und auch Papa würde verzweifeln und sich den Rest seines Lebens fragen, was er bloß falsch gemacht hätte. Dabei hatten die beiden nichts, aber auch gar nichts falsch gemacht. Sie waren die besten Eltern der Welt. Ich war ganz einfach verrückt, es konnte gar nicht anders sein. Aber das durften sie nie und nimmer erfahren. In diesem Moment überflutete mich ein Gefühl von Liebe und Zärtlichkeit für meine Eltern, das mich fast zerriss. Ich glaube, ich habe Liebe nie wieder so schmerzlich intensiv empfunden.

Als ich Stunden später zurück zur Datscha kam, meine Verstörtheit mühsam unterdrückend, war Mama in heller Aufregung. Sie hatte von einem Unfall an der Steilküste gehört. Ein junger Mann war abgerutscht und hinuntergestürzt. Er war bewusstlos aufgefunden worden, und Mama nahm das Ereignis zum Anlass, mir meine offensichtlich gefährlichen Streifzüge zur Steilküste ab sofort zu verbieten. Ich wehrte mich nur der Form halber ein wenig. Dann fielen Mama meine völlig zerkratzten Beine auf, die zudem wegen der Brennnesseln von roten Quaddeln übersät waren. Ich hatte es bislang nicht einmal bemerkt.

»Was hast du gemacht? Bist du durch Brennnesseln gelaufen?«

Ich nickte.

»Warum passt du nicht besser auf?«, fragte sie kopfschüttelnd.

Ich wich ihrem Blick aus.

»Bin über die Felder gerannt. Ich hab's gar nicht gemerkt. Aber der Hose ist nichts passiert!«

Papa schaute sich meine Beine an. »Tut es weh?«

Ich schüttelte den Kopf. »Ein Indianer spürt keinen Schmerz.«

Papa lachte. Aber Mama blickte mich immer noch prüfend an. Dann schickte sie mich unter die Dusche, damit ich die Wunden reinigte. Danach trug sie mir Salbe auf. Ich tat so, als wäre alles in Ordnung. Aber ich konnte ihr nicht richtig in die Augen sehen. Deshalb ging ich früh zu Bett. Aber schlafen konnte ich auch nicht. Ich fürchtete, verhaftet zu werden und ins Kindergefängnis zu kommen. Gab es ein Gefängnis für knapp Dreizehnjährige? Wenn nicht, würde man mich bestimmt in ein Heim stecken, was sicher genauso schlimm war wie ein Gefängnis.

Am nächsten Tag hörte Papa von Einheimischen im Dorf, dass der verunfallte Junge ein Abiturient mit Namen Markus Gernhard aus Dortmund sei. Er lag im Krankenhaus mit ein paar Rippenbrüchen und Prellungen und einem Milzriss, den sie in einer Operation geflickt hatten. Inzwischen war er wach und behauptete, von jemandem oder etwas über die Kante gestoßen worden zu sein. Er hatte allerdings weder etwas Verdächtiges gesehen noch gehört, wie er zugab. Papa berichtete, dass die Polizei ihm nicht so recht glaube und gesagt hätte, der junge Mann stünde unter Schock. Außerdem habe er vor dem Sturz wohl Cannabis geraucht. Ein zugedröhnter Hippie mit zu viel Fantasie. Oder Paranoia. Denn es seien keinerlei Spuren eines Angriffs gefunden worden. Und falls er tatsächlich geschubst worden sei, was sehr unwahrscheinlich sei, dann vielleicht von einer verirrten und verwirrten Kuh, die sich dort oben herumgetrieben hätte. Ich war unendlich erleichtert. Zwei Tage später fuhren wir verfrüht zurück nach Berlin. Mama wollte aus nicht näher erläuterten Gründen nach Hause. Vermutlich wegen der Umstände. Wir sind nie wieder in die Datscha gefahren.

Zurück in Berlin, in meinem Kinderzimmer, dachte ich noch lange an den jungen Mann. Meine rätselhafte Attacke hätte tödlich ausgehen können, was mich immens quälte. Ich hätte gerne nach ihm gesucht, auch wenn ich nicht wusste, warum. Aber damals gab es noch keine weitverbreiteten sozialen Netzwerke, in denen die Menschen Selbstdarstellung mit Kontaktfreude verwechseln und endlos Fotos von sich und ihren täglichen Mahlzeiten in die Welt blasen. Mir blieb nur meine Fantasie und meine gestochen scharfe Erinnerung an sein Profil, das er auf der Klippe in die Sonne gehalten hatte. Ich stellte mir vor, wie ich in Dortmund herumschlenderte und ihm auf der Straße begegnete. Oder mich zu ihm auf einen freien Stuhl in dem Außenbereich eines Cafés setzte, wobei er mich kurz anlächeln würde und ich ihn verstohlen beobachten konnte, während er in einer Zeitschrift blätterte. Dann überlegte ich, warum ich mir das vorstellte. Vielleicht wollte ich mich vergewissern, dass es ihm gut ging. Vielleicht wäre es aufregend, neben ihm zu sitzen und ihn in völliger Ahnungslosigkeit lächeln zu lassen. Vielleicht wäre er nett zu mir und würde sich mit mir unterhalten, ohne auch nur im Entferntesten auf die Idee zu kommen, dass nicht eine verirrte Kuh, sondern dieses junge Mädchen ihn über die Klippe geschubst und fast getötet hatte. Aber irgendwann fühlte ich mich schlecht bei diesen Gedanken, sie waren auf eine gestörte Art und Weise eitel – ein Ausdruck, den mein Vater häufig mit Verachtung benutzte, er hielt nichts von eitlen Menschen. Daher beschloss ich, mich per E-Mail anonym bei meinem

Opfer zu entschuldigen. Doch Mails konnten zu ihrem Absender zurückverfolgt werden. Und bei einem Brief per Post gab es ebenfalls zu viele Risiken: Fingerabdrücke, DNA-Spuren im Speichel, wenn man so blöd war, die Gummierung zu lecken ... Also rief ich ihn eines Tages aus einem Impuls heraus mit unterdrückter Rufnummer an. Es klingelte nur dreimal, dann hob er schon ab. Zum ersten Mal hörte ich seine Stimme, hörte ihn fragen und atmen, dann legte ich ohne ein Wort auf, rief ihn nie wieder an und stellte mir auch nie wieder vor, mit ihm Kaffee oder Orangensaft zu trinken.

Damals hatte ich gedacht, meine Untat würde mich mein Leben lang verfolgen wie die Dämonen in meinen Träumen. Doch die Dämonen verschwanden kurz darauf, als hätte eine Art Blutzoll sie befriedet, und die Erinnerung an den jungen Mann auf der Klippe verblasste mit den Jahren. Falls ich wieder einmal an ihn dachte, weil irgendjemand vielleicht die Ostsee erwähnte oder eine Jugendsünde oder Dortmund oder eine Klippe oder Kies oder einen Sturz oder einen Abiturienten oder ein Rapsfeld oder einen Felsbrocken oder eine Kuh, dann fühlte sich die Erinnerung an wie eine Geschichte, die einem Fremden passiert war. Oder wie irgendein Film, den ich irgendwann einmal gesehen hatte, an dessen Darsteller ich mich aber beim besten Willen nicht erinnern konnte. Verblasst wie ein altes Polaroidfoto aus einer vergangenen Ära. Jedenfalls fühlte es sich nie so an, als hätte ich das Ganze erlebt oder gar getan. Vielleicht war es der oder das Andere hinter dem Spiegel gewesen, jedenfalls war Ich Es nicht.

Henryk

Wässerchen fürs Brüderchen

Heute prügele und schubse ich nicht mehr. Ich töte. Aber ich töte weder Menschenschafe noch Opferlämmer, ich töte Wölfe. Wölfe, die Lämmer zur Schlachtbank führen.

Henryk, der nun Heinrich heißt, ist Abschaum. Ich meine damit nicht nur, dass er für mich Abschaum ist, natürlich ist er das. Aber er ist auch für die meisten anderen Abschaum. Henryk ist ein Berber. Andere sagen Obdachloser. Oder Penner. Und meinen Abschaum. Sie meiden seinen Blick, wenn sie auf dem Bürgersteig an ihm vorübergehen, wo er in mehreren Schichten zerschlissener Klamotten auf einer alten, vor Dreck starrenden Wolldecke sitzt, vor sich eine aufgerollte Plastiktüte mit ein paar Münzen darin, daneben ein Schild: *Habe Hunger*. Was von den meisten Passanten interpretiert wird als: Habe Durst. Und das wird nicht unterstützt! Weswegen so wenig Münzen in der Tüte sind. Das Nichts-Geben ist quasi als wertvolle erzieherische Maßnahme gedacht. Oder getarnt.

Henryk, der nun Heinrich heißt, bettelt zurzeit in Heidelberg. Was mir überhaupt nicht in den Kram passt. Obwohl

Heidelberg ein so beschauliches Städtchen ist. Ein Besuch in Heidelberg lohnt sich immer. Vitale kleine Großstadt. So heißt es zumindest auf der stadteigenen Werbe-Website. Ich sehe das genauso. Wie hübsch, wie pittoresk, wie ... Ich denke, Heidelbergs Schönheit kann Henryk am Arsch lecken. Mich übrigens auch. Wir sind aus anderen Gründen hier.

Vor zwei Wochen war Henryk noch in Speyer. Davor in Tübingen. Auch zwei beschauliche Städtchen. Ich vermute, dass Henryk sich diese Orte aussucht, weil in weniger beschaulichen Städtchen wie etwa Berlin oder Bottrop oder Gelsenkirchen nicht viel für ihn zu holen ist. In Berlin wäre seine Konkurrenz sehr groß, weil dort sogar die Politiker betteln gehen, um ihre silbernen Flachmänner zu füllen und den Flughafen zu finanzieren. In Gelsenkirchen etwa fiele Henryks plakativ vorgetragenes Elend so wenig auf wie ein schwarzer Eimer in mondloser Nacht auf einem Kohlehaufen. Dort würde er das heruntergekommene Stadtbild nur auf eine geradezu harmonische Weise vervollständigen.

In Tübingen, vor dem Hölderlin-Turm oder am Schloss oben, da stört er das saubere schwäbische Ambiente und das historische Dichter-und-Denker-Dekor, mit dem Tübingen sich gerne schmückt. Dort fällt Henryk auf, dort tut er noch weh. Zumindest ein bisschen. Einigen. Denn dort gibt es immer noch genug überengagierte Studenten, die die Welt verbessern wollen und mit einem Fünfzigcent-Stück bei unterprivilegierten Mitmenschen wie Henryk anfangen. Brot für die Welt. Wenn Henryk abends seine trotz allem magere Ausbeute betrachtet, steht ihm allerdings etwas anderes ins Gesicht geschrieben: Kot für die Welt. Es reicht nie für ein anständiges Besäufnis. Essen? Essen ist nicht das Problem, dafür gibt es Suppenküchen. Außerdem kann man containern. Oder stehlen.

In Speyer saß Henryk gerne vor dem Dom, um das christliche Gebot der Nächstenliebe zu nutzen. Doch es hat ihm nur kurz genutzt. Die spärlichen Einnahmen waren besser als nichts, aber bald wurde er vertrieben. Ich weiß nicht, ob es der Hausmeister war. Ob die katholische Kirche überhaupt Hausmeister unter ihren zahllosen Würdenträgern hat. Jedenfalls wurde Henryk von einem diskret agierenden Kirchen-Offiziellen mit dem Verweis auf Landfriedensbruch und dem Interesse der Exekutive an diesem Vergehen unmissverständlich aufgefordert, das Feld zu räumen. Vermutlich, damit Gott es wieder allein bestellen und die Kirche die Früchte exklusiv einsacken konnte. So oder so ähnlich drückte Henryk sich zumindest aus, als er den Würdenträger beschimpfte.

Trotzdem. Henryk trifft mit den hübsch-beschaulichen Städtchen sowohl psychologisch als auch betriebswirtschaftlich die richtige Wahl. Auch wenn er sich selten besaufen kann, ohne den Alk stehlen zu müssen, kann er sich doch jeweils wenigstens ein paar Wochen über Wasser halten. Manchmal, wenn er wie auch immer etwas mehr Geld erbeutet und Schnaps gekauft hat, kommt er sogar zum Schuss, denn bei den wenigen Frauen, die auf der Straße leben, ist immer eine derart Hoffnungslose jenseits ihrer selbst dabei, die für etwas Fusel die Beine breit macht. Ich habe es gesehen. Mehrfach. Es hat mich noch weitaus schlimmer angewidert als Hermanns nackter Körper und sein nicht enden wollendes Geschrei.

Spätestens nach zwei Wochen zieht Henryk weiter. Bevor er zum Stadtbild gehört und im Dekor verschwindet.

Ich ziehe hinterher.

Nun sind wir in Heidelberg. Die Sonne brennt seit Wochen besonders intensiv auf das Rhein-Main-Neckar-Gebiet, ein Jahrhundertsommer. Die alten, dickwandigen Gemäuer in der Stadt schwitzen in der Hitze weiß blühenden Salpeter aus, in den Ritzen zwischen dem Kopfsteinpflaster verdursten die Flechten. Touristen tragen alberne Hüte, wischen sich den Schweiß mit Stofftaschentüchern aus den Nacken und bevölkern die Biertränken und Eiscafés, nachdem sie sich pflichtbewusst den beschwerlichen Fußweg zum Schloss hinauf- und wieder hinuntergeschleppt haben.

Während sich Henryk ein schattiges Lager in der Nähe einer der Neckarbrücken eingerichtet hat, habe ich als russische Einkäuferin für eine Boutiquen-Kette in einem kleinen Hotel eingecheckt. Als Tourist ist man im beschaulichen Heidelberg unauffällig. Wenn man nur kurz bleibt. Aber ich brauche eine Tarnung, um meinen längeren Aufenthalt zu bemänteln. Als russische Geschäftsfrau werde ich mich arrogant, neureich und putinesk aufführen, um auffällig und glaubwürdig und damit unauffällig zu sein. Ich bin stark geschminkt, trage Escada-Klamotten, die meiner Meinung nach stets nach Edelnutte aussehen, dazu eine platinblonde, hochtoupierte Perücke à la ich komme frisch aus dem Bett und habe mir künstliche Fingernägel in einer angesagten Besenreiser-Farbe aufgeklebt, die so lang sind, dass ich mit ihnen das Neckar-Flussbett ausschaufeln könnte. Kurzum, wenn ich noch ein annähernd klar umrissenes Ich hätte, würde ich behaupten, mich nicht mehr zu kennen.

Als ob ich das je getan hätte.

Man könnte vermuten, Henryk wäre hier in Heidelberg, weil er hofft, dass die vielen Spätsommer-Touristen in der Stadt sich großzügig zeigen, da das Geld im Urlaub lockerer sitzt und der ein oder andere vielleicht ein schlechtes Gewissen hat, weil es ihm gut geht und Henryk nicht. Das wäre jedoch eine falsche Annahme. Zumindest legt das der Blick in seine aufgerollte Plastiktüte nahe. Aber ich vermute eh, dass Henryk nicht wegen falscher Annahmen und trügerischer Hoffnungen nach Heidelberg gekommen ist, sondern wegen seines jüngeren Bruders Karol. Aber zu Karol kommen wir laut Plan erst später. Ich zumindest.

Henryk hingegen hat zu meinem Ärger relativ schnell Kontakt zu Karol aufgenommen. Ich habe die beiden per Richtmikrofon belauscht. Gibt es heutzutage bei *amazon*, dem monopolistischen Gemischtwarenladen für alle und alles. Henryk hat erst weinerlich, dann energisch an Karols Familiensinn appelliert, um etwas Geld herauszuschlagen. Oder ein anständiges Bett für wenigstens ein paar Nächte. Karol hat sich geziert. Da hat Henryk an die gemeinsame Vergangenheit appelliert. Das war ein Fehler. Hätte ich Henryk gleich sagen können. Aber sein Hirn ist so marode von jahrelangem Alkoholmissbrauch, dass er nicht mehr klar denken kann. Er kann nicht im Ernst geglaubt haben, Karol würde sich freuen, wenn Henryk ihn an früher erinnert.

Henryk ist inzwischen zweiundsechzig Jahre alt, auch wenn er aussieht wie beinahe achtzig. Karol ist elf Jahre jünger. Deswegen glaubt Karol auch, noch eine Zukunft zu haben. Er weiß nicht, wie sehr er sich irrt. Aber deswegen beißt er Henryk weg. Henryk mit seinem Beharren auf der Vergangenheit steht Karols Zukunft im Weg. Henryk wird wütend, als

Karol auf Henryks angeblichen Familiensinn scheißt. Also versucht Henryk, Karol zu erpressen. Doch statt kleinmütiger Einsicht und großmütiger Unterstützung erntet er lediglich ernst gemeinte und ernst zu nehmende Drohungen. Fürs Erste zieht sich Henryk zurück.

Ich weiß nicht, wie er weiter vorgehen will. Aber ich werde nicht zulassen, dass er Karol verstört und aus seiner rhythmischen Alltagsruhe reißt. Ich brauche Karol noch, und zwar arglos und unvorsichtig.

Drei Tage laufe ich an Henryk vorbei. Werfe am ersten Tag einen Euro in seine Tüte. Am zweiten ebenso. Dabei lächele ich ihn an. Er dankt mir mit der Professionalität eines Berbers. Er sitzt vor dem Eingang zu einer edlen Einkaufs-Galerie, in der die Welt als Swarovski-glitzernde Ware präsentiert wird und nach Marshmallows riecht. Am vierten Tag sitzt er wieder da. Neben ihm lässt ein kleines Mädchen Seifenblasen in die Luft steigen, die nach drei Sekunden Aufenthalt im wahren Leben zerplatzen. Das Mädchen erfreut sich an den drei Sekunden. Ich beneide es. Dann bücke ich mich zu Henryk, gehe in meinem engen Rock in die Knie, lächele wieder und gebe ihm mit überdeutlich russischem Akzent einen Zehner.

»Trink was, Brüderchen.«

Er bedankt sich auf Russisch bei mir. Immerhin war Henryk in seinem früheren Leben ein waschechter Pole, der sehr gut Russisch sprach. Bevor er sich Heinrich nannte und wie Karol, der jetzt Karl heißt, von Hermann deutsche Papiere besorgt bekam. Wenn ihm die polnische Herkunft aber zum Vorteil gereicht, erinnert er sich bereitwillig an seine ehemalige Identität und nutzt sie. Ich habe nichts anderes erwartet. Brüderchen. Wässerchen. Geld für Wodka.

Ich muss herausfinden, wie lange Henryk in Heidelberg bleiben will. Wann er endlich aufgibt, auf Hilfe von seinem Bruder zu hoffen. Wann wir beide weiterziehen können, unserem unerbittlichen Ziel entgegen. Bevor ich zu Karol nach Heidelberg zurückkehre und ihm meine beiden nächsten Monate widme.

Am fünften Tag bücke ich mich nicht nur, ich setze mich zu Henryk. Auf den Boden in der Fußgängerzone. Das ist ein etwas umständliches Unterfangen, weil ich wieder einen kurzen engen Rock trage, gerade deswegen ist meine Bemühung nicht nur sexy, sondern auf einer Metaebene ein zwangloser Beweis vorurteilsfreier Solidarność. Henryk gibt mir seine Hand, die voll rheumatischer Knötchen ist, und stellt sich als Heinrich vor. Also nenne ich ihn so. Ich erkläre ihm gemäß meiner derzeitigen Tarnung, ich sei Anna, Geschäftsfrau mit einer Boutiquenkette in Moskau und Nowosibirsk, die neben ein paar beruflichen Terminen in Deutschland hier in Heidelberg ihren älteren Bruder Karol besuche, der im grauzonigen Luxus-Karossen-Export arbeite und ein reiches Arschloch sei. Heinrich schätzt meine lässige Offenheit und kann es nicht fassen: Er hat ebenfalls einen Bruder namens Karol, allerdings einen jüngeren. Aber der ist auch ein arroganter Arsch. Ich frage nicht weiter nach. Wir lachen über den Allerweltsnamen Karol und unsere zufälligen Gemeinsamkeiten. Ein paar Meter weiter quält ein unbegabter Straßenmusiker »One love, one heart, let's get together and feel alright«. Ich habe eine Miniatur-Flasche Moskovskaya Cristall dabei. Gerade mal zwei, drei Schluck pro Mann. Oder Frau. Zum Anwärmen. We feel schnell alright.

Heinrich findet mich cool und sexy. Ich erzähle ihm von meinem spießigen Bruder, der seine proletarische Herkunft vergessen zu haben scheint und die Nase überm Armani-Anzug sehr hoch trägt. Ich habe diesen Dünkel nicht, obwohl ich Escada trage. Fürs Business. Aber ich vergesse niemals, wo ich herkomme. Deswegen sitze ich auch hier mit Heinrich. Und fühle mich, verdammt noch mal, auf seiner Pappe mehr zu Hause als in meines Bruders »Schöner Wohnen«-Bude. Heinrich versteht das, denn auch sein Karol ist so ein beschissen bürgerlicher Biedermann geworden. Ich werde melancholisch und erzähle von beschissen besseren Tagen, von meiner Jugend in Nowosibirsk: Man schläft lange, weil viel beschissen dunkel und nichts zu tun. Dann steht man auf, trifft sich mit Freunden und trinkt Wodka. Danach ist man beschissen betrunken, isst ein paar beschissene Blinis und schläft am Nachmittag ein paar Stunden. Dann steht man auf und trifft sich mit Freunden und trinkt Wodka. Mit etwas Alkohol bekommt man selbst in einer kalten Welt Wärme in den Bauch. Heinrich gibt mir recht. Ich sage ihm, dass mein Bruder ein beschissener Arsch ist und ich ein Fan von Michael Jackson bin und den Moonwalk kann. Heinrich lacht, hält mich für eine bescheuerte Säuferin und fühlt sich verstanden. Nicht wegen des Moonwalks. Wegen der Karols und des Wodkas.

Mir bereitet es keinerlei Mühe, mich so »beschissen« auszudrücken. Henryk denkt, dass ich mit ihm plaudere. Und ihm dabei ein paar Infos gebe. Aber mir geht es um viel mehr als das. Wie bei den Campern stelle ich mittels milieuangepasster Sprache Kontakt her, baue Vertrauen auf, lulle ein und manipuliere. Bei Henryk erreiche ich das ganz einfach mit Fäkalsprache und einem weitestgehenden Verzicht auf korrekte Grammatik. Mit meinem Habitus aus Sprache und Körpersprache signalisiere ich Henryk Zugehörigkeit zu oder zumindest Verständnis für seine soziale Gruppe. Man darf das nicht übertreiben, aber richtig dosiert funktioniert es zuverlässig. Weil die gemeinsame Sprache jedem Menschen ein Gefühl von Zuhause gibt, selbst oder gerade einem Obdachlosen, dem schon eine zeitweilige Zuflucht als Zuhause dient.

Und weil wir jetzt so etwas wie Freunde sind, erzählt auch Heinrich aus seinem Leben. Dass er früher Henryk hieß statt Heinrich, aber bereits seit einigen Jahren als Sudetendeutscher oder so in Deutschland eingebürgert ist.

»Bessere Krankenhäuser, bessere Sozialleistungen«, sagt er und zwinkert mir zu. »Werden ja alle nicht jünger. Schon gar nicht auf Platte.«

Ich nenne ihn nun bei seinem richtigen Namen. Henryk. Es scheint ihm zu gefallen. Dann erzählt er mir von seiner Zeit in Polen. Wie er in Danzig neben Lech auf der Werft geschuftet hat und so 'n Kram. Ich muss mich sehr zusammenreißen, um beeindruckt zu tun, statt laut loszulachen. Für wie schwachsinnig hält der mich? Ich kenne seine komplette Biografie, habe alles bis ins Kleinste recherchiert. Henryk kam nicht einmal in die Nähe von Danzigs Arbeiterbewegung. Sein Leben war und ist Lichtjahre entfernt von allem, was irgendeine Bedeutung hat. Bestenfalls könnte man es als glanzlos bezeichnen. Ganz früher war Henryk Maurer. Da hat er das Saufen gelernt. War damals ja Teil der Arbeitsplatzbeschreibung bei Maurern. Ein Insider hat mir einmal gesagt, wenn gefeiert wurde, rechnete man eine Flasche Schnaps pro Mann. Heute soll das anders sein. Was trinkt man eigentlich heutzutage auf dem Bau? Cherry-Coke? Lemon-Beer? Oder etwas Isotonisches?

Henryk gibt weiterhin mit sozialistischen Großtaten an Walesas Seite an: Leider war Lech ein Arsch. Hat sich in den

Vordergrund gedrängt und den ganzen Ruhm alleine eingeheimst. Dabei hätte Henryk auch so einiges an Aufmerksamkeit zugestanden. Sagt Henryk. Garantiert erzählt er mir gleich noch, wie es war, mit Hemingway den Kilimandscharo zu besteigen. Und dass Ernest ein Arschloch war, weil er seine Bücher nämlich nicht selbst geschrieben hat, sondern in Wahrheit war es Henryk.

Er nervt mich, ich will endlich zum Punkt kommen. Ich sitze schließlich nicht zum Spaß hier, auch wenn er das denken soll. Ich befrage ihn, die Naive spielend, nach dem wildromantischen Dasein eines Berbers, der auf die Gesellschaft und all ihre Konventionen scheißt. Henryk lacht mich freundlich aus und nutzt natürlich auch diese Gelegenheit sofort zur Selbstbeweihräucherung. Er erklärt mir, dass das Leben auf der Straße wahrlich kein Marlboro-Werbespot von Freiheit und Abenteuer sei. Nix für Romantiker, nur was für knallharte Kerle. So wie er. Das sieht man auch daran, dass Frauen auf der Straße nie lange überleben. Innerhalb kürzester Zeit sind sie völlig fertige Schlampen, denen man nicht mehr ansieht, dass sie früher vielleicht mal ganz attraktiv oder gar sexy gewesen sind. Dabei gleitet Henryks Blick über meine Beine. Ich habe Bilder vor Augen, wie er einige dieser von ihm als Schlampen bezeichneten Frauen besteigt, aber ich ignoriere meine aufsteigende Wut und frage beiläufig, wie lange er hier in Heidelberg Platte machen wolle. Zu meinem großen Ärger plant Henryk, in Heidelberg zu überwintern. Ich versuche, ihm das auszureden. Empfehle Kiel, Kassel oder Wattenscheid, was auch immer, Hauptsache weiterziehen und nicht an einem Ort hängen bleiben. Das tut ein harter Kerl wie Henryk doch nicht. Doch letztlich fehlen mir die Argumente. Henryk hat bessere: Spätestens wenn der Frost kommt, wird sich sein kleiner Bruder Karol an ihn erinnern und ihm ein warmes sauberes Bettchen anbieten. Falls er nicht von alleine draufkommt, will Henryk ihm auf die Sprünge helfen. Ich frage ihn, wie er das anstellen möchte. Henryk grinst nur dreckig.

Am späten Abend sitze ich in der fast leeren Hotelbar am Tresen und ärgere mich immer noch. Henryks Absicht, in Heidelberg zu überwintern, unterläuft meine Planung. Ich hasse das. Die zwei Monate für ihn sind in wenigen Tagen vorüber, ihm schlägt die Stunde. Aber hier in Heidelberg? Mit Karol direkt vor der Nase?

Ich habe die Wahl zwischen Pest, Cholera und Krätze. Meinen Zeitplan zu vergessen und den Winter über zu pausieren gefällt mir ganz und gar nicht. Ich will meinen Plan unbeirrt durchziehen. Will mich an der straff gespannten Richtschnur meiner Vorbereitungen mit konzentrierten Händen und fokussiertem Geist zum Ziel vorarbeiten, ohne Abweichung, ohne Lockerlassen. Pausen zerstreuen, lenken ab, die Schnur hängt durch, der Fokus ist gefährdet, und schlimmstenfalls gerät die Entschlusskraft ins Wanken. Oder ich tausche die Reihenfolge. Setze Henryk oder Karol oder beide nach hinten. Doch auch das gefällt mir ganz und gar nicht. Im Wolfsrudel gibt es eine Rangordnung, die ich einhalten will wie ein Naturgesetz. Der Leitwolf kommt zum Schluss. Außerdem müsste ich trotzdem warten, bis Henryk Heidelberg wieder verlässt, was wiederum zu dem Pest-Ding mit dem Zeitplan führt. Oder drittens: Ich bleibe bei meiner geplanten Reihenfolge und variiere den Zeitplan durch eine kleine Verkürzung. Statt Henryk und Karol jeweils zwei Monate zu widmen, reiße ich die beiden kurz hintereinander in der gleichen Stadt. Meine Leine bleibt nicht nur gespannt, sie wird sogar noch straffer gezurrt. Aber auch diese Option gefällt mir nicht hundertprozentig, denn sie birgt unnötige Risiken. Eine Verbindung zwischen den Morden wird offensichtlich sein, wenn ich meinen Modus Operandi nicht ändere. Was ich nicht vorhabe. Doch dann wird die Kripo eine Verbindung zwischen den Opfern feststellen. Die ist zwar auf den ersten Blick nicht ersichtlich, schließlich leben die beiden mit gefälschten deutschen Papieren, die keinerlei Hinweise auf ihre Verwandtschaft geben. Doch mit viel Pech stürzt sich irgendein überengagierter, kreativer Beamter auf den Fall, gräbt tiefer als üblich und stößt auf das polnische Brüderpaar. So wie ich unweigerlich auf Henryk gestoßen bin, nachdem mir Hermann kurz vor seinem Tod Karols neuen Namen genannt hat: Karl Schreiber. Wenn die Polizei herausfindet, dass Karl Schreiber und Heinrich Drechsler Brüder waren, wird in der Vergangenheit gewühlt.

Obwohl ... Das kann mir egal sein. Eine Verbindung zu dem Menschen, der ich war, bevor ich wurde, was ich bin, gibt es nicht.

Ich entscheide mich also für Letzteres. Ich muss eine Art Doppelschlag ausführen. Henryk und Karol. Hinz und Kunz. Ich werde präzise und hochgradig aufmerksam arbeiten, aber auch schnell und gezielt. Noch bevor die Polizei bei Henryk auch nur annähernd klar sieht, werde ich die Stadt verlassen haben.

Als ich mein Konzept im Geiste umarbeite, resümiere ich meine bisherigen Fortschritte, um wieder bessere Laune zu bekommen. Ich konzentriere mich auf Henryk und denke, ich bin auf einem guten Weg. Jedenfalls habe ich sein Vertrauen gewonnen. Natürlich fällt es mir schwer, sein unaufhörliches, unsinniges Geschwafel zu ertragen. Aber auch dafür habe ich trainiert. Die Disziplin »Selbstverleugnung« schien mir wichtig zu sein. Bis ich begriff, dass da kein Selbst mehr war. Es gab nichts mehr zu leugnen. Nur noch zu erschaffen. Aus dem Nichts.

Es dauert nicht lange, bis ein Hotelgast in der Bar auf die von mir erschaffene Anna aufmerksam wird. Ihm gefällt offensichtlich der kurze Rock über den langen Beinen und was weiß ich noch. Er trennt sich von seiner Kumpel- oder Kollegentruppe am Sechsertisch und setzt sich auf den Barhocker neben mir, obwohl alle anderen Hocker ebenfalls frei sind. Mit bemüht weltmännischer Geste trägt er dem Barkeeper auf, mir noch einen Drink meiner Wahl zu kredenzen. Mit souverän-gelangweilter Geste fragt mich der Barkeeper, was es denn sein darf. Ich zögere kurz, während ich überlege, ob ich dem erwarteten Klischee nachgebe oder mich einfach verabschiede. Vielleicht aus Neugier oder Langeweile entscheide ich mich fürs Bleiben und bestelle einen Wodka. Der Mann, der sich neben mich gesetzt und den Drink spendiert hat, wirft vermeintlich unauffällig einen triumphierenden Blick zu seinen Kumpels oder Kollegen am nunmehr Fünfertisch. Ich frage mich allen Ernstes, ob die Kerle eine Wette am Laufen haben.

Ich will wider besseren Wissens nicht daran glauben, dass meine billige Vorstellung ins Schwarze trifft, und wende mich deshalb ernsthaft, fast hoffnungsvoll meinem Wodka-Spender zu, um mich in harmloser Konversation zu versuchen. Mit russischem Akzent versteht sich.

»Danke für den Drink. Sie sind mit Ihren Kollegen hier im Hotel abgestiegen?«

Er beugt sich unkontrolliert in meine Richtung. Vermutlich hat er schon mehr getrunken, als er verträgt.

»Vergessen Sie meine Kollegen! Ein Sauhaufen! Die haben gewettet, dass Sie eine Nutte sind! Dumme Provinzler! Bitte verzeihen Sie mir diese Offenheit.«

Ich bereue sofort, den Wodka angenommen zu haben, und will dem Gespräch einen schnellen Riegel vorschieben. Doch mein Gegenüber spürt nichts von meiner Abneigung und redet unaufhörlich weiter.

»Die Jungs haben keine Ahnung!«

»Aber Sie!«, sage ich.

Er grinst selbstbewusst und entgegnet: »Sie sind keine Nutte. Sie haben ein Escada-Kostüm an.«

Plötzlich packt mich der Zorn, und ich will eine Nutte sein.

»Das heißt, Sie sind sonst nur in Billig-Absteigen unterwegs, wo meine Kolleginnen rosa Leggings vom Discounter tragen? Dann belästigen Sie mich gefälligst nicht weiter. Ich bin zu kostspielig für Ihr Spesenkonto.«

Er stutzt und glaubt zu begreifen, was er trotz gegenteiliger Wette unzweifelhaft gehofft hat.

»Wie viel fürs Blasen?«, fragt er. Dann schaut er kurz augenzwinkernd zu seinen Kollegen und fügt hinzu: »Hätten Sie auch Interesse an einem Gangbang?«

Ich sehe ihn an. Mein Blick gleitet angewidert an ihm herab. Er ist etwa zwanzig Jahre älter als ich. Haaransatz nach hinten gerückt, Bauchansatz nach vorn verschoben. An seiner rechten Hand prangt ein goldener Ehering. Sein Aftershave riecht nicht billig, aber penetrant. Zu aufdringlich wie der ganze Typ.

Er legt seine Hand auf meinen Oberschenkel. Betont siegessicher. Er hat die Schlampe klargemacht für die Tisch-Truppe. Das will er vermitteln. Ich spüre seine Nervosität, seine Hand schwitzt. Der Typ ist eine Wurst. Ein Wurm. Er zieht eine Show ab, um seine Kollegen zu beeindrucken. Ich hatte nicht erwartet, dass es ihm um mich geht, aber es geht ihm nicht mal ums Vögeln. Es geht nur um schwanzvergleichende Kommentkämpfe in einer Gruppe von Männchen, die alle gerne Silberrücken wären. Wenigstens einmal, für einen Abend. Und nun soll ich oder zumindest das, was ich in den triefenden Augen der Affenhorde bin, als Trophäe erlegt werden. Die Jungs haben keine Ahnung.

Ich nehme meinen Drink und kippe ihn meinem Gegenüber ins Gesicht. Er schaut mich kurz verblüfft an, dann tupft er sich mit einer gleichmütig vom Barkeeper gereichten Serviette ab und beginnt, mich lautstark und unflätig als Nutte zu beschimpfen. Noch bevor der Barkeeper sich genötigt sieht einzugreifen, damit die anderen Gäste nicht gestört werden, erhebe ich mich und verlasse die Bar unter dem johlenden Lachen des Fünfertisches.

Als ich in meinem Zimmer bin, ärgere ich mich. Nicht über den Vollidioten und seine Kollegen, diese hirnlose Horde von Gonaden-gesteuerten Typen, die immer noch glauben, dass Frauen nichts anderes als Verfügungsmasse für ihre Schwänze sind. Und dabei sind die Brüderles dieser Welt noch eine recht harmlose Variante. Ich bin stinkwütend auf mich. Obwohl ich nach meinen Maßstäben nicht aus der Rolle gefallen bin. Ich bin eine Geschäftsfrau, die beleidigt wurde und eine weiblich-körperlose Abwehr nutzte. Aber meine Maßstäbe zählen nicht. Die Männer in der Bar haben andere Maßstäbe und machen vermutlich keinen allzu großen Unterschied zwischen einer Nutte und einer russischen Geschäftsfrau. In ihrer Welt kann man Russinnen, Polinnen, überhaupt Frauen aus dem Ostblock und aus Asien im Katalog kaufen. Billig. Denn genau das sind Frauen für sie. Billig und willig. Oder zumindest hätten sie uns gerne so. Stattdessen war ich kurz davor, diesem

Arschloch mit einer kurzen, schnellen Bewegung die Hohlbirne auf den Holztresen zu knallen und ihm, wenn er mit blutiger Nase wieder hochgekommen wäre, in die Eier zu treten, damit er zumindest eine Zeit lang aufhört, fremde Frauen in einer Bar zu belästigen. Aber das wäre nicht klug gewesen. Viel zu auffällig. Ich muss die Kontrolle behalten.

Am sechsten Tag lade ich meinen neuen Freund Henryk, den selbst ernannten Helden der Arbeiterklasse, zu einer großen, gemeinsamen Flasche Wodka ein – auf die früheren, besseren Zeiten! Henryk will, er muss trinken, das weiß ich. Die letzten Tage hat er nicht viel eingenommen, und ein Diebstahl in einem Kiosk ging schief. Henryk konnte dem erbosten, aber zu Henryks Glück sehr fettleibigen Besitzer gerade noch entkommen. Inzwischen hat er sicher brennenden Durst, den ich mit den wenigen Schlucken aus der Mini-Flasche noch befeuert habe. Außerdem vertraut er mir. Vielleicht hofft er auch, mich flachlegen zu können. Zumindest hält er mich für eine russische Vollidiotin, die sich freut, weil sie in Deutschland jemanden getroffen hat, der ihre Muttersprache spricht und nicht so langweilig und verblödet ist wie ihr halbseidener Bruder, der ihr auf den Wecker geht, weil er ihre Röcke zu kurz und die Fingernägel zu lang findet für die gute Heidelberger Gesellschaft, an die er so gerne andocken würde. Ich meinerseits halte Henryk für einen staatenlosen Vollidioten, der ahnungslos sein Leben hingeben wird für einen beschissenen Schluck Wodka. So gehen die Meinungen auseinander.

Ich verabrede mich mit Henryk am Abend und lotse ihn aus der viel frequentierten Fußgängerzone in eine ruhige Seitenstraße, wo mein Mietwagen steht. Er steigt freudig ein. Ich fahre mit ihm aus Heidelberg hinaus. Das scheint ihm nicht zu passen, weshalb ich ihm erkläre, dass ich in einem Hotel am Fuße des Odenwalds ein Zimmer habe. Weil ich nicht bei meinem Bruder wohnen wollte und mir die Aussicht auf die Rhein-Neckar-Ebene so gut gefiel. Henryk schluckt das, weil er schlucken will. Und weil er hofft, dass ich schlucke. Es ist erschreckend einfach, einen Alkoholiker zu manipulieren.

Ich werde Henryk nicht abfackeln. Damit würde ich mich wiederholen, was ich zwar nicht verwerflich finde, da es, wie schon erwähnt, nicht ums Verzieren, sondern ums Vernichten geht. Aber das Abfackeln von Pennern scheint mir viel zu sehr ein Hobby jugendlicher, US-amerikanischer Soziopathen zu sein, mit denen ich nichts gemein habe. Vielleicht ist das ein Vorurteil. Oder ein Klischee. Vielleicht habe ich zu viele schlechte Filme gesehen. Oder es ist Hybris. Egal. Ich weiß nur eines ganz sicher: Was *ich* mit Henryk machen werde, hat nichts mit Spaß zu tun. Henryk wird kastriert.

Wie ich war, was ich nicht war,
bevor ich wurde, was ich bin

TEIL 2

Diese Sekunde höchster Fragilität

Als meine Dämonen schwiegen, wurde ich selbst zum Dämon.

Ich war knapp vierzehn, und er war drei Klassen über mir. Groß, mager, lange, zartgliedrige Hände, schulterlanges, dichtes schwarzes Haar, nougatbraune Augen, sehr blasse Haut und ein kirschroter Mund, den er ständig mit seiner Zunge befeuchtete ... Er sah aus wie ein männliches Schneewittchen, und er schlief in einem Sarg. Er hieß Christian, aber da er das Christentum und insbesondere die Institution der Kirche aufgrund ihrer zahlreichen Verfehlungen in der Geschichte grundsätzlich ablehnte, nannte er sich Baal. Die meisten in der Schule und in unserem Kiez dachten, er wäre ein Goth. Damals wurde aus Unwissenheit und Desinteresse jeder, der sich schwarz kleidete und seine Augen mit Kajal betonte, als Goth oder Grufti bezeichnet. Aber da muss man feine Unterschiede machen. Baal war ein mit Liebe zum Detail gekleideter, geschminkter und frisierter Endzeitromantiker mit einem Faible für Malerei, Philosophie und Friedhöfe. Er hörte Musik von *Relatives Menschsein* oder *Sopor Aeternus* und las neben den Philosophen am liebsten Schauerromane.

Ich weiß nicht, ob es die erste große Liebe war, die mich dazu brachte, es ihm gleichzutun und in seine dunkle Welt mit einzutauchen, oder ob es das Verlangen war, in diese dunkle Welt einzutauchen, die mich ihn lieben ließ. Aber damals dachte ich über Ursache und Wirkung nicht nach, und heute spielt es keine Rolle mehr.

Seine Schwester Lissi war bei mir in der Klasse, und ich half ihr bei den Mathe- und Physik-Hausaufgaben, weshalb ich häufig bei ihr zu Hause war. Lissi war weder eine Nekroromantikerin noch sonst eine Art von Goth, und sie fand ihren Bruder Christian bescheuert und abstoßend. Als ich ihn jedoch zum ersten Mal auf dem Schulhof sah, war ich sofort fasziniert. Ich will nicht ausschließen, dass ich Lissi bereitwillig und unentgeltlich Nachhilfe gab, um Baal näherzukommen.

Zuerst nahm er kaum Notiz von mir. Bis ich eines Tages bemerkte, wie er in der großen Pause auf dem Schulhof in einer schattigen Ecke unter eine Ulme saß und Mary Shelleys *Frankenstein* im Original las. Ein paar Tage später wiederholte sich zu meinem Glück die Szene, und ich schlenderte wie zufällig an ihm vorüber, innerlich aufgeregt bis zum Erbrechen, und zitierte betont beiläufig: »The world was to me a secret which I desired to divine.«

Er blickte überrascht hoch, erkannte mich als die Freundin seiner kleinen Schwester und lächelte. Dieses Lächeln ließ mich fast in Ohnmacht fallen. Und als er dann auch noch darauf einstieg und mit einem weiteren Zitat aus dem Buch antwortete, wusste ich mit der ganzen großen, unendlichen Sicherheit meiner vierzehn Jahre, dass ich ihn bis in alle Ewigkeit lieben würde.

Es ging mir durch Mark und Bein, als er mit leiser Stimme sagte: »I am alone and miserable. Only someone as ugly as I am could love me.«

Dann forderte er mich mit einem kleinen Wink auf, mich zu ihm zu setzen, was ich mit zittrigen Knien tat. Er war überrascht, dass ich das Buch kannte und auch noch auf Englisch Passagen zitieren konnte. Aber seine Schwester hätte ihm schon erzählt, dass ich eine Streberin sei, fügte er lächelnd hinzu.

Ich muss gestehen, dass ich ihn anlog. Zwar hatte ich *Frankenstein* schon mit zehn gelesen, aber erst zwei Tage zuvor eine englische Ausgabe besorgt, die mich die letzten beiden Nächte sehr lange wach gehalten hatte – um eben ein passendes Zitat zu finden, mit dem ich ihn bei nächster Gelegenheit würde beeindrucken können. Stattdessen erzählte ich ihm, und das war schließlich nicht gelogen, dass ich meine Zeit schon seit der Kindheit am liebsten mit Lesen verbrachte und dank meines Vaters nicht nur mit *Hanni und Nanni* und *Pippi Langstrumpf* aufgewachsen war, sondern mit Twain, Burroughs, Melville, Conrad, Hemingway, Stevenson und eben auch Mary Shelley.

Wir redeten über Bücher und landeten gerade bei Bram Stokers *Dracula*, als die Schulglocke das Ende der großen Pause ankündigte. Ein Blick genügte, und wir wussten beide, dass wir lieber unser Gespräch fortsetzen wollten, als zurück in den Unterricht zu gehen.

Ich war zum ersten Mal auf einem Friedhof. Wir sprachen fünf Stunden, Sätze voll melancholischer Morbidität, und ich mochte nicht nur ihn und seine Stimme und seinen Blick und seine Hände und sein Lächeln und seine Traurigkeit, ich mochte auch die Stille auf dem Friedhof. Es war Herbst, die Luft war feucht, und als ich zu frieren begann, legte er mir seinen langen schwarzen Mantel um die Schultern. Ich spürte seine Körperwärme im Stoff und hatte schlagartig das Gefühl,

Fieber zu bekommen, so heiß wurde mir. Erst als es dunkelte, bemerkte ich, dass die Schule schon längst aus war und meine Eltern sich bestimmt wunderten, wo ich abgeblieben war. Er brachte mich nach Hause, bis vor die Tür. Dort sah er mich ernst an und gab mir einen neuen Namen.

»Von nun an bist du Amonet. Das ist der Name einer altägyptischen Göttin und bedeutet ›die Verborgene‹.«

Ich war glücklich.

Kurz darauf fand meine Freundschaft mit Lissi ein abruptes Ende. In ihren Augen entwickelte ich mich nun auch zum bescheuerten Friedhofs-Freak. Außerdem hatte ich sie benutzt, um an ihren Bruder heranzukommen, das hatte selbst die minderbegabte Lissi begriffen. Ich bedauerte das Zerwürfnis nur kurz, schließlich war ich mein Leben lang ohne Freundin ausgekommen und würde es nun wieder. Außerdem hatte ich Baal, alles andere spielte keine Rolle. Lissi mit ihren aufgeklebten Pferde- und Katzenbildchen auf ihren Schulbüchern, die wie viele Mädchen in meiner Klasse *Dirty Dancing* sieben Jahre nach Erscheinen immer noch für den größten Film aller Zeiten hielt, war mir eh viel zu blöd. Das sagte ich ihr auch ins Gesicht, als sie mich vor versammelter Klasse mit Sprüchen über kranke Grufti-Hirne provozierte. Daraufhin trat sie mir gegen das Schienbein, woraufhin ich ihr mit der Faust ins Gesicht schlug. Schon war unser Lehrer zur Stelle und der mir wohlbekannte eisenharte Griff. Und ich hörte Ratte Katrin, die Kindergärtnerin, mal wieder sagen: »Du bist ein bösartiges, schlechtes Mädchen!«

Aber auch das war mir egal. Es gefiel mir inzwischen sogar.

In den folgenden Monaten versuchte mein Vater zu akzeptieren, dass ich nun die Göttin eines jungen Mannes war. Meine

Mutter mühte sich weniger ab. Sie fand, dass ich eher aussah wie eine anämische Dämonin: stets in schwarzen Klamotten, markantes schwarz-weißes Make-up, ein ägyptischer Anch als Schmuck, den mir Baal geschenkt hatte, jede Menge Silberketten und -ringe und die ehemals braunen Haare nun pechschwarz gefärbt. Sie beobachtete die Entwicklung mit der ihr eigenen Besorgnis und blieb Baal gegenüber stets misstrauisch, versuchte aber nicht, mich von der Düsternis wieder zurück ins Neonlicht der Normalos zu manipulieren. Das war das Äußerste, was sie leisten konnte, und ich war zufrieden damit. Vater machte wie so oft das Beste aus der auch ihm nicht ganz geheuren Situation und gab sich Mühe, mich nicht zu verlieren, indem er mich, soweit ich es zuließ, mental begleitete. Er las meine Bücher von Edgar Allan Poe, Lord Byron und E.T.A. Hoffmann und sprach mit mir darüber. Zu Weihnachten, was wir seit unserem Umzug nach Berlin immer ausgiebig feierten, schenkte er mir eine antiquarische Ausgabe von Baudelaires *Blumen des Bösen*. Dafür liebte ich ihn noch mehr als zuvor.

Richtig schwierig wurde es für meine Eltern, als ich mit Alkohol und anderen Drogen anfing und die Schule vernachlässigte. Die Drogen, vornehmlich Dope, Gras und Ecstasy, fielen ihnen zuerst gar nicht auf, damit hatten sie keine Erfahrung. Aber wenn ich betrunken nach Hause kam, merkten sie es natürlich. Am Anfang, als es noch nicht so schlimm war, fragte Mutter mich einmal: »Warum trinkst du so viel?«

Ich antwortete: »Weil ich mich schäme.«

»Aber weswegen schämst du dich denn?«, fragte Mutter verwundert weiter.

Ich sah, wie die Mundwinkel meines Vaters zuckten. Er ahnte, was kommen würde.

»Weil ich trinke.«

Vater wollte nicht, aber er prustete laut los. Ich lachte mit. Mutter fand uns überhaupt nicht witzig. Sie hatte eben nicht *Der kleine Prinz* gelesen.

Doch dann wurde es schlimmer mit mir, und auch meinem Vater verging das Lachen. Ich war ständig bekifft und schwänzte andauernd die Schule. Der Unterricht interessierte mich nicht mehr, viel lieber saß ich mit Baal auf Friedhöfen herum und diskutierte mit ihm über Gott und die Welt. Meine Eltern versuchten es mit Verständnis, mit Drohungen, mit Strafen und mit Stillhalten, doch schließlich wurde ich wieder zum Psychologen geschleppt. Dieses Mal jedoch verweigerte ich die Mitarbeit. Ich beantwortete keine einzige Frage und sabotierte den Rorschach-Test, indem ich zu jeder Karte ausnahmslos »Tod« sagte, was mir aus heutiger Sicht ziemlich affektiert vorkommt. Aber der Psychologe gab entnervt auf. Ziel erreicht. Also beschlossen meine Eltern, mich ohne therapeutische Betreuung weiterhin zu lieben und zu hoffen, dass diese schwierige Phase bald vorüber sein würde.

Schwierig für *mich* wurde es, als Baal mit Amonet schlafen wollte. Die beiden hatten schon oft gefummelt, und Amonet verspürte eine brennende Lust dabei. Außerdem war sie inzwischen fast sechzehn, und die meisten Mädchen in ihrer Klasse waren keine Jungfrauen mehr, nicht einmal Lissi. Aber Amonet hatte Angst. Sie verstand sich selbst nicht und zerrieb sich und Baal in einem ständigen Hin und Her von »ich will ja« und »ich kann nicht«. Anfangs war das kein Problem, weder für Baal, der romantisch rücksichtsvoll sein wollte, noch für Amonet, die vermutete, einfach noch nicht so weit zu sein. Doch die Zeit verging, und Baal wurde ungeduldig. Er gab es nicht zu, aber Amonet spürte es. Ihre Verzweiflung wuchs, doch sie konnte mit niemandem darüber sprechen. Freundinnen hatte sie keine, und wenn, hätten die sie bestimmt ausgelacht. Und mit ihrer Mutter darüber zu reden war ihr peinlich. An guten Tagen hoffte sie, dass sich das Problem, das sie nicht einmal benennen konnte, irgendwann von ganz allein in Luft auflösen würde und sie dann bis ans Ende aller Zeiten mit Baal glücklich sein konnte. An schlechten Tagen beschlich sie wieder die Angst, verrückt zu sein. Es war keine gute Angst. Nicht dieses kitzlige Gefühl, anders zu sein, weil man leichtfüßig wie ein Seiltänzer über alle Abgründe balanciert und die Ovationen des Publikums nur unbedeutende Geräuschkulisse eines verachteten Mobs sind. Dieses Grundgefühl verspürte Baal, und es beflügelte ihn, düstere Songtexte zu schreiben, die ein Zeichen seiner Individualität und seiner persönlichen Freiheit waren wie seine Schnürstiefel oder der extravagante, silberbestickte Samtwams.

Es war jene Art von Angst, die die Dämonen wieder auf den Plan rief. Und nicht einmal Göttin Amonet konnte sich ihrer erwehren.

Denn Ich war allein mit ihnen.

Doch schneller als geplant, nämlich noch vor Erreichen der Ewigkeit, erledigte sich die nekroromantische Vision von der altägyptischen Göttin Amonet und dem philosophierenden Baal in Brokatgewändern auf einen Schlag. Nämlich als Amonet Baal beim Vögeln mit seiner Englisch-Nachhilfeschülerin erwischte, der allzeit bereiten Meta aus der Parallelklasse, die wegen ihres fülligen Körperumfangs nur Kubik-Meta genannt wurde. Sie hatte ihre feisten Schenkel um Baals hagere Hüften geschlungen, der nun, nackt wie er war, ganz ohne Brokat und Samt und Seide, gar nicht mehr wie ein Baal, sondern wie ein ganz gewöhnlicher Christian aussah und dazu auch noch ständig »O Gott, o Gott!« stöhnte, als wäre er ein blöder Flagellant. Und mit jedem Klatschen seines mageren Unterkörpers auf und in Kubik-Metas Schoß wurden Liebe, Romantik, Treue bis in den Tod und was er Amonet sonst noch alles erzählt, gepredigt und geschworen hatte, zwischen schweißigen Fleischklumpen zerquetscht, zerrieben, zernichtet.

Ich betrank mich wie noch nie zuvor in meinem jungen Leben, und als ich gegen zwei Uhr nachts nach Hause getorkelt kam und den Wohnungsflur vollkotzte, hielt mir meine Mutter den Kopf, und mein Vater reichte mir danach Wasser und Salzstangen. Sauber machen musste ich selbst.

Am nächsten Tag warf ich verkatert und meinem zutiefst empfundenen Schmerz mit Trotz und Wut begegnend alle meine schwarzen Klamotten und die dazugehörigen CDs weg, peelte meine Gesichtshaut, um auch noch den letzten Make-up-Partikel zu tilgen, und bleichte mein Haar in ein sprödes Strohgelb. Nur die Bücher behielt ich. Weder Egdar Allan Poe noch Mary Shelley oder sonst einer dieser begnadeten Autoren konnte etwas für die Jugend-Fantastereien meiner armseligen Generation.

Meine Eltern ließen mich völlig in Ruhe und versuchten ihre Erleichterung über das Ende meiner schwarzen Phase aus Respekt vor meiner emotionalen Enttäuschung nicht allzu deutlich zu zeigen. In den ersten Wochen wollte ich niemanden sehen, ich lag zu Hause im Bett und las. Und las. Schließlich sagte meine Mutter zu mir, dass die Entschuldigungen, die sie mir schrieb, langsam unglaubwürdig wurden und ich nun auch schon so viel Stoff verpasst hatte, dass ich trotz meiner guten Noten bald in Schwierigkeiten kommen würde. Ich sah ein, dass sie recht hatte und es nicht endlos so weitergehen konnte. Also beschloss ich, normal zu werden, stand auf und besuchte wieder die Schule.

Den Vorsatz, endlich normal zu werden, zog ich generalstabsmäßig durch. Ich hörte mit den Drogen auf, trank bis zum Abitur keinen Alkohol mehr, was zugegebenermaßen nicht ganz normal war, mir aber sinnvoll erschien, trug Jeans, knallbunte Shirts und Turnschuhe, ging ins Kino und auf Konzerte und konzentrierte mich im Übrigen auf die Schule. Manchmal brachte ich sogar andere Mädchen mit nach Hause, mit denen ich lernte. Mutter freute sich ein Loch in den Bauch, dass ich die Schwierigkeiten der Pubertät nun überwunden und endlich Freundinnen gefunden hatte. Normale, nette Freundinnen ohne Todessehnsucht und Metall im Gesicht. Vater blieb skeptisch, er kannte mich offensichtlich besser und spürte, dass ich zu den Mädchen keine ernsthafte emotionale Bindung aufbauen konnte oder wollte. Aber auch er schien zufrieden zu sein, dass ich Normalität zumindest simulierte.

Irgendwann hatten wir uns alle drei so an diese Simulation gewöhnt, dass wir tatsächlich kollektiv daran glaubten.

So waren meine Eltern auch damit einverstanden, als ich nach meinem Einser-Abi Informatik studierte und Literaturwissenschaften nur als zweites Fach belegte. Wobei ich die Literaturwissenschaften zu Mutters Zufriedenheit nach wenigen Semestern sogar ganz aufgab. Zu brotlos, fand sie und beglückwünschte mich zu dem Entschluss. Vater schwenkte auf Mutters Kurs ein, obwohl ich ihm das sachliche Abnicken meiner Entscheidung nicht ganz abnahm. Aber ich wusste, dass er nur mein Bestes wollte. Immerhin verstand er im Gegensatz zu Mutter, dass ich andere Gründe hatte als den Blick auf künftige Erwerbstätigkeiten. Ich hörte auf, weil die Literaturwissenschaftler nicht genug Liebe zu den Büchern und den Autoren empfanden, sie die Romane mit den Skalpellen ihrer strukturalistischen und poststrukturalistischen Theorien zerfetzten, die Texte in semantische, semiotische und semasiologische Segmente und Sedimente zerteilten und die Magie der Geschichten mit ihren salzsäurehaltigen Blicken zersetzten, bis nichts mehr davon übrig blieb. Ich erinnerte mich an das Gefühl der Verachtung, das ich schon früh gelernt hatte, und kehrte ihnen den Rücken.

Nun konzentrierte ich mich auf etwas Richtiges, wie Mutter zufrieden feststellte. Sie verstand zwar nicht genau, was Informatik war, wusste aber, dass darin die Zukunft lag. Immerhin wurden seit Jahren nicht nur die Krankenhäuser, in denen sie arbeitete, sondern längst auch die Autos, die Vater verkaufte, mit immer mehr digitaler Technik überfrachtet, sodass der gemeine Chirurg bald einer blut- und der Autoschlosser einer ölverschmierten Vergangenheit angehören würden und Platz machen mussten für manikürte Mechatroniker an Computern ohne Mensch- oder Motorenkontakt. In den Augen meiner Mutter war das Blut- und Ölverschmierte weitaus authentischer und erotischer, aber sie wusste auch, dass der Siegeszug des Digitalen unaufhaltsam war und alles andere Nostalgie. Dass ich, ihre Tochter, zu den Siegern gehören würde, versöhnte sie nicht mit dem Wandel, ließ sie die Tatsachen aber akzeptieren. Zudem empfand sie es als emanzipatorischen Akt, dass ich in meinem Semester die einzige Frau war, und als ebensolchen Triumph, dass ich meine Kommilitonen bezüglich der Noten mühelos hinter mir ließ.

Mich beeindruckte das alles wenig. Zukunft war etwas, worüber ich nicht nachdachte, genauso wenig wie über die Vergangenheit. Ich studierte Informatik, weil es mir leichtfiel, und weil es mir leichtfiel, war ich gut darin.

Während des Studiums hatte ich ein paar Freunde. Liebhaber. Aber mir saß das Desaster meiner ersten großen Liebe noch in den Zellen. Zudem wollten die Männer grundsätzlich etwas anderes als ich, was möglicherweise daran lag, dass ich nicht wusste, was ich wollte. Außer unabhängig sein, zur Finanzierung meiner Freiheit einen guten Job bekommen, Geld verdienen und mir irgendwann in ferner Zukunft vielleicht eine gebrauchte Swan kaufen können und die Barfußroute segeln. Das Segeln war meine einzige Leidenschaft neben der Literatur. Ich hatte es schon früh an der Ostsee gelernt und verbrachte so viel Zeit wie nur möglich auf dem Wasser.

Meine Unabhängigkeit kam anfangs immer gut an. Da fanden mich die meisten Männer noch cool. Nach ein paar Wochen oder Monaten – ja nach Auffassungsgabe – fanden sie mich kompliziert. Nach ein paar weiteren Wochen oder Monaten fanden sie mich anstrengend und wandten sich dann doch lieber Frauen zu, die nicht ganz allein die Barfußroute segeln, sondern zuerst ein bisschen ihre Karriere verfolgen und dann mit einem liebenden Partner ein hübsches Haus und hübsche Kinder haben wollten. Mir war es recht. Selbst wenn ich manchmal eine schmerzhafte Sehnsucht nach Zweisamkeit verspürte und mir immer wieder insgeheim wünschte, den Mann zu finden, der mich besser verstand als ich mich selbst, war mir doch stets klar, dass ich davon »nur« träumte.

In den Semesterferien heuerte ich regelmäßig auf Charterjachten an, zuerst auf verschiedenen kleineren in Nord- und Ostseerevieren, bis ich schließlich Jahr um Jahr für zwei Sommermonate fest zu einer Crew stieß, die während der Saison mit einer sechzig Meter langen Perini Navi Slup durchs Mittelmeer kreuzte. Anfangs war es verdammt schwer als Frau. Aber ich erarbeitete mir einen guten Ruf, denn als Seglerin zeigte ich Intelligenz und Intuition, war bei jedem Manöver und jeder Windstärke zuverlässig, als Untergebene blieb ich wortkarg und unaufdringlich. Auch das fiel mir leicht, denn es berührte mich weder die Arroganz der Satten, über die sich meine Kollegen gerne echauffierten, noch die strengen Hierarchien an Bord, die ich nicht als gesellschaftliche Manifestation von Herren- und Untermensch empfand, sondern als notwendige Strukturen für einen reibungslosen Ablauf. Natürlich gab es immer wieder Arschlöcher. Reiche Typen, die sich die Jacht unseres französischen Bosses plus Skipper plus Crew für ungeheure Summen mieteten, um den gesamten Törn über in ihrem Liegestuhl Armani-Schweiß auszudünsten, während sie auf dem Tablet die Börsenkurse studierten. Und ihre Chanel-Frauen oder Escada-Mätressen sich von den Crew-Mitgliedern in ihren Luxus-Kabinen vögeln ließen.

Trotz meiner seglerischen Fähigkeiten war ich bei den Crew-Mitgliedern nicht sonderlich beliebt. Anfangs ja. Als ich an Bord kam, freuten sie sich. Endlich eine Frau in der Mannschaft und damit die Hoffnung auf Sex. Doch sobald sie merkten, dass ich es aus Prinzip nicht mit den Kollegen trieb, sondern, wenn überhaupt, nur gelegentlich mit einem der Gäste, war es vorbei mit der Kameradschaft. Für mich war das eine logische Entscheidung zur Vermeidung von Komplikationen. Die Kollegen und der Skipper blieben, die Gäste wechselten. Aber in den Augen der Crew war ich nur eine Schlampe wie alle anderen auch und wollte mich nach oben schlafen. Dass ich verdammt gut segeln konnte, tat dann nichts mehr zur Sache. Beleidigt trugen sie dem Eigner der Jacht mein »Verhalten« zu, doch unserem Boss war es recht. Französisches Laissez-faire. Oder er betrachtete meine kleinen Affären insgeheim als inkludierten Bonus für seine betuchten Charter-Kunden. Jedenfalls ging es auch an Bord immer nur um Sex. Wie überall.

Mein Leben war damals also ganz normal, aber auf gutem Niveau. Davon war ich überzeugt. Ich verdiente weitaus mehr als meine in Studentenkneipen kellnernden Kommilitonen, fühlte mich frei, zu tun und zu lassen, was ich wollte, und die Meinung der anderen über mich war mir vollkommen schnuppe. Ich kam meiner größtmöglichen Unabhängigkeit immer näher. Alles war gut. Bis zu jener Nacht, in der völlig unvermutet die Dämonen wieder an die Tür klopften.

Es geschah gegen Ende des Sommers. Wir ankerten für ein paar Tage vor St. Tropez. Gechartert hatte uns ein Schweizer Bankier, der einen deutschen und einen luxemburgischen Kunden an Bord geladen hatte, um bei Wein, Weib und Gesang unter der Hand Geschäfte zu machen. Die Mannschaft hatte an jenem Abend Landgang, auch der Kunde und sein deutscher Gast waren mit den Dingis in den Hafen gefahren, um sich mit ein paar Jet-Set-Bekannten in einer berühmt-berüchtigten Bar zu treffen und abzufeiern. Der Luxemburger hatte eine Magenverstimmung vorgeschoben, um an Bord zu bleiben. Dem Schweizer Bankier war das recht, die beiden harmonierten geschäftlich nicht sonderlich, das war während der Reise mehr als deutlich geworden und hatte hinter vorgehaltenen Händen zu reichlich Hohn und Spott in der

Mannschaft geführt: »Der Schweizer pustet dem Luxi Kaviar in die Ritze, und der lutscht ihm trotzdem nicht die Devisen-Stange.« Keiner aus der Crew wusste, worum es genau ging bei dem Business, aber sie fanden ihre dummen Sprüche trotzdem cool.

Nachdem ich mit dem Luxemburger geschlafen hatte, lag er träge auf den Seidenlaken und erzählte mir, dass in der Bar, die der Schweizer gerade besuchte, Champagner mit echtem Goldflitter serviert wurde – selbstredend zu einem horrenden Preis, den die Männer nur zu gerne zahlten, um sich bei den mit falschem Goldflitter servierten Teenager-Nutten, wie er sich ausdrückte, ins rechte, solvente und mithin begehrenswerte Licht zu rücken.

Er wollte mich wütend machen, das habe ich später begriffen. Er wollte, dass ich einen Hass auf die für mich unerreichbare Welt der Reichen und Schönen verspürte und auf ihn übertrug. Er fantasierte, dass ich ihn im Bett auf eine aggressive Art und Weise unterwerfen würde, um mich an der weltweiten Ungerechtigkeit gegen alles und jeden und vor allem gegen mich zu rächen, und er letztlich – nach angemessener Bestrafung – als machtvolle Retourkutsche und zum Beweis seiner Omnipotenz seinen Schwanz wie einen Rammbock in mich würde stoßen können, als wäre meine Möse das Tor zu Camelot. Als er jedoch merkte, dass bei mir kein Sozialneid zu entfachen war, musste er konkreter werden, um in die Nähe seines Ziels zu gelangen. Er wollte, dass ich ihn fesselte. Er bekam seinen Willen. Dann wollte er, dass ich ihn schlug. Ich versetzte ihm einen Klaps auf die Hüfte, der ihn wütend machte. Er wollte es härter, wollte Schläge ins Gesicht. Ich dachte, wenn der dekadente, degenerierte Arsch das möchte, warum nicht? Ich schlug ihm ins Gesicht. Hart. Und dann noch härter. Plötzlich war ich wütend. Sehr wütend.

Er stöhnte laut auf.

Da sprangen in meinem Keller krachend Dreifach-Schlösser an Stahltüren auf, die Türen wurden eingetreten von hornigen, schuppigen Füßen mit langen scharfen, gebogenen Krallen, der Stahl knallte gegen die Wände, dass der Putz rieselte, und die Dämonen drängten blitzschnell, wuselnd und kriechend und polternd durch die langen gewundenen Gänge hinauf, kreischten grell ob des Triumphs über ihre Befreiung, rempelten und fauchten sich gegenseitig an, weil ein jeder von ihnen als Erster oben sein wollte, wo es was zu fressen gab, ich hörte sie, hörte ihre Krallen kratzen und roch ihren stinkenden Atem, noch bevor ich sie sehen konnte, ich wich zurück, zurück, bis ich mit dem Rücken zur Wand stand und nicht mehr entwischen konnte, mich nicht mehr bewegen konnte, und da waren sie und gingen mir gierig an die Kehle, noch bevor ich endgültig begriff, was überhaupt passiert war.

Ich bekam keine Luft mehr, und mir wurde übel. Ich sprang vom Bett auf, rannte ins Bad und übergab mich mehrfach. Der Luxemburger war zuerst irritiert, dann beleidigt, dann beschimpfte er mich, gefesselt an sein Luxusbett, mit allen ihm zur Verfügung stehenden Mitteln, und das waren nicht wenige. Seine Wortwahl ließ vermuten, dass er vor seiner Karriere als Banker Bierkutscher gewesen war. Nachdem ich mich ausgekotzt hatte, kam ich aus dem Bad, ließ ihn angepflockt liegen, zog mich an, ging in meine Kabine, packte meinen Seesack und ging auf Nimmerwiedersehen von Bord. Ich heuerte nie wieder irgendwo an.

Ich trampte nach Nizza, flog nach Deutschland und fuhr an die Ostsee. In den Ort, an dem ich früher mit meinen Eltern immer die Ferien verbracht hatte. Unterwegs dachte ich keine Sekunde darüber nach, was eigentlich passiert war. Oder wo genau ich hinwollte. Und warum. Ich verbrachte mich wie auf Autopilot in verschiedene Verkehrsmittel, hörte Musik, starrte blind aus Fenstern in die Welt, in der ich mich fortbewegte, an der ich aber nicht teilnahm, und blendete alles in mir und um mich herum aus.

Dann saß ich stumpf vor Müdigkeit auf dem Felsbrocken an der Steilküste und schaute die fünf, sechs Meter hinunter zum Strand. Ich sah den Abiturienten aus Dortmund da liegen mit seinen verdrehten Gliedmaßen, ich sah das Blut aus seinem Hinterkopf sickern. Ich hörte ihn vor Schmerz aufstöhnen ... Die Geräusche in meinem Kopf vermischten sich mit dem lustvollen Stöhnen des Luxemburgers auf der Jacht, als ich ihn schlug. Mir war immer noch nicht klar, was ich genau dabei empfunden hatte. Aber es war wieder da, dieses machtvolle, angsteinflößende Gefühl im fast verblühten Rapsfeld jenes Sommers: dass ich vermutlich verrückt war.

Ich spürte, wie erneut Übelkeit in mir hochstieg, und beschloss, mich zu wehren. Am wolkenverhangenen Horizont zählte ich zur Ablenkung halblaut siebzehn blinkende Dickschiffe, aufgereiht wie Perlen auf der meistbefahrenen Wasserstraße der Welt. Es war windstill. Totenstill. Nur das Meer, dessen Oberfläche aussah wie frisch gebügelt, schwappte leise an den ausgefransten Strand. Es roch nach Algen. Möwen waren nirgendwo zu sehen. Wo schlafen Möwen? Auf dem Meer? Oder verwandeln sie sich nachts in Schaumkronen?

Während ich noch dem Geheimnis der Möwen nachspürte, kam plötzlich Wind auf. Die Sonne war schon untergegangen, aber aus den Lücken zwischen den dunklen, tief und schwer hängenden Wolkenhaufen schimmerte noch ein leuchtendes Hellblau. Das Meer kam in Bewegung, und der Wind schob die Wolken weg, bis nur noch Blau zu sehen war, das sich nun langsam von dem hellen Schimmer in ein dunkleres Kobalt wandelte. Nun brandeten weit gereiste Wellen heran und brachen sich, kurz bevor sie an der Uferkante in Sand und Geröll ausliefen.

Ich sehe gerne zu, wenn die Wellen sich zu einem Kamm auftürmen. Der Moment des auf die Spitze Getriebenen, kurz bevor es kippt, diese Sekunde höchster Fragilität, kann mich stundenlang fesseln, bei jeder Welle aufs Neue. Es wiederholt sich endlos und ist doch immer anders. Als meine Augen vom Starren auf die Schaumkronen so brannten, dass mir Tränen die Wangen herunterliefen, versuchte ich, meinen Blick zu weiten und Leere zu trinken. Aber es gelang nicht.

Ich war im Nichts meiner selbst angelangt. Die Wellen trugen mich nicht fort, sondern warfen mich auf mich zurück, immer und immer und immer wieder. Und ich stellte mich endlich der Frage, warum ich ausgerechnet hier saß. Wieso ich durch das verwirrende Erlebnis, einen Mann auf seinen Wunsch hin geschlagen zu haben, zurückgerufen worden war zu dem Ort, an dem ich als Kind einen Mann fast getötet hätte. Was mich zurückkatapultierte zu dem Gedanken, ich könnte möglicherweise verrückt sein. Auch wenn es in meinem Weltbild definitiv nicht verrückt ist, sich unwohl zu fühlen, wenn man einen Menschen schlägt. Selbst wenn er darum bettelt. Aber hatte ich mich wirklich unwohl gefühlt? Ja, mir war schlecht geworden, und ich hatte mich übergeben.

Doch je dunkler das Blau des Himmels wurde, umso düsterer versank ich in der Vermutung, meine Übelkeit könnte eine Schockreaktion gewesen sein. Weil ich beim Schlagen gespürt hatte, dass meine Dämonen in einem Moment der Freiheit frohlockt hatten. Und das war definitiv verrückt.

Nichts passte zusammen. Ich kam keinen Deut weiter. Stattdessen schnitt sich ein Satz in mich, den der Wind von woher auch immer herangetragen haben musste: Auf schwarzen Schwingen schwebt mein Schweigen durch die Nacht. Auf schwarzen Schwingen schwebt mein Schweigen durch die Nacht.

Im Morgengrauen brach ich ratlos, verzweifelt und erschöpft nach Berlin auf. Als ich übermüdet dort ankam, verkroch ich mich in meiner Studentenbude, die mir jetzt, nach Wochen auf dem Meer, noch enger erschien als sonst. Aufgrund der guten Heuer, die ich jeden Sommer von Monsieur Thibault bekam, konnte ich mir eine weitaus luxuriösere Unterkunft leisten als meine Kommilitonen. Ich bewohnte allein zweieinhalb Zimmer mit Balkon, Bad und Fußbodenheizung. Dennoch fühlte ich mich jetzt in meinen vier Wänden wie in einer Zwangsjacke. Ich war wochenlang auf See gewesen und hatte mich an den freien Blick in die Unendlichkeit gewöhnt.

Auch beim Segeln schlafe ich gerne, wenn möglich, an Deck. Wenn ich wegen schlechten Wetters in der Kabine übernachten muss, lege ich mich immer so hin, dass ich das Bullauge im Blick habe, sobald ich die Augen öffne. Ich mag keine engen und dunklen Räume, das war schon als Kind so. Obwohl meine Eltern nicht zu den Sadisten gehören, die Kindern bei Fehlverhalten drohen, sie in den Keller zu sperren.

Im Gegenteil, meine Eltern nahmen immer Rücksicht auf meine kindlichen Ängste. Niemals musste ich in den Keller gehen, um Bier oder Kartoffeln oder eingekochte Marmelade zu holen. Als ich etwa neun Jahre alt war und das Gefühl hatte, nun erwachsen genug zu sein, um meine Angst vor der Dunkelheit zu besiegen, bot ich mehrfach freiwillig an, in den Keller zu gehen, um Mutter oder Vater einen Weg zu ersparen. Doch sie haben es nie gewollt. Als wir dann nach Berlin in eine Mietwohnung zogen, hatten wir einen Abstellraum auf dem Dachboden. Aber selbst dort war ich nie. Ich kann mich zumindest nicht daran erinnern.

Zurück in Berlin in meiner Wohnung lag ich angezogen auf dem Bett, hatte weder den Seesack ausgepackt noch die Post durchgesehen oder den Anrufbeantworter abgehört. Manchmal fiel ich ein, zwei Stunden in einen unruhigen Schlaf. Wenn ich wach wurde und Hunger verspürte, aß ich Nüsse oder Knäckebrot, mehr war nicht da. Wenn ich Durst hatte, trank ich Leitungswasser. Ich wollte nicht einkaufen gehen, wollte nicht hinaus auf die Straßen, ins Verkehrsgewühl, zu den lauten Lichtern, dem Lärm und den Stimmen der Menschen.

Ich horchte lieber in mich hinein. Aber ich hörte nichts.

Nach einigen Tagen antriebslosen Dahinvegetierens zog ich in Erwägung, einen Psychologen aufzusuchen, denn mich quälte immer noch der Verdacht, dass mit mir etwas nicht stimmte. Die Dämonen waren zurück und nagten in den wenigen Stunden Schlaf wie vor Jahren genussvoll geifernd an meinem Fleisch, bis es mir mit unvorstellbarer Anstrengung gelang, gegen den Sog anzukämpfen und schweißgebadet aufzuwachen. Jedes Mal verspürte ich wieder die alte, panische Angst, auf ein Neues die Augen zu schließen und zurück in den Sumpf dieser Albträume gesogen zu werden. Doch die lebhafte Erinnerung an die Bildchen, die mir die Therapeuten aus meiner Kindheit und Jugend gezeigt hatten, die Erinnerung an all das blöde Rot-blau-Huhn-Haus-Schmetterling-Rorschach-Gedöns und die erschreckende Hilf- und Ahnungslosigkeit dieser Fachidioten von damals ließen mich den Gedanken an einen Therapeuten schnell wieder verwerfen. Ich musste mich selbst an den Haaren aus dem Sumpf ziehen. Zumal mein Körper inzwischen unwillig auf mein Versinken im Morast meiner Hilflosigkeit reagierte. Ich fühlte mich schwach und zittrig. Wenn ich aufstand, um zum Wasserhahn oder zur Toilette zu gehen, wurde mir schwarz vor Augen. Ich musste mich entscheiden: untergehen oder mich erheben.

Ich erhob mich, lüftete und putzte meine Wohnung, duschte mich so heiß, bis meine Haut rot war, und ging vor die Tür, hinaus in das, was man Leben nennt. Essen einkaufen und Bücher besorgen. Ich hatte beschlossen, psychologische Fachliteratur zu lesen, insbesondere Bücher über pathologisch veranlagte Menschen. Nach dem Großeinkauf kochte ich mir Kartoffeln, die ich mit geschmolzener Butter übergoss und mit frisch gehackter Petersilie garnierte, aß frische, saftige Scheiben einer orangefarbenen Paprika dazu und trank Fruchtsaft. Ein einfaches, geradezu schlichtes Essen, aber es schmeckte köstlich. Als würde ich zum ersten Mal essen. Dann begann ich, mich durch meinen neuen Bücherstapel zu arbeiten.

Im dritten oder vierten Buch mit mehr oder weniger wertvollen Erkenntnissen und gleichermaßen abstoßenden wie interessanten Fallbeispielen für Sozio- und Psychopathen stieß ich auf die Geschichte eines Amerikaners namens Richard Kuklinski. Er hatte ab den Sechzigerjahren als Profi-Killer für die Mafia gearbeitet und nebenbei als Hobby noch einige weitere Morde begangen, während er offiziell ein angepasstes Leben als Familienvater mit einem bürgerlichen Beruf führte. Nach eigenen Angaben hat er mehr als zweihundert Menschen umgebracht. Nachdem er gefasst worden war, erzählte er, dass es in seinem Leben einen Moment des Selbstzweifels gegeben hätte. Er hatte eines seiner Opfer in einem Käfig bei lebendigem Leib von Ratten auffressen lassen. Für den Auftraggeber filmte er, quasi als Leistungsnachweis, das Sterben des Opfers. Als er dann abends allein zu Hause saß und sich den Film beim Abendbrot ansah, kam ihm zum ersten Mal der Gedanke, diese Art der Unterhaltung und seine völlige Emotionslosigkeit dabei könnten nicht ganz normal sein. Er überlegte, einen Psychologen aufzusuchen, verwarf den Gedanken aber, weil der Psychologe dann so viel von ihm erfahren würde, dass er ihn würde töten müssen. Was die Erfolgsaussichten einer Therapie mehr als infrage stellte. Also ließ er es und machte weiter wie bisher.

Nach eingehender Lektüre diverser Psychopathen-Biografien war ich überzeugt, absolut nichts mit diesen Irren gemein zu haben. Ich entschied, den Klippen-Schubser aus meiner Kindheit und die Albträume nicht weiter zum Anlass für Zweifel an meiner geistigen Gesundheit zu nehmen. Schließlich war ich weder ein emotionsloses Stück Scheiße, das schon als Kind Katzen gehäutet hatte, noch eine Killerin wie Kuklinski und Konsorten. Zumindest damals noch nicht.

Ich räumte also die Fachliteratur beiseite und machte weiter wie bisher. Nur ohne Segeln.

Karol

Blut im Feld

Karol, der sich jetzt Karl nennt, ist ein Drecksack, ich kann oder will es nicht anders sagen. Mir lag absolut nichts an Henryk, dem Großmaul. Aber wie mitleidslos Karol den eigenen Bruder in Suff und Elend verkommen ließ, ohne auch nur den kleinen Finger für ihn krumm zu machen, ist das normal? Keine Ahnung, ich habe keine Geschwister, zumindest keine lebenden. Und ich weiß inzwischen, dass ich selbst nicht normal bin. Trotzdem kommt es mir irgendwie ... stillos vor. Andererseits: Wer glaubt denn, dass Karol normal ist? Ich nicht.

Manchmal frage ich mich, wieso die Normalität eine solche Faszination auf mich ausübt. Ich fürchte, die Antwort ist banal: Man will immer das, was man nicht hat. Oder verloren hat. Vorgestern saß ich in einem Bus, mir gegenüber eine Mutter, etwa in meinem Alter. Ihr Baby hatte den Kopf an ihre Schulter gelegt und schlief. Aus dem Mund des Babys lief etwas Speichel in den Ausschnitt der Mutter. Sie nahm ein Papiertaschentuch und tupfte die Lippen des Babys und ihr benetztes Dekolleté damit trocken. Der Anblick dieser Geste, liebevoll und mit zärtlichem Blick ausgeführt, verursachte mir ein Reißen in der Brust und einen Kloß im Hals. Obwohl ich mein Hotel noch nicht erreicht hatte, stieg ich an der nächsten Station aus und setzte mich auf eine Parkbank. Tränen liefen mir übers Gesicht, während Passanten achtlos an mir vorbeischlenderten. Sie trugen Einkaufstüten, schoben Kinderwagen, hielten ihre Partner an der Hand, telefonierten mit Freunden, und mir schien, als würden sie allesamt lächeln, glitzern und schweben. Es dauerte eine Weile, bis ich meinen Blick wieder zurechtgerückt hatte und sah, dass einige von ihnen gebeugt gingen, andere grau im Gesicht vor Sorge waren oder allein. Erst da konnte ich zurück in mein Hotel und mich wieder kühl und mit klarem Verstand auf Karol konzentrieren.

Karol alias Karl mimt zurzeit den Trauernden. Vor einer Woche hat man seinen großen Bruder Henryk alias Heinrich im Odenwald tot aufgefunden. Heinrich lag nackt auf einer kleinen Lichtung und ist an einer wenig fachmännisch durchgeführten Kastration verblutet. Die Polizei scheint nicht allzu viel Manpower auf die Aufklärung des Falles zu verschwenden. Dennoch ist die ermittelnde Mordkommission relativ schnell auf Heinrichs Verwandtschaftsverhältnis zu Karl gekommen. Ich habe zwar daran gedacht, Henryks Handy – heutzutage besitzen auch Berber, die etwas auf sich halten, ein Smartphone – aus seiner verdreckten Hose zu ziehen und nach dem Abgang seines Besitzers zertrümmert in den Neckar zu werfen. Aber ich habe es versäumt, Henryks Lagerplatz in der Nähe der Ernst-Walz-Brücke nach Hinweisen auf eine Verbindung zu Karol zu durchwühlen. Das war sehr unvorsichtig von mir, geradezu dumm. Die Polizei, die von anderen Berbern in Heidelberg über Heinrichs Platz informiert wurde, war leider aufmerksamer. Und ist auf einen angefangenen, aber sorgfältig adressierten Brief von ein paar Zeilen gestoßen, in dem Heinrich seinen Bruder Karl mit Hinweis auf die Familienbande um Hilfe bittet. Dass Heinrich einen anderen Nachnamen trägt als Karl, kann Karl, der sich über die Nachricht von Heinrichs Tod geschockt gibt, mit einer Lügengeschichte leicht erklären: Heinrich ist sein unehelicher Halbbruder, den sein Vater, noch bevor er Karls Mutter kennenlernte, auf einer Auslandsreise in Polen mit einer fremden, verheirateten Frau, quasi en passant, gezeugt hat. Karl wusste von der verschwiegenen Existenz eines väterlichen Fehltritts – ein Geheimnis zwischen Vater und Sohn –, hat Heinrich aber nie kennengelernt, bis der kürzlich in Heidelberg aufgetaucht ist. Karl war sehr bewegt, seinen ihm bis dato unbekannten Halbbruder in einem derart desolaten Zustand zu sehen. Heinrichs Obdachlosigkeit hat ihn schockiert und auch sein allergrößtes Mitgefühl erregt, dennoch sah er keine Möglichkeit, ihm zu helfen, da Heinrich selbst jede Unterstützung ablehnte. Darunter hat Karl sehr gelitten. Aber leider kann man einem Menschen, der keine Hilfe möchte, auch nicht helfen. Dass Heinrich sich das nun anders überlegt hatte und einen liebevollen Brief mit der Bitte um Hilfe an ihn schrieb, ihn aber nicht mehr abschicken konnte, weil er vorher ermordet wurde, gehört zu den tragischen Volten des Schicksals.

Als die Polizei Heinrichs Herkunft überprüft, stellt sie fest, dass Heinrich quasi aus einem biografischen Nichts aufgetaucht ist. Keine belegbare Vorgeschichte. Aber auch dafür hat Karl eine Erklärung: Denn Heinrich hat ihm bei dem ersten und einzigen Treffen erzählt, er sei schon mehrfach polizeilich aufgefallen und habe sich irgendwann einen gefälschten Pass zugelegt, um bei den üblichen Kontrollen nicht erkannt zu werden.

Gut gelogen, Karol, denke ich mir. Recht nah an der Wahrheit und betont ehrlich und zerknirscht, sodass keiner einen Grund hat, dir nicht zu glauben.

Der Spezialist der Kripo wundert sich zwar über die professionelle Fälscherarbeit in der Tasche eines Penners, doch keiner sieht eine Veranlassung, Karls Ausweis ebenfalls zu überprüfen. Warum auch?

Karl arbeitet als hohes Tier im Technologiepark Heidelberg, wo er zum Wohle der Menschheit in einem medizinischen Spezialbereich forscht. Er ist beliebt unter seinen Kollegen, bekannt in der Stadt und verankert in eine makellose Familiensituation: eine liebende Frau, die halbtags in einer Apotheke angestellt ist, ein sechzehnjähriger Sohn, der sich gut auf dem Gymnasium macht, keine Geliebte, keine Korruption, rein gar nichts Anrüchiges in seinem durchorganisierten Alltag aus Job, Familie und Tennisklub.

Der Leiter der Mordkommission spricht dem wertvollen Mitbürger Karl also sein Beileid aus und erklärt ihm, dass er die Ermittlungen mit allen ihm zur Verfügung stehenden Mitteln vorantreiben wird.

Ich hoffe, dass die Sache damit erledigt ist. Henryk war ein schmieriger, alkoholsüchtiger, kleinkrimineller Penner, der bis zuletzt geleugnet hat und dem keiner eine Träne nachweint. Nicht einmal Karol. Auch wenn er die grauenvollen Umstände des Todes seines Bruders selbstredend unendlich bedauert. So wird der trauernde Bruder zumindest in der auflagenträchtig aufgewühlten Lokalpresse zitiert. Ich bin gar nicht auf meine Wanzen und mein leistungsstarkes Richtmikrofon angewiesen, um Karols Lügen lückenlos zu verfolgen. Er stellt sich freiwillig auf die Bühne der Öffentlichkeit, verlangt in der Rolle des rechtschaffenen und besorgten Bürgers von der Polizei, den Mörder Heinrichs mit aller Entschiedenheit zu ermitteln, und von der Politik, mehr für sozial Gestrandete im Abseits unserer Gesellschaft zu tun.

Ich bin sicher, Karl alias Karol ist insgeheim mehr als erleichtert, dass Henryk ihm nicht mehr auf den Geldbeutel und die Nerven gehen und ihn erpressen kann. Für Karol ist mit Henryks Tod ein unliebsames Kapitel endgültig abgeschlossen, an das Karol seit Langem nicht mehr denken mag. Es passt einfach nicht zu seiner Gegenwart und zu seiner Zukunft. Wer weiß, vielleicht hätte er Henryk irgendwann selbst erledigt, wenn ich ihm nicht zuvorgekommen wäre. Seine perfekten Lügen wirken fast sorgsam für Henryks Tod vorbereitet. Andererseits: Den Brudermord traue ich ihm nicht zu. Karol ist als Karl ein wertvolles Biedermann-Mitglied der Gesellschaft geworden. Sein Schafspelz ist maßgeschneidert und inzwischen vermutlich so fest mit ihm verwachsen wie all seine anderen Lebenslügen.

Mir ist es egal, was Karol zum Wohle der Menschheit beiträgt. Aber er macht mir Probleme. Er lebt sozial eingebunden mitten in der Stadt und bietet keine eindeutige Angriffsfläche, keinen Ansatzpunkt, um ihn unbemerkt für wenigstens ein paar Stunden aus seinem Umfeld zu lösen. Ich beobachte ihn seit einer Woche und finde nichts. Nichts Einfaches, nichts Sicheres. Zumal er seit Henryks Tod im Blickpunkt der Öffentlichkeit steht. Dabei will ich so schnell wie möglich zuschlagen, damit ich endlich von hier verschwinden kann.

Also werde ich zu etwas Komplizierterem greifen. Es gefällt mir nicht, weil ich dabei aus meiner Deckung heraus muss. Ich jage Wölfe, aber es gibt Menschen in dieser Stadt, die mich jagen. Nicht mit großem Engagement oder brennendem

Enthusiasmus. Das ist Henryk keinem wert. Aber sie sind wacher als sonst. Also muss ich noch wacher sein als sie. Es gefällt mir auch nicht, dass ich immer noch in Heidelberg bin. Denn wenn sich an einem Ort mehrere Wölfe zusammenrotten, riechen die Schafe irgendwann die Gefahr und fangen an zu blöken. Von wegen Schweigen der Lämmer.

Ich habe wieder mein Aussehen, den Aufenthaltsort und die Identität gewechselt. Gern wäre ich einmal eine Schweizer Pharmavertreterin oder so etwas Ähnliches, denn es macht mir aus unerfindlichen Gründen Spaß, den Schweizer Akzent nachzuahmen. Aber Vertreter bleiben nie länger als ein paar Tage in einer Stadt. Ich hingegen muss hier verharren, bis ich weiß, wie ich Karol sicher erlegen kann. Dabei geht mir die viel gepriesene Beschaulichkeit der Stadt zunehmend auf den Wecker. Aber ich darf nicht zulassen, dass die Idylle an meinen Nerven zerrt. Ich brauche meine Nerven so ruhig wie die Wanten und Stagen eines Schiffes bei Flaute. Kein Zittern, kein Flattern, kein Wanken, keine Wut. Ruhig, ganz ruhig. So wie Janis es mir in Litauen beigebracht hat. Ich bewege mich als lose Ansammlung von Molekülen durch die Straßen, niemand nimmt mich wahr, ich bin unsichtbar, gehe durch die Passanten hindurch, ohne dass sie mich spüren. Ich bin ein Geist, der den Tod bringt, der unbemerkte Floh im Pelz der Ratte, der die Pest in sich trägt.

Zwei Tage nach Henryks Ableben habe ich mich im Inkognito-Modus übers Internet in eine dieser privat angebotenen, überteuerten, möblierten Kurzzeitwohnungen eingemietet. Dem Besitzer präsentierte ich mich bei der Schlüsselübergabe als freundliche Reisejournalistin, die ein Special über Heidelberg schreibt. Sofort erklärte er mir, was ich alles unbedingt ansehen und lobend erwähnen müsse. Ich bedankte mich für die erhellenden Insidertipps bei dem Lokalpatrioten, aber als ich endlich die Tür hinter ihm schloss, ärgerte ich mich über meine prätentiöse Berufswahl, die mir nun zu viel unliebsame Konversation eingebracht hatte.

Nach Stunden der Recherche und des Planens bin ich auf einmal sehr müde. Ich lege mich schlafen. Wohlig genieße ich die Kühle des Lakens, niste mich ein und sinke langsam in die Zwischenwelt. Meist dauert es lange, bis ich einschlafe, aber heute bin ich so kaputt, dass ich den Sog ins Dunkel schnell spüre. Doch dann geschieht das Rätselhafte, das leider so häufig geschieht: Kurz bevor ich in einen tiefen Schlaf taumele, zuckt irgendetwas in mir vor dem Abgrund zurück, es ist ein Moment plötzlichen Kippens, von einer Sekunde auf die andere bin ich wach, hellwach, spüre auf einmal, wie unangenehm warm es unter der Bettdecke geworden ist, wie ich zwischen den Schenkeln schwitze, ich höre mein Blut im linken Ohr rauschen, drehe mich auf die andere Seite, um es nicht mehr zu hören, höre es trotzdem, es wird sogar lauter, immer im nun zu schnellen Rhythmus des Herzens, mir ist zu heiß, ich öffne die Augen und weiß, dass es vorbei ist mit dem Schlaf. Ich bin wacher als wach und genervt.

Also stehe ich auf und rauche eine Zigarette. Dann mache ich zehn Liegestützen, weil ich mir kürzlich vorgenommen habe, jede Zigarette mit einem Gegenprogramm zu bestrafen. Danach stelle ich mich ans Schlafzimmerfenster und schaue auf die Straße. Dort draußen ist kaum mehr jemand unterwegs. Nur ein Betrunkener wankt noch in die vermutete Richtung seiner Heimstatt, wickelt sich um eine Straßenlaterne, verliert die Richtung, die Balance, übergibt sich ... Das interessiert mich alles nicht, ich wende mich ab. Das Rauschen im Ohr höre ich nicht mehr, dafür juckt es jetzt, und ich kratze wie besessen daran herum. Ich kratze, bis ich blute. Also gehe ich ins Bad, um mein Ohr auszuspülen und mein Gesicht mit kaltem Wasser zu kühlen.

Als ich in den Spiegel schaue, sehe ich, dass meine Kieferknochen kantig hervortreten. Sicher habe ich wieder geknirscht, ohne es zu merken. Der menschliche Kiefer kann einen Beißdruck von bis zu zwei Zentnern ausüben. Ich sollte diese Kraft nutzen, um dem nächsten Dämon, der mich anfällt, ein Stück seines stinkenden Fleisches aus der Wange zu reißen. Oder ihm ein, zwei seiner hässlichen Hornklauen an den Füßen oder den kurzen, aber kräftigen Armen abzubeißen. Diese Dämonen, Drachen, Lindwürmer ... sie sind es sicher nicht gewohnt, dass einer zurückbeißt, und ich könnte den Überraschungseffekt nutzen, um meine Zähne noch tiefer in jeden einzelnen von ihnen zu graben, bis wir wie eine todessehnsüchtige Laokoon-Gruppe ineinander verbissen sind und uns in blutrünstiger Raserei lärmend und knurrend und fauchend und schreiend umeinander drehen und winden, bis nichts und niemand mehr übrig bleibt. Und wenn ich dann am Morgen wach werden und glauben würde, mal wieder »nur« schlecht geträumt zu haben, würde ich mit meinen nackten Füßen, die ich aus dem Bett schwänge, in blutige, noch warm dampfende Fleischklumpen von Dämonenkörpern treten, die überall um mein Bett herum lägen, vielleicht zwischen meinen eigenen Eingeweiden.

Ich öffne den Mund weit, schneide Grimassen, schiebe den Kiefer hin und her, um ihn zu lockern. Und bin mir sicher, dass mein Wille allein genügt, um mich zu entspannen. Dann werde ich wütend, weil ich nicht weiß, was ich tun kann, um endlich einzuschlafen. Ich rauche noch eine und verschiebe die dazugehörigen Liegestützen auf den nächsten Tag, um nicht noch mehr in Wallung zu geraten. Irgendwann gehe ich wieder ins Bett, und das Spiel beginnt von vorn. Bis mein Körper vor Erschöpfung seinen wachenden Widersacher besiegt.

Einige Tage später steht mein Plan. Er ist riskant, weil von schwer zu bestimmenden Variablen durchsetzt. Aber mir ist bislang nichts Besseres eingefallen, und ich will, ich muss raus aus dieser Stadt. Die Polizei hat das Phantombild einer Frau veröffentlicht, zu der der ermordete Penner bei seiner letzten bekannten Sichtung in ein Auto gestiegen war. Die Passantin, auf deren Aussage hin die Zeichnung angefertigt wurde, hat zudem zu Protokoll gegeben, dass die Frau mit osteuropäischem Akzent sprach. Zu dem Wagen konnte sie keine genauen Angaben machen, sie erinnerte sich nur an die silberne Farbe. Falls die Kripo jetzt Einsatz zeigt, sucht sie bestimmt in den Heidelberger Hotels und Pensionen nach einer Osteuropäerin, auf die das Phantombild passt. Vielleicht sind sie bereits auf den Idioten gestoßen, dem ich an der Hotelbar einen Drink in den Schoß gekippt habe, und er hat ihnen von einer aggressiven Escada-Nutte erzählt. Vielleicht hat sich auch der Rezeptionist aus dem Hotel gemeldet und die Frau von der Zeichnung als den unsympathischen Gast Anna Pawlowa identifiziert – ein Name, der einen ballettbegeisterten Polizisten sicher vermuten lässt, dass auch dieser Ausweis gefälscht war. Aber welcher Polizist steht schon auf Ballett ... Jedenfalls wird es langsam eng für mich, auch wenn ich jetzt völlig anders aussehe, brünett und bebrillt und ungeschminkt bin und Kleidung trage wie eine schlecht bezahlte Käseblatt-Zeilenschinderin, zudem abgeknabberte Fingernägel habe und anders spreche und mich anders bewege. Es ist an der Zeit zu verschwinden.

Ich kontaktiere Karol anonym auf seinem Handy und gebe mich als Saufkumpanin von Henryk aus. Nun ja, was heißt, ich gebe mich als eine solche aus? Schließlich war ich sechs Tage lang Henryks beste Freundin. Zumindest hat er das geglaubt. Bis zum bitteren Ende, als ich mit Daumen und Zeigefinger meiner behandschuhten Linken seinen Schwanz umsichtig an der bräunlichen, schrumpeligen Spitze fasste, sie nach oben in die Luft zog und mit dem Skalpell in meiner behandschuhten Rechten und einem entschlossenen Schnitt das Teil vom restlichen Körper trennte und ein paar Meter in den Wald warf, auf dass es dem Tierfraß zum Opfer fallen möge. Was wohl auch geschehen ist, denn die Kripo hat den fehlenden Körperteil nicht gefunden.

Karol reagiert verhalten selbstbewusst auf meinen Anruf. Klug von ihm. Er kann nicht wissen, was ihn erwartet. Nicht wissen, was ich weiß. Sich in dieser ungeklärten Situation gleich den Schneid abkaufen zu lassen wäre dumm. Aber ich mache die richtigen Andeutungen, die ihn aufschrecken, auch wenn er es sich partout nicht anmerken lassen will. Immerhin ist er bereit, sich mit mir zu treffen. Ich habe für mein Schweigen fünftausend Euro gefordert. Diese lächerliche Summe wird Karol davon überzeugen, es mit einer Idiotin zu tun zu haben. Das wird ihn in vermeintlich überlegener Sicherheit wiegen. Zudem bin ich schließlich nur eine Frau. Andererseits darf ich nicht vergessen, wie sehr Karol bewusst ist, dass sein großer Bruder gerade im Odenwald eines gewaltsamen Todes gestorben ist und die Polizei nach einer osteuropäischen Verdächtigen sucht, mithin einer Frau. Es wäre unverantwortlich von ihm, nicht zumindest in Erwägung zu ziehen, dass die Mörderin seines Bruders ihn erpressen und in eine Falle locken will. Allerdings habe ich bei meinem

Telefonat mit Karol keinen russischen Akzent, stattdessen präsentiere ich einen badischen Zungenschlag. Auch das sollte ihn in Sicherheit wiegen. Trotzdem. Karol ist nicht dumm. Vielleicht ist mein Plan zu durchsichtig. Allerdings sind meine Argumente auch schlagkräftig. Henryk hin oder her, Karol wird seinen Arsch retten wollen.

Tatsächlich kommt er kurz vor Sonnenuntergang zum telefonisch verabredeten Treffpunkt auf einem gut einsehbaren Feldstück weit außerhalb der Stadt. Die Übersichtlichkeit soll ihn beruhigen. Für mich bedeutet sie lediglich, dass ich eventuelle Störenfriede schon von Weitem herannahen sehe. Ich habe alles Erdenkliche getan, um sicherzustellen, dass er allein kommt und nicht die Polizei eingeschaltet hat. Deswegen habe ich ihn beobachtet und abgehört. Das hat mich Zeit gekostet, aber diese Maßnahmen sind notwendig, auch wenn ich noch so schnell hier weg will. Ich darf keinen Fehler machen. Noch bin ich nicht fertig.

Aber es gibt keinerlei Anzeichen dafür, dass er mich linken will. Dennoch bin ich angespannt, ich merke es an meinen zusammengebissenen Zähnen. Ich knirsche. Doch das legt sich schnell, als Karol vor mir steht und ich seine Nervosität rieche. Er schwitzt aus allen Poren. Er stinkt nach Angst. Und dabei ist die Angst, der Mörderin Henryks zu begegnen, nicht annähernd so groß wie seine Angst, womöglich alles zu verlieren. Wobei er unter »alles« absurderweise nur seine Karriere, seine Familie, sein kleines, spießiges Sosein zu verstehen scheint. Idiot. Er wird gleich begreifen, dass es um sein Dasein geht.

»Wer sind Sie?«

Warum fragen die immer das Gleiche?

»Was wollen Sie von mir?«

Immer das Gleiche.

»Alles«, sage ich.

Er schaut abfällig.

»Was glauben Sie, wie viel das ist? Ich bin nicht reich.«

Seine Antwort macht mir klar, wie sehr er auf dem Holzweg ist. Ich lache.

Das verunsichert ihn.

»Haben Sie meinen Bruder umgebracht?«, fragt er ungläubig.

Wow. So schnell dann doch eine intelligente Frage. Wenn auch ungläubig, weil fantasielos. Ich nicke.

Schweiß perlt von seiner Stirn, und das liegt nicht an den hochsommerlichen Temperaturen, die jetzt, Ende August, immer noch herrschen.

»Warum? Weil bei ihm nichts zu holen war?«

»Ich habe bekommen, was ich wollte. Seinen Schwanz.«

Ich sehe, wie er begreift, dass es hier nicht um einfache Erpressung geht. Karol realisiert nun, dass er an einem einsamen Feldweg mit der Mörderin seines Bruders steht. Er schaut mich verunsichert an, und – was mir Respekt einflößt – er wird neugierig.

»Die Polizei hat gesagt, Heinrich wäre als Letztes mit einer Ostblock-Tussi gesichtet worden. Die suchen 'ne Russin oder so was. Aber Sie sprechen völlig akzentfrei. Sie sind eindeutig 'ne Deutsche. Also: Wollen Sie mich verarschen?«

Ich erkläre ihm in nahezu perfektem Russisch, dass ich weit davon entfernt bin, ihn zu verarschen. Karol, der seine Kindheit und Jugend an Henryks Seite in Polen verbracht hat, versteht mich gut. Er versteht das Russische ebenso, wie er nun auch den Ernst seiner Lage begreift.

»Warum haben Sie Heinrich umgebracht?«, fragt er und sieht so aus, als ob er es schon wüsste.

»Henryk«, sage ich. »Nicht Heinrich.«

Das verunsichert ihn noch mehr.

»Wer sind Sie?«

Er wiederholt sich.

»Ihres Bruders Mörderin. Und die Ihre.«

Sein Instinkt bringt ihn dazu, die Fragen zurückzustellen und lieber zuerst einen Ausweg zu suchen. Karol sieht sich in der Gegend um. Hilfe in Sicht? Ein Fluchtweg? Braucht er überhaupt Hilfe? Muss er flüchten?

Er blickt wieder zu mir und versucht, seine Chancen im Kampf einzuschätzen. Ich bin eine Frau. Und Karol spielt Tennis, ja. Trotzdem hat er die Figur einer verfaulten Birne. Ich bin erheblich jünger und auch ein wenig größer als er. Man sieht mir an, wie durchtrainiert ich bin. Ich strotze vor Kraft. Breitbeinig stehe ich mit beiden Füßen fest verwurzelt im Fundament meiner Rache. Karol ahnt, dass er Probleme mit mir bekommen könnte. Selbst wenn ich »nur« eine Frau bin.

»Wer sind Sie?«

Ist er dämlich oder will er Zeit schinden? Ich gebe keine Antwort, das Spiel ist mir zu blöd.

Jetzt versucht er es mit bemüht lässiger Deeskalation: »Sie haben gesagt, dass Sie fünftausend Euro wollen. Die hab ich dabei. Nehmen Sie das Geld.«

»Das werde ich. Warum auch nicht?«

»Dann lassen Sie mich in Ruhe.«

Karols Satzmelodie schwingt irgendwo zwischen Aufforderung und Frage. Er kann mich nicht einschätzen.

Ich schüttele langsam den Kopf.

Wieder blickt Karol sich um.

»Sie haben gesagt, mein Bruder hätte Ihnen etwas von früher erzählt. Dafür wollen Sie das Geld. Damit Sie den Mund halten.«

»Das war gelogen. Henryk hat es mir nicht erzählt. Ich wusste es schon.«

Karol blickt mich irritiert an. Er denkt nach. Ich warte geduldig. Das Gespräch ist auf jeden Fall amüsanter als Hermanns Geschrei. Oder Henryks wimmerndes Leugnen.

»Es gibt über mich nichts zu wissen! Rein gar nichts!«

Karol versucht bemüht selbstbewusst, die Flucht nach vorn anzutreten.

»Und trotzdem sind Sie hier. Und haben statt der Polizei fünftausend Euro dabei.«

Nun knickt Karol ein. Er ist klug genug, um einzusehen, wie bescheuert seine Argumentation war.

»Wie können Sie etwas wissen, was nur Henryk und ich wissen, wenn weder er noch ich es Ihnen erzählt haben? Sie bluffen!«

»Außer Ihnen wusste es noch Hermann. Oder sollte ich Harry sagen? Hermann hat schon das Zeitliche gesegnet. Genau wie Henryk. Zumindest so ähnlich. Und nach Ihnen ist Manfred dran.«

Karol wird bleich.

»Wieso Henryk?«

»Manni, Harry, Hinz und Kunz … Das ist doch eine schöne Liste.«

Karol schaut mich zu meiner Überraschung eher irritiert als erschrocken an. Er überlegt.

»Wo haben Sie unsere Spitznamen her? Hat Hermann geredet?«

»Ein bisschen. Nicht allzu viel. Er hat mehr geschrien als geredet. Vor allem, als ich ihn abgefackelt habe. Und Ihr Bruder hat es mit Leugnen versucht. Als würde ich euch auch nur ein Wort glauben. Woher ich es weiß? Ich gebe Ihnen einen Hinweis: Denken Sie mal kurz an Krethi und Plethi …«

Seine Augen weiten sich überrascht.

»Sie wissen es ... von ... von den Verrückten? Die ... leben noch? Die waren doch damals schon halb tot.«

Für diesen Satz trete ich ihm kurz, aber hart gegen den Solarplexus. Er fliegt etwa einen Meter zurück, fällt auf den Rücken und schnappt nach Luft.

»Stehen Sie auf. Und heben Sie Ihr Hemd an«, sage ich.

Er rappelt sich auf, aber mehr will er mir nicht entgegenkommen. Stattdessen schüttelt er den Kopf.

»Machen Sie schon!«

Er zögert, blickt mich verunsichert an und tut dann doch, was ich ihm gesagt habe. Plötzlich hat er Angst vor mir. Gut so.

An seinem Bauch befinden sich mehrere kleine, vernarbte Einstichpunkte eng nebeneinander. Er sieht aus wie perforiert.

Ich betrachte die Narben und spüre, wie ich verkrampfe. Ich reiße mich zusammen und schaue wieder in Karols Gesicht. Ich sehe, wie sich seine Miene erhellt. Plötzlich begreift er. Er starrt mich fassungslos an.

»Du bist ... Bist du ...?«

Jetzt duzt er mich plötzlich. Als wären wir auf einem beschissenen Klassentreffen.

Ich nicke. Er weiß jetzt, wer ich bin.

»Genau. Ich bin das Tier in dir.«

Er starrt. Schluckt. Schwitzt. Reibt seine nassen Hände an den Hosenbeinen trocken. Dann flirren seine Augen unruhig hin und her. Er kann mich nicht mehr ansehen.

»Scheiße!«, ruft er. »Ich war siebzehn!«

Als würde das etwas entschuldigen.

Er holt fünftausend Euro aus seiner Brieftasche und hält sie mir mit zitternden Händen hin. Ich nehme das Geld und stecke es ein. Er macht einen vorsichtigen Schritt zurück und wendet sich zum Gehen. Einfach so. Als hätte ich es ihm erlaubt. Ich pfeife kurz, wie nach einem Hund. Er bleibt sofort stehen. Dreht sich wieder um und schaut mich an. Brav. Ich winke ihn zurück. Er kommt. Fehlt nur noch, dass er Männchen macht.

Er zittert. Aber er versucht krampfhaft, sich zu entspannen, atmet tief durch, lockert seine Muskeln und ändert seine Körperhaltung zu betont lässig. Jetzt macht er einen auf jovial. Mühevoll setzt er ein gewinnendes Lächeln auf und redet davon, »jetzt aber mit dem Scheiß aufzuhören«. Ich sei doch »eine sympathische junge Frau …«.

Ich sehe sein falsches Gewinner-Lächeln, höre seine Worte. Seine Anbiederungsversuche widern mich an. Komm mir nicht so! Ich will dir nicht sympathisch sein, Arschloch. Dir nicht und auch sonst keinem!

Ich spüre Wut in mir aufsteigen. Lange genug habe ich es versucht. Zu lange. Dieses Sympathischsein. Aber nie habe ich die Menschen mit dieser Leichtigkeit für mich gewonnen, wie es manch anderen gelingt. Es gibt Leute, die müssen nur lächeln, und schon fliegen ihnen die Herzen zu. Man nennt dieses Lächeln zu Recht »gewinnend«. Menschen, die dieses Lächeln haben, sind Gewinner. Auf ganzer Linie. Ich habe schon als Kind selten gelächelt. Sicher, ich habe manchmal gelacht. Wenn mein Vater meine Mutter mit dem Gartenschlauch nass gespritzt hat und sie schreiend herumgehüpft ist. Oder wenn der erste Schnee des Jahres fiel und mir die Kälte wie Hitze auf den Wangen brannte. Oder wenn ich mit meinem Fahrrad durch eine Pfütze gefahren bin und das Spritzwasser meine rosa Gummistiefel schmutzig gemacht hat. Ich kannte Freude. Spontane, selbstgenügsame Freude. Aber ich habe nie gelächelt, wenn wir für ein Klassenfoto Aufstellung nahmen. Ich habe nicht gelächelt, wenn jemand über meinen Kopf strich und »Was für ein niedliches Kind!« sagte. Ich habe auch nicht gelächelt, wenn Peter aus der 5b einen Frosch aufgeblasen hat. Später, als ich erwachsen wurde, begriff ich, wie bedeutsam es ist, sympathisch zu wirken. Wenn man sympathisch wirkt, bekommt man Drinks spendiert. Man bekommt Jobs. Kaffee gebracht. Gehaltserhöhungen. Fehler werden einem verziehen, man wird befördert, auch wenn ein Kollege oder eine Kollegin besser arbeitet, weil der oder die aber nicht so sympathisch ist. Ich habe mich bemüht. Alles Mögliche habe ich getan. Ich habe gelächelt, geschwiegen, ich habe mit Menschen geredet, gefeiert, getrunken und sogar geschlafen, nur um gemocht zu werden. Und mochte mich dabei selbst nicht.

Karol lächelt um sein Leben. Er will mich für sich gewinnen. Er glaubt immer noch, er sei ein Gewinner. Heute wird er verlieren.

»Hör auf mit diesem Mist, es wird dir nichts nützen«, höre ich mich sagen.

Er hört nicht auf. Sondern zieht eine letzte, vermeintliche Trumpfkarte.

»Mädel, mach jetzt keinen Quatsch. Du hast dein Leben noch vor dir. So hübsch ... so jung ... Ich könnte dein Vater sein.«

»Ich weiß«, antworte ich.

Ich treibe ihm mein stählernes Fällkniven-PHK-Jagdmesser mit einer Klingenlänge von hundertsechsundzwanzig Millimetern in den Leib.

Und mache einen sehr, sehr dummen Fehler.

Ich lasse kurz los, weil ich seinen überraschten Blick genieße, statt das Messer mit meiner minimalen Rückwärtsbewegung gleich wieder herauszuziehen und weiter zuzustechen. Denn ich will ihn durchlöchern, entmannen und ihm dann das Herz herausschneiden. Etwas zu Ende bringen, was vor Jahren mit einer Gabel begonnen wurde.

Er nutzt meine Unachtsamkeit mit dem Mut der Verzweiflung aus, zieht sich selbst das Messer aus dem Unterleib und will es mir ins Herz rammen. Zu meinem Glück dringt die Klinge nicht allzu tief ein, außerdem an der falschen Stelle, der Kerl hat keine Ahnung von Anatomie, schießt es mir durch den Kopf, die Klinge rutscht an einer meiner Rippen ab. Ich bin so perplex von seiner Aktion, meiner Dummheit und dem plötzlichen Schmerz, dass ich erst einmal in die Knie gehe.

Nun begeht er einen Fehler. Er glaubt, er hätte gewonnen. Der Trottel lässt das Messer fallen und will wegrennen. Doch er kommt nur zwei Meter weit. Disziplin, Härte, Selbstüberwindung ... Alles, was mir Janis in Litauen beigebracht hat, greift und funktioniert reflexhaft. Aber nicht das lässt mich nun trotz meiner Verwundung in Sekundenschnelle reagieren. Sondern der Hass. Ich fasse nach dem Messer und springe mit einem gewaltigen Satz auf Karols Rücken. Unter meinem Gewicht und der Wucht meines Sprungs geht er zu Boden, und ich steche zu. Einmal, zweimal, dreimal ... Ich stürze mich auf ihn wie Graf Vlad, der Pfähler, bade berauscht in Karols Blut, fast will ich es trinken. Während ich hacke und hacke, den Wolf unter mir zerhacke, ist da in mir eine leise Stimme, die mir eindringlich zuraunt: Bleib cool, bleib cool. Aber ich höre nicht hin, ich kann nicht.

Unterdessen pumpt mein hochtouriges Herz auch das Blut aus mir heraus, und es vermischt sich im Staub des Feldweges mit seinem. Als Karol schon längst nicht mehr zappelt und mit seinen zerschnittenen Händen versucht, mein Messer abzuwehren, höre ich endlich auf. Karol ist nur noch ein blutiger, zerfetzter Klumpen Fleisch.

Schwer atmend lasse ich mich neben ihn in den Sand rollen und presse die linke Hand auf meine Wunde. Die rechte hält immer noch das Messer und ist so verkrampft, dass ich sie nicht öffnen kann. Als sich mein Atem etwas beruhigt hat, sehe ich mich vorsichtig um. Ist irgendjemand in der Nähe? Hatte ich Zeugen? Ich war wie im Blutrausch und habe nicht mehr auf die Umgebung geachtet. Doch wir sind offensichtlich allein. Niemand zu sehen. Auch wenn ich in meinem überreizten Zustand das unheimliche Gefühl habe, beobachtet zu werden. Eine große Schar Stare flattert mit viel Flügelschlaglärm im Licht der untergehenden Sonne über uns hinweg, sonst herrscht Stille. Todesstille.

Der Feldweg ist von Blut getränkt. Es leuchtet in der Abendsonne. Ich fluche vor Schmerz, während ich mich langsam und vorsichtig erhebe. Ich verfluche mich vor Wut, als mir klar wird, wie viel DNA ich hinterlassen habe. Wie dumm ich war und wie unvorsichtig. Doch an der Sauerei, die ich hier verursacht habe, kann ich nun nichts mehr ändern. Ich muss handeln, bevor ich noch mehr Blut verliere. Also reiße ich Karols Hemd in Streifen und mache mir einen provisorischen Verband. Doch das Hemd ist durchtränkt von Blut, dass es herabtropft, als ich den Verband stramm ziehe. Ich kann es nicht verhindern, ich hinterlasse eine tiefrote Spur auf dem mühsamen Weg zu meinem etwa achthundert Meter entfernt geparkten Wagen. Karol lasse ich einfach liegen. Eine kleine Nachtmahlzeit für Füchse und Habichte und Eulen und Fliegen und Marder und Maden. Morgen wird man ihn finden. Es macht keinen Sinn, die Leiche irgendwo verstecken zu wollen. Außerdem fehlt mir die Kraft, seinen Körper vom Feldweg wegzuzerren.

Ich schaffe es kaum bis zu meinem Wagen und breche mehrmals zusammen. Am Auto angekommen, ziehe ich den Erste-Hilfe-Kasten aus dem Kofferraum und mache mir einen festen, trockenen Verband. Mir ist schwindlig. In gierigen Schlucken trinke ich Wasser aus einer Flasche im Fond, um meinen Kreislauf zu stabilisieren. Die Fetzen von Karols Hemd werfe ich in einen Busch. Man wird sie finden, aber das ist nun auch egal. Sie werden auch meine Fußspuren und Reifenabdrücke finden. Meine Schuhgröße 38 wird ihnen sagen, dass ich ein junger Mann oder vermutlich eine Frau bin. Aus der Tiefe der Abdrücke werden sie mein ungefähres Gewicht schließen können. Sie werden ahnen, dass Karl Schreiber der gleichen Frau zum Opfer fiel wie Heinrich Drechsler. Wenn ich Glück habe, suchen sie weiterhin nach einer Osteuropäerin. Aber zurzeit habe ich kein Glück. Ich muss hier weg.

Es kostet mich fast eine Viertelstunde, mich auf den Fahrersitz zu hieven. Inzwischen ist es dunkel. Ich fahre ohne Licht aus den Feldern heraus bis zur Straße. Dann mache ich mich auf den Weg in Richtung Frankreich. Ich kann unmöglich in ein Krankenhaus, zumindest nicht hier in der Nähe, nicht in Deutschland. Bei uns müssen die Ärzte Schuss- und Stichwunden der Polizei melden. Ich wäre kaum verbunden, da würde ich schon in Untersuchungshaft wandern. Vermutlich ist das in Frankreich ähnlich. Aber die weitere Vorgehensweise kann ich mir überlegen, wenn ich dort bin. Wichtig ist jetzt nur, dass ich aus der Gegend hier verschwinde und über die Grenze nach Frankreich komme.

Die Hütte liegt einsam auf einem Berg, kilometerweit entfernt vom nächsten Dorf. Man kann sie mit dem Auto erreichen, darauf habe ich damals bei der Anmietung natürlich geachtet.

Ich kann es kaum erwarten, endlich anzukommen und mich hinzulegen. Ich fühle mich schwach, habe Schmerzen. Die lothringischen Käffer, die ich unterwegs durchquere, bevor es auf dem Waldweg zum Berg hinaufgeht, sind stockfinster, es brennen nicht einmal die Straßenlaternen. Keine Menschenseele ist zu sehen, die Fensterläden an den Häusern sind verschlossen. Seit ich die Autobahn verlassen habe und durch die Vogesen fahre, passiere ich Geisterstädte und verlassene Dörfer. Große Einsamkeit überflutet mich, ich blute immer noch, mein ganzer Körper zittert und meine Seele gleich mit.

Als ich quälende Stunden später über schmale Serpentinenstraßen meine Hütte in den Bergen erreiche, ist es noch immer dunkel. Ich habe kein Zeitgefühl mehr und bin am Ende meiner Kräfte. Unterwegs musste ich mehrfach anhalten und mich ausruhen, weil ich in ein paar Kurven beinahe geradeaus gefahren wäre. Ich nehme nur den Erste-Hilfe-Kasten aus dem Auto mit, schleppe mich zur Hütte, schließe fast weinend vor Erschöpfung auf und schleppe mich hinein. Die Hütte besteht aus zwei Räumen und einem winzigen Bad mit Dusche. Im hinteren kleinen Zimmer stehen ein Doppelbett und eine Kommode. Im ersten, etwas größeren Raum gibt es einen Gasherd und eine Keramik-Spüle, einen Kühlschrank, einen Tisch mit einem bunten Wachstuch darauf, vier Stühle, einen altmodischen Küchenschrank, eine Holzkommode und eine Chaiselongue. Auf die lasse ich mich fallen. Es dauert fast eine Stunde, bis ich mich ein wenig erholt und genug Kraft gesammelt habe, um meinen Verband zu erneuern. Vorsichtig löse ich die Bandage, die vollkommen von Blut durchtränkt ist, und besehe die Wunde zum ersten Mal bei gutem Licht. Ich muss sie nähen. Schon bei dem Gedanken fange ich wieder zu zittern an. Mühsam drücke ich mich von der

Chaiselongue hoch und durchwühle die Schubladen des Küchenschranks. Ich finde ein kleines Reise-Necessaire mit Nadel und Zwirn. Ich koche die Nadel in Wasser ab, setze mich auf einen Stuhl am Tisch und strecke meinen Körper, soweit es die Schmerzen zulassen. Beim ersten Stich werde ich ohnmächtig. Als ich wieder zu mir komme, liege ich auf dem Boden. Die Wunde blutet. Ich ziehe mich zurück auf den Stuhl hinauf und beginne erneut.

Dabei beschimpfe ich mich laut.

»Du bist kein Opfer! Du bist kein Lamm! Reiß dich zusammen!«

Meine Hände zittern so sehr, dass ich für die nächsten vier Stiche fast eine Stunde brauche. Ich spüre, wie ich Fieber bekomme. Meine Haut glüht, obwohl die Zähne klappern, ich friere, obwohl es unglaublich stickig ist in der Hütte. Ich brauche frische Luft. Aber ich habe nicht die Kraft, zum Fenster zu gehen und die Läden zu öffnen.

Irgendwann werde ich wach. Ich liege im Schlafzimmer auf dem Bett. Meine Wunde ist nur halb verbunden, das Ende der Bandage liegt lose um meinen Körper. Aber ich habe nicht mehr allzu viel geblutet, die Lache um mich herum hat höchstens einen Durchmesser von vierzig Zentimetern. Ich sollte mich freuen, dass ich noch lebe, aber selbst dazu fehlt mir die Energie. Mit größter Kraftanstrengung schleppe ich mich zum Fenster und öffne die quietschenden alten Holzläden. Es ist taghell, ich kann nicht einschätzen, wie lange ich bewusstlos war. Die Sonne steht hoch. Ich wanke in den vorderen Raum und besehe die Vorräte, die ich vor über einem halben Jahr hier verstaut habe. Literweise Wasser, ein paar Biere. Außerdem Dauerwurst, Knäckebrot und Dosen mit Fertiggerichten. Ich habe keinen Hunger, nur Durst. Mir ist heiß. Sehr heiß. Ich trinke etwas und lege mich vorsichtig wieder ins Bett.

Als ich erneut aufwache, ist es finstere Nacht. Das Fenster steht offen, und ich sehe die Gleichgültigkeit der Sterne. Ich balle die Faust, schüttele sie wütend gen Himmel und schwöre ihnen und ihrer mitleidlosen Eiseskälte blutige Rache. Können Sterne bluten?

Schließlich schalte ich das Licht an, um diesen höhnischen Glanz in unerreichbarer Ferne nicht mehr zu sehen. Mir steht kalter Schweiß auf der Stirn, die Laken im Bett sind nass geschwitzt. Die kleinste Bewegung strengt mich fürchterlich an. Ich will in die Küche, essen, trinken, und arbeite mich in Zeitlupe mühsam Zentimeter um Zentimeter durch die Hütte, stütze mich ab, auf der Bettkante, auf der Stuhllehne, am Türknauf, stöhnend, fluchend. Ich rieche wie ein wildes Tier. Ich bin ein wildes Tier. Wenn die Polizei mich mit Hunden sucht, werden die Hunde die Wölfin riechen und Angst bekommen. Ihre Nackenhaare werden sich aufstellen, sie werden den Schwanz einklemmen und winselnd abdrehen, um bloß nicht in meine Nähe zu müssen. Dann bin ich in Sicherheit. Mir ist schon wieder kalt, so einsam bin ich. Selbstmitleidig blicke ich auf meine linke Hand und meinen Unterarm. Ich sehe, wie der Wolfspelz wuchert, lange schwarz-grau gestichelte Haare sprießen aus meinen Poren. Sie werden mich vor den Polizeihunden schützen. Schäferhunde, Nazi-Hunde. Ich brauche Kraft. Ich sollte hinaus in den Wald, ein Reh reißen. Wenigstens einen Hasen. Ich rieche Blut. Vielleicht liegt hier irgendwo ein Hase, und ich habe es nur vergessen, dass ich schon auf der Jagd war. Ich durchwühle die Hütte mit meinen Pfoten, suche nach ... Ich weiß nicht mehr, wonach ich suche. Mir ist heiß. Oder auch nicht. Ich bemerke, wie wirr meine Gedanken sind. Vermutlich habe ich Halluzinationen. Muss das Fieber sein. Ich schwitze und friere gleichzeitig. Meine Haut steht in Flammen, obwohl ich vor Kälte schlottere. Ich reiße mich zusammen, trinke aus dem Wasserhahn und halte meinen Kopf unter den kalten Strahl. Danach fühle ich mich etwas klarer, auch wenn ich jetzt noch mehr zittere. Ich wickele den Verband ab. Die Wunde hat sich entzündet, die Ränder sind feuerrot. Ich müsste dringend in ein Krankenhaus oder zumindest hoch dosiert Antibiotika einnehmen. Aber ich schaffe es nicht einmal bis zur nächsten Apotheke, nicht einmal bis zu meinem Auto, das da draußen zwischen den Bäumen geparkt steht. Wozu auch? Kein Apotheker wird mir rezeptfrei geben, was ich brauche. Also werde ich einfach sterben. Warum auch nicht? Ich habe Fehler gemacht, ich habe es verdient. So ist das unter Wölfen. Der Stärkere überlebt. Ich war schwach. Und dumm. Vermutlich bin ich sowieso viel dümmer, als ich denke. Was habe ich mir überhaupt eingebildet? Ich bin nichts als ein bösartiges, schlechtes Mädchen. Was kaputt ist, kann man nicht heil machen. Ich bin gescheitert, ich kann aufgeben. Jetzt. Sofort. Zumal ich sehr, sehr müde bin.

Ich lege mich auf die Chaiselongue, um zu sterben. Sterben, einfach nur sterben. Hat Shakespeare *Romeo und Julia* eigentlich vor oder nach *Hamlet* geschrieben? Bestimmt davor. Papa wüsste es. Dabei ist Sterben doch die Weiterentwicklung von Schlafen. Der Tod ist ein Schlaf ohne Dämonen. Also gesegneter Schlaf. Hoffe ich zumindest. Alles andere wäre ein großer Beschiss. Gesegnet? So ein Quatsch. Eine Fliege surrt um meinen Kopf herum und lässt sich auf meiner Wunde nieder. Ich habe den Verband nicht erneuert. Wozu? Ich will, dass es aufhört, all das. Will mich nicht mehr wehren. Ich will nicht einmal die Fliege verscheuchen. Fast bin ich froh, dass sie da ist. Ich habe Gesellschaft, bin nicht allein. Ich rede mit ihr, während sie an meinen entzündeten Wundrändern knabbert. Erzähle ihr vom Meer. Von Schaumkronen und Wind und

Wellen. Von fliegenden Fischen und spielenden Delfinen. Von gefährlichen Riffen, versunkenen Schiffen und algengrün schimmernden Welten, zwanzigtausend Meilen unter dem Meer. Vom Klabautermann und anderen Dämonen. Meine Wunde stinkt. Ich höre den Wasserhahn. Plopp plopp plopp plopp plopp plopp plopp plopp ...

Zuerst wird alles dunkel, dann wird es hell. Ich stehe in einem Supermarkt und betrachte verwundert eine lange Reihe von verschiedenen Cornflakes-Packungen. Früchtemüsli, Knuspermüsli, mit Honig oder Schokostückchen oder getrocknetem Obst oder Amarant. Ich weiß nicht genau, was ich hier tue, als plötzlich Janis mit einem Einkaufswagen neben mich tritt. Im Einkaufswagen sind frische Lebensmittel. Salat, Radieschen, Frühlingszwiebeln ... Janis lächelt mich an und fragt mich etwas. Ich sehe, wie sein Mund sich bewegt, doch ich kann nicht verstehen, was er sagt. Da kommt ein kleines Mädchen, etwa vier Jahre alt, auf uns zugerannt. Es hat braunes Haar, das wild in alle Richtungen absteht, und unglaublich blaue Augen. Es lacht, nimmt eine Packung mit Schokopops aus dem Regal und legt sie zu Janis in den Wagen. Ich beuge mich zu ihm hin und gebe ihm einen Kuss. Janis hebt das Mädchen hoch, dann setzt er es in den Einkaufswagen, nimmt mich an der Hand, und wir gehen gemeinsam zu einem Regal mit Milch und Honig.

Als ich wach werde, ist mein Gesicht tränennass. Ich liege wieder auf dem Boden. Ich bin von der Chaiselongue gefallen, die Naht ist gerissen, die Wunde aufgebrochen. Ich blute erneut. Auf keinen Fall schaffe ich es, mich noch einmal zu nähen. Wie aus der Ferne höre ich, dass ich mit mir rede.

»Du darfst nicht sterben! Du bist noch nicht fertig. Also tu was!«

»Was denn? Ich schaffe es nicht mal mehr bis zum Auto.«

»Ruf den Notdienst!«

»Damit ich im Gefängnis lande? Ich packe das auch allein.«

»Tust du nicht! Du brauchst Hilfe! Jemanden, der dir Medikamente beschafft. Der dich näht, die Wunde regelmäßig säubert und verbindet und dein Fieber bekämpft! Gib zu, dass du Hilfe brauchst!«

Ich wehre mich, ich weine, ich will sterben, ich will leben. Ich weiß nicht mehr, was ich will, ich bin zu schwach, um etwas zu wollen. Ich habe Angst. Vor einer Zukunft, vor keiner Zukunft. Vor mir.

Was wäre, wenn sie in ein anderes Krankenhaus eingeliefert worden wäre? Es gibt so viele Krankenhäuser in Berlin und Umgebung. Dann wäre alles anders gekommen. Mutter hätte nicht das Gefühl gehabt, mir die Wahrheit schuldig zu sein. Vielleicht würde ich dann jetzt in einem Supermarkt stehen und Frühstücksflocken für meine Familie kaufen, statt allein in einer einsamen Hütte zu verbluten. Bestimmt hätte ich geheiratet. Kinder bekommen. Wäre glücklich geworden und alt. Und ich hätte niemanden getötet.

Ich hadere. Hätte, würde, wäre ... Ist es Schicksal, dass alles so gekommen ist? Zufall? Bin ich getrieben? Gibt es einen freien Willen? Was ist Recht, was Unrecht? Bin ich einfach nur verrückt und schon immer verrückt gewesen? Eine gefährliche Wahnsinnige, die nun folgerichtig einsam verreckt? Ich frage mich, ob überhaupt irgendetwas einen Sinn hat. Wenn ich jetzt sterbe, hat jedenfalls nichts einen Sinn. Aber das kann mir auch egal sein. Ich bin müde. So unendlich müde.

Der Wasserhahn tropft immer noch. Die Fliege summt wieder um meinen Kopf herum. Ich bin froh, dass sie da ist. Sie ist das einzig Lebendige hier.

Sie spricht mit mir. Sie überredet mich, Janis anzurufen. Ihm kann ich trauen. Es tut fast körperlich weh, so gern hätte ich ihn hier. Aber bis er aus Litauen angereist ist, bin ich tot.

Dann fällt mir noch jemand ein, dem ich bedingungslos vertraue. Keine gute Idee. Aber die letzte.

Wie ich war, was ich nicht war,
bevor ich wurde, was ich bin

TEIL 3

Tektonische Plattenverschiebung

Vor zwei Jahren, es war am Anfang jenes sehr nebligen Novembers, wollte ich meine Eltern mit einem spontanen Besuch und einer großen Neuigkeit überraschen. Auf einer meiner beruflichen Reisen hatte ich Gernot kennengelernt. Die Firma hatte zu einer mehrtägigen, internen Fortbildung geladen, bei der die Vorträge mit diversen Stehempfängen endeten, um den bereits absehbar sensationellen Geschäftsjahresabschluss zu feiern. Gernot war einer der Redner, groß, schlank, gut aussehend und witzig. Ich war beeindruckt, weil er seinen Vortrag ohne Skript hielt. Und er konzentrierte sich nicht wie die üblichen Fachidioten in unseren Reihen nur auf detaillierte softwarespezifische Probleme, sondern öffnete mit klugen und witzigen Querverweisen den Blick aufs große Ganze und schlug Brücken zu interdisziplinären Betrachtungen über die Möglichkeiten der Künstlichen Intelligenz. Er sprach über den Homunkulus, den Turing-Test, zeigte Ausschnitte aus Fritz Langs *Metropolis* und zitierte Isaac Asimov und aus Jean Pauls *Die Automaten.* Als ich mich während des Vortrags im Saal umsah, wurde mir klar, dass sich am Abend an der Hotelbar eine Traube aus Kolleginnen um ihn bilden würde, die mit ihm schlafen wollten.

Ich reihte mich nicht ein, hielt mich im Hintergrund und redete mit zwei nerdigen Hackern über *Star Wars*. Dabei würdigte ich Gernot und seinem Fanklub keines Blickes. Vermutlich war es genau das, was ihn an mir reizte. Wenige Stunden später landeten wir zusammen im Bett. Ich hatte nicht mehr als eine amüsante Nacht erwartet, doch beim gemeinsamen Frühstück gerieten wir ins Reden über seinen Vortrag. Und hörten – mit ein paar leidenschaftlichen Unterbrechungen – nicht mehr auf bis zum darauffolgenden Abend.

Es fühlte sich ein bisschen so an wie damals, vor vielen Jahren auf einem Friedhof in Berlin – mein erstes Gespräch mit meinem Mitschüler Christian, genannt Baal. Und es hatte eine ähnliche Wirkung. Seit damals hatte ich mich nicht mehr emotional auf einen Mann eingelassen. Nun tat ich es. Vorsichtig, zaghaft, fast misstrauisch, immer noch gebranntes Kind vom Scheitern meiner ersten Liebe.

Auch Gernot war zurückhaltend. Er hatte eine schmerzliche Scheidung hinter sich und war noch dabei, seine Wunden zu lecken, als er mich traf. Also gingen wir es langsam und betont unverbindlich an. Zuerst versuchten wir nur, die Orte unserer beruflichen Engagements möglichst unverkrampft zu koordinieren, was sich jedoch als schwierig herausstellte. Wir arbeiteten zwar für die gleiche Firma, waren aber unterschiedlichen Kundengebieten zugeteilt: Ich war meist im Osten Europas tätig, er im Süden, hauptsächlich Spanien und Italien. Überschneidungen hatten wir nur gelegentlich in Frankreich und Belgien, wo ich wegen meiner exzellenten Französischkenntnisse auch gebucht wurde. Als wir übereinstimmend feststellten, dass uns die sporadischen Treffen in Paris, Brüssel und bei Firmen-Events und Kongressen nicht mehr ausreichten, begannen wir, uns so oft wie möglich auch zwischen unseren Aufträgen zu treffen.

Nach einem Jahr fand Gernot, dass wir unserem unsteten Liebesleben etwas mehr Stabilität verleihen sollten. Einerseits erschrak ich, denn ich hatte Angst vor zu fester Bindung, die mir möglicherweise die Luft abschnüren würde. Andererseits war da auch eine nicht näher definierte Sehnsucht. Das Gefühl eines unerwarteten Glücks.

Ich ließ ihn also beschließen, mich zu heiraten. Ja, ich wollte es auch – trotz meiner Angst vor zu großer Nähe, die endlich überwunden werden musste, falls ich jemals in einem halbwegs bürgerlichen Leben ankommen wollte. Es schien der richtige Zeitpunkt zu sein und Gernot der richtige Mann. Er war klug, witzig, fröhlich, und vor allem bedrängte er mich nie, weder verbal noch emotional. Ich empfand Gernots Vorstoß in Richtung Ehe nach dem ersten Schreck sogar als beruhigend. Denn mein jugendlicher Versuch, nach dem banalen Ende meiner ersten großen Liebe endlich normal zu werden, war spätestens nach dem Abitur gescheitert. Nicht offensichtlich und auch nicht spektakulär, aber schrittweise und schleichend. Mit jeder Beziehung, die ich – oft emotionslos – in den Sand setzte, mit jedem Fremden, mit dem ich aus einer seltsamen Sehnsucht nach Freiheit und Unabhängigkeit heraus ins Bett stieg, war mir klarer geworden, dass ich nicht tickte wie die anderen jungen Frauen in meinem Alter. Viele meiner Kommilitoninnen an der Uni hatten zu einer Art neuem Konservatismus gefunden, öffneten ihre Schenkel nur aus Liebe und nicht nur aus Lust, einige schworen dem Sex vor der Ehe sogar gänzlich ab. Nun gut, die waren auch nicht normal. Sicher hatte diese neue Keuschheitsbewegung viel mit der Angst vor Aids zu tun und war insofern zumindest deswegen nachvollziehbar.

Aber einige Gespräche mit anderen Frauen, die mir erzählten, wie intim der Geschlechtsakt für sie war und mit wie viel inniger Liebe und einem gigantischen Gefühl der Verschmelzung verbunden, gaben mir zu denken. Das Gefühl der Verschmelzung war mir völlig fremd, Liebe empfand ich selten, vermutlich nie, und wenn ich überhaupt glaubte, annähernd so etwas wie Liebe zu verspüren, war ich mir nie ganz sicher, ob ich damit richtig lag und mein Empfinden mit dem vergleichbar war, was die anderen Frauen unter Liebe verstanden. Ich spielte keine Spielchen, wollte nicht besitzen, nicht besessen werden und sehnte mich nicht danach, unter allen Umständen jemanden an meiner Seite zu haben.

Irgendwann stellte ich einer Kommilitonin die Frage: »Findest du nicht, dass die Formulierung ›an meiner Seite haben‹ schon impliziert, dass man sein Leben nach der eigenen Fasson gestalten will und nur einen Mitläufer braucht? Ist es das, was ihr unter Partnerschaft versteht?«

Sie sah mich verständnislos an und fragte zurück, wen ich mit »ihr« meinte.

Ich meinte die anderen.

Zu denen ich nun auch bald gehören würde. Ich würde heiraten. Ich! Gernot war ausreichend klug, um das, was er von mir kannte, nicht verbiegen zu wollen. Er mochte, dass ich etwas »sperrig« war, wie er es ausdrückte, er fand mich und meinen Drang nach Unabhängigkeit faszinierend. Doch obwohl er ein unangepasster Querdenker war, blieb ich vorsichtig und zeigte ihm nur von mir, was für ihn akzeptabel sein mochte. Den ganzen Rest hatte ich gelernt, sogar vor mir selbst zu verbergen.

Wir machten uns gegenseitig etwas vor, aber wir wussten es nicht.

Zumindest an jenem Abend Anfang November des vorletzten Jahres noch nicht. Ich wollte meine Eltern mit Gernot und unserer geplanten Heirat überraschen. Meiner dauerbesorgten Mutter würde ich damit eine unglaublich große Freude machen. Genau das hatte ich vor.

Ich benutzte meinen Schlüssel und zog Gernot leise hinter mir her Richtung Wohnzimmer, wo ich meine Eltern miteinander reden hörte. Aber noch bevor ich mit Gernot an der halb geöffneten Tür angelangt war, hörte ich, dass Mutter weinte.

»Wir müssen es ihr sagen. Sie hat ein Recht, es zu erfahren!«

»Das tust du auf gar keinen Fall! Es war immer gut so, wie es ist, und so soll es auch bleiben«, gab mein Vater zur Antwort. Er schrie fast. »Warum willst du alles kaputt machen?«

Gernot schaute mich verwundert an, weil ich abrupt stehen geblieben war. Auch ich war irritiert, denn ich spürte instinktiv, dass meine Eltern von mir sprachen, auch wenn mein Name nicht gefallen war.

»Es ist nicht richtig, das weißt du. Sie wird sterben. Sehr bald sogar.«

Sprachen sie doch nicht von mir?

»Ich verbiete es dir, verdammt noch mal!«

Ich hatte meinen Vater noch nie so harsch mit Mutter reden hören. Mit einem Schritt stand ich im Wohnzimmer und sah die beiden an. Mutters Augen waren ganz verquollen, sie presste sich ein Taschentuch wiederholt auf das rechte und dann das linke Auge, als könnte sie mit möglichst viel Druck den Strom zum Versiegen bringen. Vater hatte eine halb leere Bierflasche vor sich, obwohl es noch nicht Abend war. Er trank sonst nie Alkohol vor Sonnenuntergang. Bis auf heute. Sie erschraken beide, als sie mich sahen.

»Was ist hier los?«, fragte ich. »Wovon redet ihr? Von wem? Von mir?«

Ihr Schweigen war mir Antwort genug.

»Was soll ich erfahren? Oder nicht erfahren? Wer wird sterben?«

Gernot erschien hinter mir im Türrahmen. Mutter erschrak noch mehr, sprang auf, strich sich den Rock glatt, steckte ihr Taschentuch mit der rechten Hand in den linken Ärmelsaum, wie sie es immer schon getan hatte, und kam auf uns zu.

»Du hast jemanden mitgebracht«, sagte sie mit zittrigem Lächeln. »Kommen Sie doch herein, ich bin Maria.«

Gernot gab ihr die Hand, stellte sich vor und sah mich dann fragend an. »Vielleicht kein guter Zeitpunkt?«

»Gar kein guter Zeitpunkt. Der schlechteste überhaupt.« Mein Vater war selten so unhöflich.

Mutter brach sofort wieder in Tränen aus und zupfte ihr Taschentuch aus dem Ärmelsaum.

Ich zog mich mit Gernot in den Flur zurück und bat ihn zu gehen. Ich würde ihn später anrufen. Er hatte Verständnis und ging ohne den leisesten Vorwurf. Als ich zurück ins Wohnzimmer kam, saß Mutter wieder im Sessel. Es war ihr unangenehm, Gernot verscheucht zu haben.

»Endlich bringst du mal einen Mann mit nach Hause und dann das …«

»Dann was?«, fragte ich noch im Stehen. »Könnt ihr mir bitte erklären, was hier los ist?«

Mutter warf Vater einen unsicheren Blick zu. Der schüttelte resigniert den Kopf, dann nickte er Mutter zu.

»Ich war heute im Krankenhaus«, begann Mutter. »Wir haben eine neue Patientin auf Station bekommen.«

»Und die wird sterben?«, vermutete ich. Was nichts Ungewöhnliches war, denn meine Mutter arbeitete seit Jahren in der Onkologie. Jetzt stand sie kurz vor der Pensionierung, aber im Lauf ihrer Berufstätigkeit hatte sie viele Menschen sterben sehen. Deswegen verwunderte mich ihre ungewohnte Erschütterung.

Meine Mutter nickte.

»Und was hat das mit mir zu tun? Ihr habt doch von mir gesprochen, oder?«

Ich tat fast desinteressiert, weil ich irgendetwas Belanglos-Absurdes erhoffte. Auch wenn ich viel mehr befürchtete.

»Das ist eine lange und komplizierte Geschichte ... Ich weiß gar nicht, wo ich anfangen soll.«

Ich hatte meine Mutter noch nie so hilflos gesehen.

Entschlossen übernahm mein Vater die Initiative, wie immer auf den Schutz meiner Mutter bedacht. Er fasste mich mit beiden Händen an den Schultern und drückte mich in den Sessel, in dem sonst er immer saß. Noch während er sich über mich beugte, sprach er es aus. Einfach so. Als würde er mir sagen, dass er beschlossen habe, einem Schützenverein beizutreten. Oder Hasenzüchter zu werden.

»Die Frau im Krankenhaus, die sterben wird ... Sie ist deine richtige Mutter. Nicht Maria. Und ich bin nicht dein leiblicher Vater.«

Ich schaute ihn an, meinen Vater. Schaute meine Mutter an. Aber ich begriff rein gar nichts. Vater reichte mir sein Bier. Ich schüttelte den Kopf.

»Was?«, brachte ich hervor.

Mutter blickte Vater vorwurfsvoll an und presste wieder ihr Taschentuch auf die Augen.

»Kannst du ihr das nicht etwas schonender beibringen?«

»Ich wüsste nicht, wie«, entgegnete Vater, selbst den Tränen nah. Dabei sah er mir in die Augen und strich mir zärtlich über die Wange.

»Tut mir leid, meine Kleine. Aber es ist Zeit.«

»Ich will alles hören«, sagte ich.

Meine eigene Stimme kam mir fremd vor.

Und dann erzählten sie es mir.

Meine Eltern wohnten damals in Golzow, einem zersiedelten Dorf direkt an der polnischen Grenze. Kinderlos. Obwohl Religion Opium des Volkes ist, waren sie mit dem ortsansässigen Pfarrer gut befreundet. Vor allem Mutter, denn sie war häufig in der Kirche und betete dafür, endlich ein Kind bekommen zu können. Eines späten Abends kam der Pfarrer zu ihnen nach Hause und hatte ein dreijähriges, verstörtes und verstocktes Mädchen mit sehr bleicher Haut und eingeschränktem Sprachvermögen dabei. Mich. Der Pfarrer erzählte meinen Eltern, dass die ledige, sehr junge Mutter gedroht habe, sich und das Kind umzubringen, wenn er sich des Mädchens nicht erbarme und einen guten Platz für es fände. Die Mutter wisse nicht mehr weiter, könne das Kind nicht länger ernähren. Da sie Polin und illegal in Deutschland sei, sei eine offizielle Adoption jedoch schwierig. Und zurück nach Polen könne und wolle sie aus nicht näher erläuterten Gründen nicht. Aus all diesen Gründen sei sie nicht zu den Behörden gegangen, sondern zu ihm gekommen. Die junge Mutter hoffte auf eine einfache, christliche und unkonventionelle Lösung ihres Problems. Und er wusste, dass meine Eltern sich seit Jahren vergeblich ein Baby wünschten. Vielleicht konnte man etwas Gutes für alle tun.

Maria sah mich an, und sie sah das Wunder.

Die beiden nahmen mich auf, erzählten den Nachbarn für den Übergang, dass ich das Kind einer fernen Verwandten sei, die auf Kur wäre. Kurz darauf zogen sie mit mir um nach Lübben im Spreewald, wo ich mittels einer Geschichte über eine verlorene Geburtsurkunde und etwas Bargeld in einem diskreten Umschlag zur offiziellen Tochter von Maria und Werner wurde.

»Schade eigentlich, dass du nicht Josef heißt«, sagte ich zu meinem Vater. »Dann wäre mein alter Witz mit der unbefleckten Empfängnis wirklich komisch.«

Mir fiel nichts Dümmeres ein.

Keiner von uns lachte.

Nun nahm ich doch Vaters Bier und trank es in einem Zug aus. Vater ging in die Küche und holte zwei neue. Er öffnete die Flaschen und stellte sie vor uns.

»Wann habt ihr diese Frau kennengelernt, die mich geboren und weggegeben hat?«

Mutter sah mich erstaunt an. »Ich habe sie heute zum ersten Mal gesehen.«

Nun war ich erstaunt. »Aber woher weißt du dann, dass es meine Mutter ist? Hat der Pfarrer euch einen Namen genannt, oder hast du heute mit ihr über mich gesprochen? Ich verstehe das Ganze nicht.«

»Der Pfarrer hat uns damals nur berichtet, was man ihm gesagt hatte«, antwortete Vater. »Ich denke, er wusste selbst nicht mehr zu dem damaligen Zeitpunkt. Die Geschichte, die er uns erzählt hat, war sehr windig. Aber er hat sie wohl geglaubt. Und wir wollten sie glauben.«

»Weil wir dich wollten. Mehr als alles andere auf der Welt.« Mutter lächelte mich liebevoll an.

»Tatsache ist, dass deine leibliche Mutter wirklich sehr jung war, als sie dich auf die Welt brachte. Aber sie war keine Polin, sondern eine Deutsche.«

»Dann hätte sie mich zur Adoption freigeben können.« Ich versuchte, das Unfassbare einigermaßen rational zu erfassen, ohne mich von meinen völlig aus der Bahn geratenen Gefühlen dominieren zu lassen.

Vater schüttelte den Kopf.

»Du warst schon drei und hast offiziell überhaupt nicht existiert. Die Behörden hätten nachgefragt. Deswegen hat uns die Geschichte von der polnischen Mutter vom offiziellen Weg abgehalten.«

»Wir hätten natürlich auch versuchen können, dich als polnisches Kind zu adoptieren. Aber wie lange hätte das mit der ganzen Bürokratie gedauert? Was wäre in der Zwischenzeit aus dir geworden? Und hätten wir dich überhaupt bekommen?«

Glücklicherweise waren die Tränen meiner Mutter vorerst versiegt. Sie saß kerzengerade im Sessel, als würde sie den alten Kampf um das kleine Mädchen erneut kämpfen. Irgendwie war es ja auch so.

Ich begriff jedoch immer noch nichts. War völlig überfordert und reagierte mechanisch-analytisch, eben wie eine Informatikerin, die nur die Einsen und Nullen in die richtige Reihenfolge bringen muss, damit das System wieder funktioniert.

»Und woher wisst ihr dann, wer sie ist?«

Mutter und Vater blickten sich wieder unschlüssig an. Sie schwiegen ein schweres Schweigen. Bis mein Vater sich straffte.

»Ein paar Monate später, wir waren inzwischen von Golzow nach Lübben gezogen, da passierte etwas ... Es stand in allen Zeitungen ...«

Ich weiß noch, wie sich mir plötzlich alle Haare auf den Armen und Beinen aufstellten. Wie Kakerlaken über meinen gesamten Körper krabbelten. Wie eine kalte Hand meinen Nacken packte und ihn umschloss wie ein Schraubstock, der ganz langsam zugedreht wird. Keine Ahnung, was ich erwartete. Aber ich spürte, dass es der Abgrund war, vor dem ich mich immer gefürchtet hatte. Weil ich mich genau dort finden würde.

Mein Vater sprach angestrengt weiter. Dabei konnte er mich nicht ansehen.

»Zwei junge Mädchen, fünfzehn und sechzehn Jahre alt, waren aus einem Verlies befreit worden, das drei Meter unter Null ausgeschachtet worden war. Unter einem Einfamilienhaus. Dort waren die Mädchen, das ältere sechs, das jüngere vier Jahre lang gefangen gehalten und missbraucht worden. Von dem Besitzer des Hauses. Irgendwann war Melanie, die ältere der beiden, schwanger. Sie hat dich dort unten zur Welt gebracht.«

Mir war inzwischen so schlecht, dass mir beim nächsten Schluck Bier der Mageninhalt hochkam und ich zur Toilette rennen musste, um mich zu übergeben. Als ich zurückkam, meinte Mutter, dass ich mich besser hinlegen sollte und wir am nächsten Tag weiterreden könnten. Doch das war keine Option.

»Ich will es jetzt wissen!«

»Mein Schatz, wir wissen selbst nicht alles. Was wir dir sagen können, haben wir aus der Zeitung. Und aus den Gerichtsprotokollen, die dein Vater über seine Beziehungen damals kurz einsehen konnte.«

»Woher wisst ihr, dass ich dieses Kind war? Das sind doch alles wilde Spekulationen!«

Noch wehrte ich mich gegen das Herankriechen einer endlosen Nacht der Dämonen.

Vater schüttelte den Kopf.

»Sind es nicht. Das eine Mädchen, die ältere, sie heißt Melanie Berger ... Sie hat ausgesagt, dass sie in der Gefangenschaft eine Tochter geboren hat, die ihr weggenommen wurde, kurz nachdem das Kind drei Jahre alt geworden war. Zur Strafe, weil Melanie immer aufsässiger wurde. Als das Kind fort war, wollte Melanie sich mehrfach umbringen. Aber ihre Leidensgenossin, das andere Mädchen, sie hieß Kerstin, die hat es nicht zugelassen.«

Ich sagte: »Das kann alles ein vager Zufall sein.«

Jetzt klinkte sich Mutter wieder ein: »Begreif doch! Melanie wollte dich beschützen. Vor diesem Mann, der die Mädchen gefangen hielt. Aber der fand wohl, dass er sie in die Schranken weisen musste. Deshalb hat er dich ihr weggenommen.«

Vater fuhr fort: »Und laut Gerichtsprotokoll irgendwo an einer Straße ausgesetzt, wo das Kind schnell gefunden werden konnte. Natürlich hat man nach dem Kind gefahndet, auch per Aufruf in der Öffentlichkeit. Doch die Ermittler haben keine Spur gefunden und vermuteten deshalb, dass der Mann das Kind getötet hatte. Aber sie konnten es nie beweisen, deshalb ist er auch nicht wegen Kindsmord verurteilt worden.«

»Und dieser Pfarrer ... Der hat der Polizei nichts von dem Kind gesagt, das ihm irgendjemand ein paar Monate vorher in die Hand gedrückt hatte?«, bohrte ich weiter.

Mutter weinte schon wieder. Unter normalen Umständen hätte sich Vater neben sie gesetzt und sie in den Arm genommen. Doch jetzt war er völlig auf mich konzentriert.

»Schatz, ich kann verstehen, dass das jetzt alles viel zu viel für dich ist. Aber alle Daten und Fakten stimmen überein. Der Pfarrer hat dich zu dem Zeitpunkt übernommen, als das Kind aus dem Keller verschwand. Außerdem war dieser Kerl, der den Keller gebaut hatte, der Bruder des Pfarrers. Ich glaube nicht, dass der Pfarrer von dem Verlies wusste. Aber als das alles herauskam, hat er mich angerufen. Ich bin sofort zu ihm gefahren. Er war am Boden zerstört und hat mir sofort gestanden, dass er dich von seinem Bruder bekommen hatte. Der hatte ihm die Geschichte von der jungen Polin aufgetischt. Der Pfarrer hatte sie geglaubt. Und ich hatte dem Pfarrer geglaubt. Er war bislang noch nicht von der Polizei vernommen worden, und ich flehte ihn an, die Geschichte mit dir zu verschweigen. Er versprach es. Schließlich wollte er auch, dass du bei uns bleibst und die Chance auf eine normale Kindheit hast.«

Mutter nickte. »Die Alternative wäre ein Heim gewesen. Aber das hätte ich niemals zugelassen. Alle haben gedacht, dass du tot bist. Und das war gut so. Nicht, weil dein Vater und ich so egoistisch waren und dich behalten wollten. Es war in erster Linie gut für dich.«

Ich schwieg eine Zeit lang, um all die Worte und Informationen zu sortieren. Klares Denken ist mir niemals so schwergefallen wie an jenem Tag.

»Wollte mich diese Melanie denn nicht wiederhaben, als sie frei war?«

Vater sah mich traurig an.

»Sie kam in die Psychiatrie. In ihrem Zustand wäre sie keinesfalls in der Lage gewesen, ein Kind großzuziehen.«

Mutter nickte weinend. »Du warst bei uns am besten aufgehoben. Diese unglückliche Melanie ... Sie konnte sich nicht um dich kümmern.«

Vater nickte ebenfalls.

»Außerdem hat sie ja nicht gewusst, dass du noch lebst. Anfangs redete sie noch wirr von einer neuen Mutter. Als hätte sie etwas gewusst. Doch dann zerbrach irgendetwas in ihr. In den letzten Verhandlungstagen glaubte sie fest, dass der Mann dich getötet hätte. An die Wand geworfen wie ein Kätzchen, hat sie immer wieder gesagt. Der Gedanke, dass du tot bist, hat sie wohl endgültig gebrochen.«

»In der Zeitung stand, dass sie viel wirres Zeug redete. Wir hätten damals zur Polizei gehen müssen. Aber wir wollten dich doch nicht verlieren!«

Mutter schaute mich verständnisheischend an.

Ich schwieg. Was hätte ich sagen sollen? Ein jeder tut das, was er für richtig hält. Und ein jeder hält das für richtig, was ihm guttut. Ja, mein Hirn flüchtete sich in Rationalität, damit ich nicht zusammenbrach.

»Aber jetzt hat man sie aus einer betreuten Wohngruppe in unser Krankenhaus überwiesen. Und auf den Fluren wird getuschelt, dass die neue Patientin diese Melanie Berger ist, die von damals ... aus dem Verlies.«

»Sie hat Krebs?«, fragte ich.

Mutter nickte. »Unterleibskrebs. Im Endstadium. Und sie weiß immer noch nicht, dass ihre Tochter noch lebt. Das ist nicht richtig. Und es wäre auch nicht richtig gewesen, wenn wir dir selbst jetzt noch die Wahrheit verschwiegen hätten. Wo du eine letzte Möglichkeit hast, deine leibliche Mutter kennenzulernen.«

»Du bist meine Mutter«, sagte ich trotzig wie ein Kleinkind. Ich war völlig überfordert von der Situation. Und an diesem Abend war mir nicht im Entferntesten klar, was diese Informationen noch alles mit mir machen würden. Ich konnte es einfach nicht überblicken.

Mutter stand von ihrem Sessel auf, kam zu mir und umarmte mich tränenüberströmt. »Wie lieb von dir, das zu sagen.«

Vater schob mir wortlos eine Packung Salzstangen zu. Ich erinnerte mich plötzlich, dass er das Gleiche getan hatte, als ich mich nach der Geschichte mit Baal betrunken und übergeben hatte.

»Iss die«, hatte er damals gesagt. »Sind verdammt trocken. Kaum runterzukriegen. Aber helfen.«

»Willst du morgen mit mir ins Krankenhaus kommen?«, fragte Mutter. »Aber es wird nicht einfach für dich. Melanie sieht schrecklich abgemagert aus und ist vollkommen verwirrt.«

Ich erhob mich. »Ich weiß nicht. Ich muss jetzt gehen.«

Mutter protestierte vehement.

»Ich lasse dich heute nicht fort! Du bleibst über Nacht hier, in deinem alten Zimmer.«

Ich schüttelte den Kopf. Dabei spürte ich, wie meine Kopfhaut zu kribbeln begann. Als würden Tausende von Ameisen kreuz und quer direkt unter meiner Schädeldecke hin und her krabbeln. In Sekundenschnelle standen meine Haarwurzeln unter Strom und schickten elektrische Impulse zurück in mein Hirn. Tief hinein. Ich wurde innerlich gegrillt.

»Lass sie«, sagte Vater.

Ich nahm meine Jacke und ging.

Draußen umfing mich das abendliche Berlin wie ein feuchter Körper aus waberndem, aufgeweichtem Mauerwerk. Obwohl es kalt und neblig war, schwitzte die Stadt grau-weißen Dampf aus allen Poren. Mir war unendlich heiß, ich rieb meinen Kopf, um das Kribbeln zu bekämpfen. Am liebsten hätte ich mich eigenhändig skalpiert. Blindlings lief ich durch die Straßen, der Asphalt wellte sich unter meinen Füßen, Dachziegel schmolzen von den Häusern herab und versperrten mir als glühende Lavaklumpen Wege, die ich nicht wahrnahm. Aus den Gullys stieg Regen, und die Neonlichter schmerzten in meinen Augen, ohne dass ich sie sah. Irgendwann streifte mein abwesender Blick einige halb verfaulte Orangenschalen auf dem Kopfsteinpflaster. In dem leuchtenden Nest lag eine tote Ratte, den nackten Schwanz eng um den Körper geschlungen. Im Vorübergehen schnippte ich meinen Zigarettenstummel auf ihren feuchten Pelz. Es gab ein zischendes Geräusch, als die Kippe kurz aufglühte und dann erlosch.

Ich betrat eine Bar, ohne es zu bemerken. Ich betrank mich, ohne es zu bemerken. Ich ließ mich von einem Fremden auf dem Klo ficken, ohne es zu bemerken. Ich wurde von ihm verletzt, ohne es zu bemerken. Dabei bekam mein Panzer die ersten Risse und was darunter lag, begann eitrig hervorzuquellen. Ich soff alles weg, spülte es nach unten in die tiefsten Kloaken meines Kellers. Aber Es würde nicht mehr unten bleiben, nie mehr.

Schwankend verließ ich die Bar, kotzte auf die Straße und sehnte mich plötzlich nach den Salzstangen meines Vaters. Ich nahm mir ein Taxi, fuhr zurück in die Wohnung meiner Eltern und packte mich auf das Wohnzimmersofa. Ich konnte nicht in mein altes Kinderzimmer gehen und in meinem alten Bett schlafen. Aber ich konnte auch nicht zurück in meine helle, geräumige Wohnung in Mitte, wo Gernot auf mich wartete, um nahtlos an gestern anzuknüpfen. Das Gestern war versunken in Fluten aus Schmutz, Schmerz und Erbrochenem. Das alte Leben gab es nicht mehr. Hatte es in Wahrheit nie gegeben.

Am kommenden Morgen, ich hatte nur ein paar Stunden geschlafen, ging ich mit Mutter und Vater ins Krankenhaus. Ich weiß nicht, warum ich das tat. Ich wollte es nicht, alles in mir sträubte sich dagegen. Am liebsten hätte ich den letzten Abend vergessen, ich wünschte mir, dass alles wieder so wäre, wie es vorher war, als ich noch nicht wusste, wer ich war und woher ich kam. Ich wollte in eine Zeitmaschine steigen und den letzten Abend ungeschehen machen, ich wollte noch weiter zurückreisen und das Verlies verhindern, das Verbrechen verhindern, meine Geburt verhindern. Ich wollte den Urknall verhindern.

Und dennoch war ich dort. Stand in einem nach Krankheit und Tod stinkenden, apricotfarben lackierten Flur, während meine Mutter im Zimmer bei meiner Mutter war, um sie vorzubereiten, und mein Vater in verständnisvoller Entfernung von und bei mir stand und mich mitfühlend beäugte. Ich glaube, ich war nur dort auf dem Flur, weil meine Eltern sich dazu durchgerungen hatten, mir alles zu erzählen, um anständige Menschen zu sein und mir die Möglichkeit zu geben, auch ein anständiger Mensch zu sein, indem ich meiner Mutter, die für mich hatte sterben wollen, beim Sterben die Hand hielt.

Nur deswegen war ich da. Es gab keinen eigenen Impuls. Es gab keine Sehnsucht, nicht einmal Neugier, meine leibliche Mutter kennenzulernen, die mich mit dreizehn Jahren unter grauenvollen Umständen in die Welt gepresst hatte.

Ich wäre am liebsten weggelaufen. Weggelaufen wie ein Kind. Ich war nicht mehr die erwachsene Frau, die gestern noch halbwegs an ein klar definiertes Leben glaubte und heiraten wollte, um es für die Zukunft noch klarer zu definieren. Nun war ich wieder Kind und wurde als Kind betrachtet. Ich war gerade mal drei Jahre alt in der aktuellen Wahrnehmung meiner Eltern, ich war gerade mal drei in der Wahrnehmung dieser Frau, die hinter der Tür dem Tod entgegensiechte. Ich war gerade mal drei und hatte wieder ein extrem eingeschränktes Sprachvermögen und Angst vor der Dunkelheit.

Ich wollte nur schnell zurück in mein eingebildet unbeschadetes Erwachsenenleben, doch dann stöhnte ein Mann laut auf, der auf einer Pritsche durch den Flur geschoben wurde, und ich war auf der Steilküste und hörte das Stöhnen des Verletzten unter der Klippe, und ich war auf der Jacht in St. Tropez und hörte das Stöhnen des Luxemburgers unter meinen Schenkeln, und ich begriff, dass ich niemals ein unbeschadetes Leben gehabt hatte, dass ich mir selbst die Bruchstücke davon mit unhaltbaren Selbstlügen nur zurechtgebastelt hatte und ich jetzt erst recht niemals mehr ein unbeschadetes Leben würde haben können. Plötzlich wurde ich wütend auf diese Frau hinter der Zimmertür, diese Frau, die sich als dummes Mädchen hatte fangen lassen, die sich zigmal hatte vergewaltigen lassen, die zigmal angekündigt hatte, sich zu töten, und es doch nie geschafft hat, die mich in die Welt geworfen hatte, ohne mich zu fragen, ob ich die Umstände meiner Zeugung und meiner Geburt würde ertragen können.

Ich weiß, dass ich ungerecht war. Aber darüber dachte ich in dem Moment nicht nach. Gerade als ich mich entschloss abzuhauen, zu fliehen, die Wahrheit zu ignorieren und für mich zu retten, was zu retten war, billigend in Kauf nehmend, meine Eltern zu enttäuschen, wurde die Zimmertür geöffnet, und Mutter kam heraus.

»Du kannst jetzt hineingehen«, sagte sie.

»Aber erwarte nicht zu viel. Melanie ist kraftlos und sehr durcheinander. Das Morphium. Und sie steht schon mit einem Fuß im Jenseits.«

Es gibt diese Momente im Leben, da will man ganz dringend und zwingend und unbedingt nach rechts abbiegen und geht dennoch aus unerklärlichen Gründen schnurstracks nach links.

Ich ging in das Zimmer.

Mutter blieb bei Vater draußen.

Ich war allein mit Melanie und mit mir.

Die Frau, die mich geboren hat, war völlig ausgemergelt, das Haar war ihr ausgefallen, die Haut dünnes, durchsichtiges Pergament und für ihr Alter viel zu faltig. Ich konnte das Blut in ihrer Stirn- und in ihrer Halsader pulsieren sehen. In den Nasenlöchern steckten Sauerstoffschläuche. Ihre blau geäderten Hände lagen auf der Bettdecke und ruderten unruhig hin und her. Sie sah mich mit wirrem Blick an. Und es geschah etwas sehr Seltsames.

Ich fühlte eine entsetzliche Traurigkeit.

Ich setzte mich auf einen Stuhl neben ihrem Bett.

»Hallo. Ich bin's.«

Ich wusste nicht, was ich sonst sagen sollte.

Sie lächelte mich an. Ich sah Lippen wie zwei weiße Striche und blutleeres Zahnfleisch über fast durchsichtigen Zähnen.

»Bist du eine Freundin von Kerstin?«

»Ja. Eine Freundin von Kerstin.«

Ich bin alles, was du willst. Ich bin alles, was du bist.

»Hat Kerstin unsere Schlüpfer gewaschen?«

»Ja. Gewaschen und getrocknet. Alles ist gut.«

»Morgen ist ein guter Tag. Da ist Sonntag. Da gehen sie in die Kirche. Und dann in die Kneipe.«

»Ja, das machen sie.«

»Aber wenn sie getrunken haben und es draußen dunkel ist, dann kommen sie trotzdem.«

»Nein. Nicht mehr. Sie kommen nie mehr wieder.«

»Bist du sicher?«

Sie konnte es nicht glauben, so sehr sie es auch wollte.

»Ganz sicher.«

»Das stimmt nicht! Frag Kerstin! Sie kommen wieder, immer wieder. Rums, rums, rums … herunter die Stufen … erst eins, dann zwei, dann drei, dann vier … und alle kommen her zu mir … es gibt was zu essen … und dann … die Nachspeise. Ich bin ein Mösensoufflé, hast du das gewusst?«

Sie lächelte.

»Das bist du nicht. Du bist ein liebes Mädchen.«

»Nein, nein, ich bin nicht lieb, ich bin ein böses, ein schlechtes Mädchen! Man muss mich schlagen!«

Sie hob ihre mageren Hände zur Abwehr und ruderte mit ihnen durch die Luft. Dabei stöhnte sie laut.

Das war der Moment, in dem alles in mir kippte. ICH merkte ES noch nicht deutlich, denn ES begann leise zu arbeiten. Der erste Riss war in der Nacht zuvor schon aufgebrochen, als ich mich in der Bar betrank und jegliche Kontrolle über ein Selbst wegsoff, das nie existiert hatte. Dabei hatte ich nicht bemerkt, wie der Eiter heimlich begann, aus den Wunden zu quellen. Weil ich genau das nicht hatte bemerken wollen. Nun war eine zweite Stufe tektonischer Plattenverschiebung eingeleitet worden, Kontinente bewegten sich, und es knirschte in der tiefsten Tiefe meines persönlichen Marianengrabens.

Ich fing an zu weinen, zum ersten Mal seit Jahren, nahm Melanies Hände und hielt sie sanft fest. Ich küsste die fremde Frau, die – als sie selbst noch ein Kind war – ungewollt zu meiner Mutter wurde. Ich küsste ihre Wangen, ihre Augen, ihre Augenbrauen, die Stirn, die Nase und den Mund und zum

Schluss die Hände. Die Hände, die mich meine ersten drei Jahre über liebkost und beschützt hatten.

»Niemand wird dich schlagen. Niemand. Niemals wieder, hörst du?«

»Du bist ja lieb«, sagte sie lächelnd. »Wie heißt du?«

Ich sagte: »Gib mir einen Namen.«

Sie lachte und verschluckte sich dabei. Bekam kurz keine Luft mehr, dann ging es wieder. Ihre Lunge pfiff ein wenig. Sie sah sehr müde aus.

Dann starb sie. Gerade als ich anfing, sie zu lieben und nicht mehr damit aufhören wollte.

Manfred

Der Ausschachter von Mutter Erde

Ich weiß nicht, ob das normal ist. Weil ich inzwischen begriffen habe, dass normal keine Kategorie ist, von der ich ausgehen kann, wenn es um mich oder meine Beurteilung der Welt geht. Jedenfalls bin ich unsicher, ich schwanke. Schwanken andere Menschen auch so? Oder wissen sie immer genau, was sie wollen, was richtig und was falsch ist und was sie zu tun haben? Oft vermitteln sie mir diesen Eindruck. Aber vielleicht schätze ich das falsch ein. Ich jedenfalls schwanke. Ständig. Manchmal bin ich ein wacher, klarer Geist, der funktioniert wie ein tiefgekühltes Skalpell, mit dem ich emotionslos das Fett vom eigenen Gewebe löse. Dann wiederum segele ich ins Nebulös-Blaugraue, navigiere ohne Karte und ohne Echolot zwischen den Riffen, unberechenbar getragen von einer düsteren Intuition, die mich meinen Weg mit schlafwandlerischer Sicherheit finden lässt. Zumindest glaube ich das. Aber ist das so? Ist Intuition wirklich eine verlässliche Größe?

Ich schwanke. In den lichten Momenten finde ich das Dionysische absolut nicht zulässig. Es ist nicht akzeptabel, nicht logisch, wird mich ins Verderben stürzen, mir das Genick brechen. In den dunklen Momenten aber weiß ich mit sonst nicht gekannter Sicherheit, dass das Licht die Wege zwar beleuchtet, aber die Wahrheit im Dickicht des Schattens liegt, wo die Fledermäuse in Scharen um meinen Kopf flattern und ich Angst und Ekel empfinde und mir trotzdem bewusst ist, dass ich, statt instinktiv zu flüchten, genau hier und nirgendwo anders voranschreiten muss, um an mein Ziel zu gelangen.

Ich kenne mein Ziel. Ich will töten. Aber nachdem ich drei Wölfe getötet habe und kaum Befriedigung verspüre, frage ich mich, ob der vierte mir die Genugtuung geben wird, die mir eine Beendigung des Alten und einen Beginn von etwas Neuem gestattet. In lichten Momenten denke ich: Ja. Dann ist alles erledigt. Es ist vorbei. Und ich kann mein altes Leben wieder aufnehmen.

Aber in den Nächten weiß ich, dass ich mich belüge. Ich habe kein Leben mehr, das ich fortführen könnte. Ich kann nie wieder ein Schaf sein oder ein Lamm. Oder ein Mensch. Das Tier in mir ist hervorgetreten und hat meine Wege mit Blut getränkt. Ich werde niemals wieder so sein, wie ich war, bevor ich wusste, wer ich bin. ES wird nie vorbei sein.

Ich frage mich, wie Manfred das macht. Denkt er, dass diese Person, die er darstellt, dass das wirklich er ist? Oder dass er es sein könnte, wenn er es die Welt nur lange genug glauben macht und irgendwann selbst daran glaubt? Oder hadert er damit, nicht er selbst sein zu können? Hat er mit dem Alten abgeschlossen und das Neue überzeugt begonnen, so wie eine Schlange sich vom Kopf her häutet, weil die alte Haut nicht mehr passt? Erkennt Manfred sich wieder? Oder vermisst der Wolf im Schafspelz seine ursprüngliche, wahre Haut?

Manfred. Genannt Manni. Der Entführer. Der Ausschachter von Mutter Erde. Der Maurer eines Loches, drei Meter unter Null. Der Vergewaltiger, der Macht besaß über zwei hilflose Kinderseelen, zwei hilflose Kinderkörper. Der Babymörder, der Macht besaß über Leben und Tod.

Sehnt er sich danach zurück in seinem jetzigen Dasein? Ich wette ja. Denn selbst wenn er mittlerweile achtundsechzig Jahre alt ist und Macht hat über ein paar Angestellte, so muss diese Rolle doch einen faden Geschmack für ihn haben, gemessen an seiner früheren, gottähnlichen Macht über Leben und Tod. Selbst wenn er jetzt junge Prostituierte kauft, so muss das Vögeln mit ihnen doch einen faden Geschmack für ihn haben, gemessen an den zarten und zugleich festen Körpern der gerade erblühenden Mädchen von zehn bis fünfzehn Jahren, die er in einem früheren Leben in seinem gemauerten, lichtlosen Loch gefangen hielt.

Was tut ein Wolf wie Manfred, wenn er keine kleinen Lämmer mehr reißen kann? Oder geht er jedes Risiko ein und reißt weiter Lämmchen, weil er nicht anders kann? Weil er nicht anders will?

Ich beobachte Manfred seit drei Wochen. Habe mir wieder eine fremde Haut übergestülpt, um unsichtbar zu sein. In Hamburg ist das einfach. Die meisten Menschen hier sind unsichtbar. Der Hamburger an und für sich ist britisch diskret. Er guckt eher weg denn hin. Viel besser als auf einem Campingplatz. Viel besser als im beschaulichen Heidelberg.

Ich habe ein kleines Hotelzimmer in St. Georg bezogen. Niemand fragt mich etwas, keiner denkt über mich nach. Ich verberge mich in der anonymen Menschenmenge und fahre regelmäßig mit meinem unauffälligen Mietwagen nach Niendorf, in den Norden der Stadt, wo Manfred mit seiner neuen Familie in einem geschmacklosen, mit dorischen Säulen verzierten und mit Carrara-Marmor gefliestem Anwesen wohnt.

Vor einunddreißig Jahren wurde sein schimmeliges Loch in Golzow von der Polizei entdeckt. Vor dreißig Jahren wurde er verurteilt zu dreißig Jahren Gefängnis, von denen er magere fünfzehn abgesessen hat.

Die letzten fünfzehn Jahre hat er verdammt gut genutzt. Aus Manfred ist ein gut situierter Immobilienmakler geworden, der mit seiner Frau Irene eine weiße Villa im bürgerlichen Norden Hamburgs bewohnt. Irene ist erst fünfundvierzig Jahre alt, also dreiundzwanzig Jahre jünger als Manfred. Ich frage mich, wieso sie ihn geheiratet hat. Unwillkürlich denke ich an Stefanie, Hermanns zwanzig Jahre jüngere Frau, die er wiederum mit einer jüngeren Geliebten betrog und die sich mit einem täglichen Liter Sherry aus ihrem Alltag wegsoff.

Wenn Irene fünfzig sein wird, also noch in allen Zellen mit Leben und Lust angefüllt, wird sich Manfred womöglich schon mit dem Rollator über den Bürgersteig schieben und Inkontinenz-Windeln tragen. Aber es ist nicht nur der immense Altersunterschied, der mich über Irene und Stefanie rätseln lässt. Welche Frauen verlieben sich in solche Monster? Wieso? Sind sie blind? Liebe. Ich glaube schon lange nicht mehr daran. Ob Irene Manfred zu lieben glaubt? Manfred hat seine Fassade perfekt poliert. Aber muss sie nicht doch den Abgrund erahnen, der in ihrem Gegenüber lauert? Blitzen nicht ab und zu die Dämonen in seinem Blick auf? Sieht sie nicht, was für ein Tier er ist?

Ich verwerfe die nutzlosen Überlegungen schnell wieder, als mir einfällt, dass sich auch Gernot in mich verliebt hat. Damals waren meine Dämonen im Keller angekettet und über mein Tier-Sein, das ich selbst kaum erahnte, spannte sich noch Menschenhaut wie seidiges Geschenkpapier. Gernot sah, was alle sahen.

Vermutlich projiziert Irene in ihren Mann das, was sie sich vom Leben wünscht. Oder was für ihr Überleben nützlich und bequem erscheint. Weil es auf den ersten Blick weniger anstrengend ist, als selbst für das Ein- und Auskommen zu sorgen. Manfred schmückt sich mit seiner diamantbesetzten Uhr, seinem Auto und Irene, und Irene schmückt sich mit Schmuck und Pelzen.

Dabei bewegt Manfred sich nicht wirklich in gehobenen Kreisen, eher in dem Teil der schmierigen, oberen Mittelschicht, die vor der Unterschicht gerne so tut, als wäre sie schon die Oberschicht. Gibt übermäßig große Trinkgelder in Restaurants, fährt einen Jaguar, weil er das für stilvoller hält als einen Ferrari, den er sich auch leisten könnte, und verklappt seinen zwölfjährigen Sohn, von dem ich durch meine Recherche weiß, in einem Elite-Internat in Bayern. Um das Lamm vor dem Wolf zu schützen? Ich vermute, Irene ahnt nicht im Entferntesten, mit wem sie verheiratet ist. Manfred wurde wie Henryk und Karol von Hermann über dessen dubiose Kontakte mit einer neuen Identität ausgestattet. Hermann hat für Manfreds Schweigen bei der Verhandlung nur zu gerne mit Pässen und Sozialversicherungsnummern bezahlt.

Manfred wurde 2000 aus einer brandenburgischen Justizvollzugsanstalt entlassen und verschwand kurz darauf. Als hätte es ihn nie gegeben. Wenn Hermann es nicht für unnötig erachtet hätte, auch sich selbst eine neue Identität zu verpassen, hätte ich erheblich größere Schwierigkeiten gehabt, die Spur der Wölfe zu finden. Aber Hermann hatte sich sicher gefühlt. Sein Name war nie gefallen, weder beim Prozess noch in der Presse, genauso wenig wie die Namen von Karol und Henryk. Dass die polnischen Brüder die Gelegenheit nutzten, von ihm eine neue, deutsche Identität zu fordern, hatte Hermann weniger deren Sicherheitsdenken zugeschrieben als vielmehr ihrem Wunsch, vom deutschen Wohlstand zu schmarotzen. Hermann war's egal gewesen. Hauptsache, er hörte nie wieder etwas von Karol und Henryk. So war der Deal. Dass Manfreds Schweigen ihn einiges mehr als falsche Papiere kosten würde, nämlich eine hohe Geldsumme nach dessen Entlassung aus dem Knast, hatte er ebenfalls dankbar akzeptiert. Er vertraute Manfred und fühlte sich sicher.

Bis ich auftauchte. Erfreulicherweise hatte Hermann so große Angst vor meinem Messer, dass er mir einiges erzählte. Und Karol bereitwillig an dasselbe lieferte. Über Karol fand ich dann bei meinen Recherchen eine Spur zu Henryk. Von Manfred wusste ich ja schon. Genutzt hat Hermann der Verrat seines Kumpels Karol nichts. Ich habe ihn trotzdem getötet. Genauso wie Henryk und Karol. Ich arbeite mich durch das Rudel, von unten nach oben.

Nun ist nur noch der Leitwolf übrig. Manfred.

In den letzten beiden Jahren seit jenem nebligen Donnerstag im November habe ich mir fast unaufhörlich ausgemalt, was ich mit ihm tun will. Ich habe mir sogar ein Folterlexikon gekauft, weil ich unzufrieden war mit meinem Mangel an Fantasie. Die paar Euro für das Buch haben sich auf jeden Fall gelohnt. Nicht dass ich darin eine sinnvolle Handlungsanweisung für Manfred gefunden hätte, aber ich war beeindruckt, schockiert und fasziniert von der überbordenden Fülle und dem Variantenreichtum der Qualen, die Menschen im Laufe der Jahrhunderte ersonnen haben, um ihre Mitmenschen, ob nun mit oder ohne Grund, möglichst schmerzvoll und grausam zu töten. Dennoch half es mir im konkreten Fall nicht weiter.

Außerdem fand ich es dann doch künstlich und unkreativ, mich von der Historie inspirieren zu lassen. Wo mein eigener Hass wohl mehr als ausreichen sollte, um in einem ungebremsten »stream of unconsciousness« das richtige, passende und in seiner Vollkommenheit schöne Mittel zu finden.

Ich fand es. Ich musste nur lange genug in mich hineinhorchen.

Jetzt liege ich auf der Lauer. Zum letzten Mal. Der Plan steht.

Manfred geht einmal pro Woche zum Skat mit anderen Immobilienmaklern, die immer noch zu schmierig für die Oberklasse sind, so sehr sie sich auch mit Armani-Anzügen um Zugehörigkeit bemühen. Beim Skat regen sie sich gemeinsam über die neue Gesetzeslage auf, die ihnen die Macht über Mietsuchende nimmt, sie lassen sich Sashimi liefern, fressen aber lieber die selbst mitgebrachten Nachos mit Guacamole, spielen und saufen und lassen sich nach der Kartenrunde ein paar Nutten kommen. Diese Zusammenkünfte finden immer in einem Apartment statt, das Manfred angemietet hat, das sie aber alle gemeinsam bezahlen. Dieses Apartment hat ein Wohnzimmer, Küche, Bad und zwei Schlafzimmer. Der dritte Skatbruder vögelt im Wohnzimmer. Da wechseln sie sich demokratisch ab. Außer Manfred natürlich. Der hat sein privatimes Fickzimmer. Auch bei den Nutten zeigt sich Manfred wenig demokratisch. Zwischen den beiden anderen werden sie an manchen Abenden durchaus auch hin und her gereicht. Aber Manfreds Vorliebe für sehr junge Mädchen ist bekannt, und die teilt er nicht. Aber er sorgt immerhin dafür, dass sein Fetisch nicht zu auffällig wird, und gibt sich mit der Bestellung von Achtzehnjährigen zufrieden. Die anderen beschweren sich nicht darüber. Es läuft alles prima.

Ich weiß das, weil ich eine der Nutten regelmäßig buche, seit ich in Hamburg bin und von den Skat-Abenden erfahren habe. Sie nennt sich Ramona, obwohl sie eigentlich Daniela heißt. Aber sie findet, Daniela klingt nicht so sexy wie Ramona und außerdem zu deutsch. Eine Daniela haben ihre Kunden auch zu Hause. Ramona ist Rumänin. Sie kam über eine Partneragentur nach Deutschland, wo sie hoffte, einen zuverlässigen, liebevollen Ehemann und eine sichere Zukunft zu finden. Der angebliche Ehemann entpuppte sich als Zuhälter, nahm ihr den Pass weg und lässt sie seitdem ihre Schulden für die Schlepperdienste abarbeiten. Ich gebe ihr Ratschläge, wie sie sich von ihrem Zuhälter befreien kann, doch mir scheint, sie hat keine Kraft dazu. Und ich kann mich nicht um alles kümmern.

Ramona mag mich, weil ich für sie eine nette, frigide Lesbe bin, mithin unanstrengend, und ich sie sehr gut bezahle, nur um mit mir entspannt über Gott und die Welt und ihre kleine Tochter zu quatschen. Ich mag sie auch. Weil Ramona ihre Tochter liebt und alles für sie tut. Ihre Tochter wird bald drei.

Nach den Skatabenden wankt Manfred stets besoffen und befriedigt aus dem Apartment. Er lässt seinen Jaguar immer zu Hause in der Garage, die im Übrigen auch mit einem auf dorische Säulen gestützten Vordach verschandelt ist, und fährt mit dem Taxi hin und zurück. Weil er ja weiß, dass er säuft, und seinen Führerschein nicht riskieren will. Er ruft immer denselben Taxidienst an. Dort kennt man ihn, und man kennt die Adressen, beide.

Ich bin am Überlegen, wo ich ein Taxi herbekomme. Und wie ich Manfreds Telefonverbindung zum Taxidienst anzapfen kann. Aber das sind nicht meine einzigen Probleme.

Es könnte generell kompliziert werden. Weil es bald Bodenfrost geben kann. Auch wenn es jetzt noch viel zu warm ist für Dezember. Aber man weiß ja nie. Ein plötzlicher Temperatursturz, und dann wird es schwierig.

Ich habe viel zu viel Zeit verloren. In Heidelberg dachte ich noch, ich läge durch meine ungewollt schnelle Henryk-Karol-Doppelaktion erheblich vor meinem Zeitplan. Aber dann beging ich diesen dummen Fehler bei Karol und wurde schwer verletzt. In den Vogesen habe ich meinen kompletten Zeitvorsprung eingebüßt und sogar noch knapp drei Monate dazu. So lange hat es gedauert, bis ich wieder bei Kräften war. Dank der Hilfe meiner Mutter und meines Vaters. Sonst wäre ich jetzt tot.

Mitten im Telefonat mit meinem Vater hatte ich wieder das Bewusstsein verloren. Erst Tage später kam ich zu mir. Ich lag in einem frischen Schlafanzug in dem frisch überzogenen Bett in meiner Hütte. In meinem linken Handrücken steckte ein fachmännisch angebrachter Venenkatheter. An einem Besen, der mit Klebeband an einen Stuhl befestigt war, hing eine Infusionslösung, die langsam in mich hineintropfte. Mutter saß verweint neben mir, doch als sie sah, dass ich die Augen geöffnet hatte, ging ein Strahlen über ihr Gesicht, und sie küsste mich.

»Werner, sie ist wach!«, rief sie.

Wenige Sekunden später tauchte auch Vater in meinem Blickfeld auf. Alles war noch etwas verschwommen, auch meine Erinnerung. Ich musste mich erst sortieren. Es dauerte eine kurze Weile, bis ich mir ins Gedächtnis rufen konnte, was passiert war und warum ich mich wo befand. Und dass ich angerufen hatte. Noch ein Fehler. War das wirklich notwendig gewesen? Ich bedauerte sofort, meine Eltern in diese Lage gebracht zu haben. Andererseits war ich unendlich dankbar, dass sie da waren.

Die Sonne schien durch das Fenster, und ich hatte das Gefühl, dass nun alles gut werden würde.

»Wie geht es dir?«, fragte mein Vater liebevoll.

Meine Stimme krächzte, ich musste mich räuspern.

»Gut, danke. Und euch?«

Mutter weinte und lachte gleichzeitig und umarmte Vater und küsste ihn wild, was er sich breit grinsend gefallen ließ.

»Sie ist über den Berg«, sagte sie zu ihm. Dann wandte sie sich an mich. »Du wärst fast gestorben. Sepsis, mit der Gefahr eines multiplen Organversagens.«

Ich sah vorwurfsvoll zu meinem Vater. »Du solltest ihr doch nichts sagen!«

»Du bist witzig«, entgegnete er. »Was glaubst du, wie sie mich gelöchert hat, als ich zu ihr kam mit deinem dummen Spruch, ich bräuchte unter der Hand Antibiotika für einen verletzten Freund? Und würde mal kurz für ein paar Tage verschwinden ...«

Mutter nickte. »Für wie blöd haltet ihr mich eigentlich?«

Ich musste lächeln. Dann deutete ich auf die Infusion: »Was ist da drin? Bier? Ich fühle mich nämlich schon viel besser.«

Sie lachten glücklich über meinen Scherz, und ich spürte, wie die Freude darüber, plötzlich nicht mehr mutterseelenallein in dieser dunklen Hütte vor mich hin zu vegetieren, fast schmerzte.

»Hoch dosierte Antibiotika. Nachdem dein Vater mir von deinem wirren Anruf erzählt hat, bin ich mitten in der Nacht ins Krankenhaus und habe mich heimlich am Schrank bedient. Medikamente, Verbandszeug und zur Sicherheit ein paar Blutkonserven. Dann sind wir losgefahren.«

»Zum Glück hast du mir die Adresse noch einigermaßen verständlich durchgegeben. Der Rest war nur noch ein Flüstern, dann warst du weg. Mir ist fast das Herz stehen geblieben!«

»Als wir hier ankamen, hattest du kaum noch Blutdruck und Puls. Du warst kurz vor dem Kammerflimmern.«

Mutter gab mir etwas zu trinken. Ich war noch nie so froh gewesen, eine Krankenschwester zur Mutter zu haben. Mein Blick fiel auf den Defibrillator neben meinem Bett.

»Du hast den ganzen Scheiß hier im Krankenhaus geklaut? Sie werden dich rausschmeißen. Und das ist das Mindeste!«

Mutter winkte ab: »Ich will eh nächstes Jahr in Rente gehen. Hast du Hunger?«

Ich schüttelte den Kopf und wollte mich aufsetzen, doch ein stechender Schmerz in der Brustgegend hielt mich davon ab.

»Langsam, meine Süße. Der Zustand deiner Wunde hat sich zwar ein wenig verbessert, aber du musst noch sehr viel Geduld haben. Und jetzt erzähl mal, was passiert ist! Wer hat dir das angetan? Und wieso bist du ganz allein hier in dieser schäbigen Hütte gelandet und nicht in einem Krankenhaus?«

Jetzt kam der schwierige Teil. Als ich vor Monaten in mein Sabbatical aufbrach, hatte ich meinen Eltern erzählt, ich wolle Südfrankreich bereisen. Mal wieder ein wenig segeln. Aufs Mittelmeer starren. Zur Ruhe kommen. Nach der Trennung von Gernot und all dem, was sonst noch passiert war. Und dass sie bitte Verständnis dafür haben sollten, wenn ich mich eine Zeit lang nicht melden würde. Ich hatte vermeiden wollen, Postkarten und gefakte Anrufe von der Côte d'Azur organisieren zu müssen. Aber statt am Plage Pampelonne mit einem Cocktail in der Hand in der Sonne zu liegen, so wie sich meine Mutter die Phase der Selbstfindung vorgestellt hatte, lag ich mit einer lebensgefährlichen Stichwunde in den Vogesen. Jetzt musste ich improvisieren.

»In Südfrankreich war es mir zu voll. Überall dämliche Touristen. Das hat mich genervt. Also bin ich hierhergefahren. Um zu wandern. Und dann, vor ... ich weiß gar nicht. Wie lange war ich bewusstlos? Einen Tag? Zwei?«

»Fünf, meine Süße.« Mutter sah wieder sehr besorgt aus.

Vater saß nur stumm daneben und wandte den Blick nicht von mir.

»Also vor fünf, sechs Tagen ... Da bin ich im Wald überfallen worden. Von einem Mann. Er ... ihr könnt euch vorstellen, worum es ging. Ich habe mich gewehrt, da hat er zugestochen. Dann ist er abgehauen und hat mich liegen lassen. Ich hab's mit Müh und Not hier in die Hütte geschafft.«

»So ein Schwein! Wir müssen sofort die Polizei rufen!«

Mutter war fassungslos. Vater jedoch durchbohrte mich mit seinem Blick.

»Wieso hast du nicht schon im Wald den Notdienst gerufen?«

»Das Handy lag in der Hütte. Hatte ich vergessen.«

»Und als du hier warst? Wir waren ein paar Hundert Kilometer entfernt. Das nächste Krankenhaus ist in einer halben Stunde zu erreichen.«

»Ich glaube, ich konnte nicht mehr klar denken.«

»Dein Vater auch nicht«, mischte sich meine Mutter empört ein. »Er war außer sich vor Sorge. Ich wollte dich natürlich nach der Erstversorgung sofort in das nächste Krankenhaus bringen. Aber er fand einen Transport zu gefährlich. Ich hab ihn gefragt, ob er die Krankenschwester ist oder ich. Aber wie du siehst, hat sich dein Vater durchgesetzt. Wie immer.«

Sie reichte mir wieder etwas zu trinken, was ich dankbar annahm.

»Aber jetzt rufen wir die Polizei. Die müssen den Kerl schnappen und einbuchten.«

Ich schüttelte den Kopf.

»Der ist längst über alle Berge. War auch ein Tourist, hat ein mieses Englisch gesprochen. Mit undefinierbarem Akzent. Nein, Mama, das bringt nichts. Die kommen nur, stellen tausend blöde Fragen und bringen mich dann doch ins Krankenhaus, wo sie mich von oben bis unten befingern. Ich will das nicht!«

»Der Mann soll wirklich davonkommen? Er hätte dich fast umgebracht!«

»Lässt sich jetzt nicht mehr ändern«, sagte ich schulterzuckend.

Meine Mutter schüttelte den Kopf und blickte fragend zu Vater. Der nickte.

»Ich verstehe dich, Maria. Aber gib ihr erst mal Zeit, sich zu erholen. Dann können wir immer noch überlegen. Die

Sache ist eine knappe Woche her. Da kommt es auf ein paar Tage nicht mehr an. Was hältst du davon, runter ins Dorf zu fahren und uns frische Lebensmittel und ein paar Flaschen Wein zu kaufen? Ich kann den Dosenfraß nicht mehr sehen. Außerdem müssen wir feiern.«

»Warum machst du das nicht?«, fragte Mutter. Sie wollte einfach nicht von meinem Bett weichen.

»Weil ich kein Wort Französisch spreche, wie du weißt.«

Mutter gab seufzend auf. Das bisschen Französisch, das ich ihr vor Jahren beigebracht hatte, weil sie die Sprache so ungemein chic fand, war zwar unter aller Kanone, aber es reichte für einen Einkauf.

Kaum war sie weg, nahm Vater ihren Platz an meinem Bett ein.

»Ein Tourist also. Mieses Englisch mit undefinierbarem Akzent.«

Ich nickte.

»Wenn irgendjemand sehr exakt Akzente heraushören und benennen kann, dann meine überaus sprachbegabte Tochter.«

»Was willst du damit sagen?«

Das Gespräch nahm eine Wendung, die mir nicht gefiel. Ich sollte Vater sagen, dass ich zu erschöpft zum Reden war. Und wenn ich in mich hineinhorchte, war das nicht einmal gelogen. Ich fühlte mich wirklich schwach.

»Im Gegensatz zu deiner Mutter lese ich Zeitung. Und ich weiß, dass gerade erst in Heidelberg im Abstand von nur einer Woche zwei Männer umgebracht worden sind. Der zweite vor wenigen Tagen. Siebenundzwanzig Messerstiche. Die Polizei sucht nach einer jungen Frau mit osteuropäischem Akzent.«

Langsam wurde mein Vater mir unheimlich. Wie kam er auf die Idee, meine Geschichte vom Überfall in den Vogesen mit den Morden in Heidelberg in Zusammenhang zu bringen? Denn das tat er zweifelsohne. War ich enttarnt worden? Nein, dann würde Mutter auch davon wissen.

»Es war ein Foto von den beiden Männern in der Zeitung«, fuhr er fort. »Heinrich Drechsler und Karl Schreiber. Angeblich Halbbrüder.«

»Nie gehört«, sagte ich und wich seinem Blick aus.

»Ich habe sie sofort erkannt. Henryk und Karol Kowalski. Brüder. Aus einem Dorf bei Golzow. Knapp hinter der polnischen Grenze.«

Nun wurde mir schwindlig. Ich hätte meinen Vater nicht anrufen dürfen. Meine Eltern nicht in diesen Mist hineinziehen dürfen. Besser, ich wäre hier allein abgekratzt. Woher, zur Hölle, kannte mein Vater Henryk und Karol?

Er blickte mich unverwandt an.

»Henryk war damals Maurer. Und mit dem Bruder des Pfarrers befreundet. Mit diesem Manfred ...«

Noch während er sprach, begriff mein Vater, wurde plötzlich bleich und unterbrach sich. Er sah mich durchdringend an.

»Wusste Henryk ... ?«

Okay. Mein Vater war in den Zusammenhängen angekommen. Ich nickte.

»Er wusste nicht nur davon, er hat auch mitgemacht. Wie sein Bruder. Es waren vier, Papa. Nicht nur einer.«

»Aber ...«

Mehr brachte er nicht mehr über die Lippen. Er stand mühsam auf und verließ die Hütte. Ich ahnte, was ihm nun alles durch den Kopf schoss. Neue Dimensionen des Bösen. Ich wollte ihm folgen, schaffte es jedoch nicht aus dem Bett. Schon gar nicht mit einer Infusion, die an einem Besen hing. Ich wartete eine Weile, dann rief ich nach ihm. Als er wieder hereinkam, sah er aus, als wäre er auf einen Schlag zehn Jahre gealtert.

»Woher kennst du die beiden?«, fragte ich.

»Kurz bevor du zu uns gekommen bist ... Henryk hat damals unsere Garage gemauert. Und Karol hat ihm ab und zu geholfen. Deine Mutter hat ihnen ihren selbst gebackenen Kuchen angeboten. Und ich ... ich habe Bier mit ihnen getrunken. Mit ihnen an der Garage gearbeitet ...«

Er sah so erschüttert aus, dass ich Angst bekam, er würde gleich weinen. Ich hatte ihn noch niemals weinen sehen.

»Mutter darf das nie erfahren. Nichts von alledem. Sie weiß schon mehr, als sie jemals wissen wollte«, sagte ich.

Er nickte. Auch ihm war nicht verborgen geblieben, wie Mutter seit jenem Tag im vorletzten November immer weniger wurde. Als würde sie allmählich verschwinden.

Wir schwiegen beide eine Zeit lang. Ich hatte nie beabsichtigt, ihn einzuweihen in meine Jagd. Oder ihn gar mit hineinzuziehen.

»Und du bist dir ganz sicher? Mit Henryk und auch mit Karol? Karol war doch erst siebzehn«, sagte er nach einer Weile mit brüchiger Stimme.

Ich nickte. »Ganz sicher. Henryk. Karol. Und dazu noch ein Hermann. Frag Kerstin.«

TEIL 4

Ewige Sonne auf Goldenen Zinnen

Auf Melanies Beerdigung lernte ich Kerstin kennen. Wir hatten vorher einmal telefoniert. Ich hatte ihre Nummer vom Leiter der Wohngruppe bekommen, in dem Melanie die letzten Jahre ihres zerbrochenen Lebens verbracht hatte. Kerstin war die Einzige gewesen, die Melanie regelmäßig besucht hatte, sowohl all die Jahre in der Psychiatrie wie auch danach in der Wohngruppe. Als Melanie ins Krankenhaus eingeliefert wurde und kurz darauf starb, befand sich Kerstin gerade auf den Kanaren in Urlaub. Sie hatte keine Ahnung, dass Melanie vom Krebs aufgefressen wurde. Die Diagnose war erst nach Kerstins Abreise gestellt worden. Ein Betreuer hatte Melanie wegen rasanten Gewichtsverlusts zum Arzt geschleppt. Aber da war es schon viel zu spät für jedwede lebensverlängernde Maßnahme.

Mein Verlobter Gernot hatte in jener Woche nach meinem Besuch im Krankenhaus viele Male versucht, mich zu erreichen. Aber ich drückte seine Anrufe weg, wollte nicht reden, wusste nichts zu sagen. Dann tauchte er bei meinen Eltern auf. Ich war nicht da, saß vermutlich in einer Kneipe und betrank mich oder in einer Spielhölle und tötete virtuelle

Drachen. Meine Mutter wollte mit Gernot reden, doch Vater bremste sie aus und sagte Gernot, dass er mit mir reden müsse. Und wenn ich das nicht wolle, könne er es leider nicht ändern. Er bat ihn, Geduld zu haben, denn ich würde eine schlimme Zeit durchmachen. Ich weiß das, weil Gernot mir eine Nachricht schickte, in der er mir das Gespräch mit meinem Vater schilderte und gleichzeitig versprach, die geforderte Geduld aufzubringen. Ich schickte ihm eine Nachricht zurück und erklärte ihm, dass keine Geduld der Welt etwas ändern würde. Dass ich ihn nicht wiedersehen wolle. Er wehrte sich per SMS und fragte nach dem Warum. Ich sagte, dass jemand gestorben und jemand geboren worden sei. Und es die Frau, die er kennengelernt hatte, nicht mehr gäbe. Dass es sie nie gegeben hätte. Und er mich gefälligst in Ruhe lassen solle. Weil er nur ein kleines Detail in einem nicht-existenten Leben gewesen sei.

Mein Tonfall bei dieser letzten Nachricht war alles andere als freundlich, aber vermutlich deswegen auch unmissverständlich und effektiv. Ich hörte nichts mehr von Gernot. So viel zu »in guten wie in schlechten Tagen«. Aber wenn ich ehrlich bin, hatte ich nie wirklich daran geglaubt.

Als ich eine knappe Woche später zum ersten Mal in meine Wohnung zurückging, um ein dunkles Outfit für Melanies Beerdigung zu holen, waren seine Zahnbürste und sonstige Kleinigkeiten, die er im Laufe der Zeit bei mir deponiert hatte, verschwunden. Als hätte es ihn nie gegeben. So wie es mich, die Frau, die er noch vor zwei Wochen zu lieben glaubte, nie gegeben hatte.

Ich dachte, ich müsste verzweifelt sein. Weil das Leben, das ich mit ihm für mich geplant hatte und das doch so vielversprechend normal erschien, von einem Tag auf den anderen ausgelöscht war. Ich dachte, ich müsste verzweifelt sein, weil ich den Mann, mit dem ich eine Zukunft hatte beginnen wollen, weggeschickt hatte. Ich hatte ihn geliebt, da war ich ganz sicher gewesen. Dennoch fühlte ich nichts als Erleichterung, als ich sah, dass seine Zahnbürste weg war, dass seine Pullover in den Regalen fehlten und seine benutzten Boxershorts im Wäschekorb. Es war der richtige Schritt, um das falsche Leben hinter mir zu lassen.

Melanies Beerdigung fand in ganz kleinem Rahmen statt. Meine Mutter und ich waren da, Vater war nicht mitgekommen, er hasste Friedhöfe und hatte seit dem viel zu frühen Tod seiner eigenen Mutter nie wieder einen betreten. Außerdem waren eine Betreuerin, der Heimleiter und zwei Bewohner gekommen. Und eine ältere kleine Frau, die ich nicht zuordnen konnte.

Ich stand vor der Kapelle, mit dem Rücken zu der schweren Holztür, und wollte keine fremden Hände schütteln, keine Blicke ertragen, wollte nicht hinein. Novemberblätter schwebten lautlos durch die feuchte Luft. Nebel wallten dämpfend über die Wege, Schritte näherten sich knirschend, Menschen sammelten sich stumm, alle in Schwarz. Tag der Raben. Ich stand wie erstarrt, abgewandt, mit blindem Blick und taubem Ohr, und wollte nur weit weg. Doch meine Mutter nahm mich an der Hand, führte mich hinein, sagte, es wird Zeit, es ist so weit, du musst zum Sarg … Ein Pfarrer, der Melanie nie gekannt hatte, sprach Worte aus Papier und Sand. Jemand weinte, nicht ich, ich sah nicht hinüber zum Sarg, sah nicht hin, hörte nicht zu, sang nur lautlos »Für dich soll's rote Rosen regnen, dir sollten sämtliche Wunder begegnen«. Ich war nicht da.

Menschen hoben den Sarg an, gingen hinterher, etwas bewegte meine Füße, wir gingen zu dem Loch. Schwarze, nasse Erde, voller Würmer und Getier, doch du und ich, wir sind nicht hier. »Für dich soll's rote Rosen regnen ...« Jemand schluchzte laut, nicht ich, jemand brach zusammen, nicht ich, jemand sprach mich an, fragte mich, ob ich noch kann, ich bin nicht da, bin nur Hülle aus Eis, stiere, höre nichts, rede nichts, sehe nichts und niemanden, bin weit weg mit dir. »Für dich soll's rote Rosen regnen.« Sie schütten Erde auf uns, klatsch, klatsch, klatsch, und ich brauche all meine Kraft, um nicht da zu sein und nicht endlos zu schreien.

Danach kam die kleine, zierliche Frau auf mich zu. Sie hatte dünnes graues Haar und sah auf gespenstische Weise verhärmt aus, obwohl sie braun gebrannt war und lächelte.

»Hallo, Pola«, sagte sie. »Ich bin Kerstin. Ich habe dich damals in die Welt gezogen.«

»Pola?«

»Das war der Name, den Melanie dir gab. Wegen der traurigen Augen von Pola Negri. In *Die Straße der verlorenen Seelen*.«

»Pola«, wiederholte ich leise. »Ich bin Pola.«

Kerstin schaute mich traurig an.

»Du hast Melanies Augen. Nicht Polas.«

Sie umarmte mich. Ich konnte es zulassen, bückte mich sogar, damit sie mich umfassen konnte. Es fühlte sich richtig an.

»Lass uns weggehen«, sagte sie.

Sie nahm mich an der Hand, und ich folgte ihr wie ein knapp dreijähriges Mädchen.

Wir gingen in einen Park in der Nähe des Friedhofs. Es war kalt und düster dort, und das passte. Ich kaufte uns zwei

Flaschen Rotwein an einer Tankstelle vor dem Park, dann liefen wir über die Wiese und setzten uns auf eine Bank unter einer blätterlosen Birke. Das Holz der Bank war kühl und feucht, aber das störte uns nicht. Zuerst tranken wir schweigend. Dann wollte Kerstin wissen, wie meine Begegnung mit Melanie im Krankenhaus abgelaufen war. Ich erzählte es ihr, Wort für Wort. Kerstin begann zu weinen. Ich hielt ihre Hand.

Als sie sich gefasst hatte, fragte sie, was ich wissen wolle.

»Alles«, sagte ich.

»Du bist der erste Mensch, dem ich es erzähle. Die ganze Wahrheit. Nicht einmal mein Mann kennt sie. Und so wird es auch bleiben. Wenn wir zwei hier fertig sind, gehe ich zurück in mein zweites Leben. Wir werden uns niemals wiedersehen. Oder sprechen.«

Ich nicke. »Du bist verheiratet?«

Sie lächelt. »Seit drei Jahren. Spätes Glück.«

Dann taucht Kerstin tief in den Wein und in die Vergangenheit ein …

Kerstin ist elf Jahre alt, als sie am Stadtrand von Oranienburg auf dem Nachhauseweg von der Schule in ein Auto gezerrt wird. Ein junger Mann sitzt hinter dem Steuer, ein älterer hält ihr ein stinkendes Tuch vor den Mund. Sie hat entsetzliche Angst, es geht alles sehr schnell, aber für entsetzliche Angst reicht der Bruchteil eines Herzschlags, und sie will schreien und sie zappelt und schlägt und tritt, dann ist sie bewusstlos. Als sie wieder wach wird, befindet sie sich in einem fensterlosen Verlies und liegt auf einer harten Pritsche. Ihr ist übel. Ein anderes Mädchen sitzt auf einer zweiten Pritsche in dem

Raum, der maximal acht Quadratmeter misst. Sie starrt Kerstin aus leeren Augen an. Kerstin hat immer noch schreckliche Angst und beginnt zu weinen und zu jammern, bis ihr das andere Mädchen eine scheuert und sie anherrscht: »Halt endlich die Fresse, du gehst mir auf den Geist!«

Kerstin lächelt, als sie Melanie zitiert. Ganz so, als hätte Melanie etwas furchtbar Nettes und Tröstliches zu ihr gesagt.

Dann erzählt Kerstin mir von Manfred. Wie er das erste Mal zu ihr gekommen ist. Und dann das zweite und dritte Mal, bis sie die darauffolgenden Male nicht mehr voneinander unterscheiden konnte. Sie erzählt mir, wie Melanie sie danach immer in den Armen hielt. Wie stumm Melanie ihre eigenen Vergewaltigungen über sich ergehen ließ. Wie sie Kerstin beibrachte, sich wegzubeamen wie in *Star Trek*.

Die Mädchen hatten im zweiten Raum des Loches einen Fernseher, ein braunes Cord-Sofa und einen Tisch, einen Kühlschrank, eine kleine Kochnische und eine winzige improvisierte Dusche mit einem Abfluss in der Wand, der mit leichtem Gefälle ins außen liegende Erdreich führte und durch den immer wieder Mäuse ins Loch kamen. Vor den beiden, durch einen türlosen Durchgang verbundenen Räumen war ein kleiner Zugang, der über eine Treppe nach oben führte. Oben gab es eine Luke, die immer verschlossen war, außer Manfred war unten bei ihnen. Wenn einer oder zwei der anderen Männer bei ihnen waren, hielt Manfred die Luke ebenfalls verschlossen.

Ich unterbreche Kerstin zum ersten Mal: »Andere Männer? Welche anderen Männer? Mein Vater hat nur den einen erwähnt. Dem das Haus gehört hat. Der den Keller gebaut hat.«

Kerstin schüttelt den Kopf.

»Ich habe gesagt, ich erzähle dir die *ganze* Wahrheit. Hör einfach zu.«

Ich bin still und höre zu. Kerstin driftet wieder von mir weg.

Manfred traut niemandem, nicht einmal seinen Freunden. Falls sie denn überhaupt Freunde waren. Die Mädchen kennen nur Manfreds Vornamen, sie müssen ihn Manni nennen. Am Anfang waren es nur zwei Männer. Manni und Harry. Das weiß Kerstin von Melanie. Aber mit Kerstin kommen auch die anderen beiden. Kerstins Entführung ist für die beiden Neulinge quasi die Eintrittskarte in den Klub der Perverslinge. Die Neuen nennen sich Hinz und Kunz. Hinz ist ungefähr so alt wie Manni und Harry. Kunz ist noch sehr jung, kaum älter als Kerstin und Melanie. Manni, Harry und Hinz legen Kunz auf Kerstin drauf. Sie ist sein erster Fick. Die anderen lachen und johlen, als Kunz sich auf ihr abarbeitet und nach ein paar Bewegungen schon kommt. Da denkt Kerstin noch, dass Kunz auch ein Opfer ist, genau wie sie und Melanie. Doch schnell stellt sich heraus, dass der Junge nun häufig in den Keller herab- und auf Kerstin und Melanie draufsteigt und genau so schlimm ist wie die alten Säcke. Vielleicht sogar noch schlimmer. Wenig später werden Melanie und sie von den Männern nur noch Krethi und Plethi genannt. Es ist eine Erfindung von Hinz, und die Männer finden es sehr lustig.

Manni bringt den Mädchen regelmäßig zu essen und zu trinken und Hygieneartikel und Putzmittel und manchmal sogar eine aktuelle Fernsehzeitschrift. Irgendwann kommt er auf die Idee, ihnen auch Vitamin-D-Tabletten zu geben, die sie ab da täglich schlucken müssen, um ihre Mangelerscheinungen zu beheben. Sie kommen ja fast nie ans Tageslicht. Nur manchmal, wenn es Sommer ist, nimmt Manni sie mit hinauf in den umzäunten Garten seines abgelegenen Hauses. Er kettet Krethi und Plethi an den Granitfuß seines Sonnenschirms und lässt sie ein paar Stunden draußen. Sie bekommen immer Sonnenbrand, selbst wenn sie sich nur im Schatten aufhalten. Irgendwann bringt Manni ihnen Aloe-Vera-Milch und brüstet sich damit, wie gut er sich um sie kümmert. Die anderen Männer haben gelegentlich Pralinen für sie dabei. Oder Schokolade. Oder Schnaps.

Nach einem Jahr ist Melanie schwanger. Manni tritt ihr in den Bauch, als sichtbar wird, was los ist. Doch der Bauch wächst weiter. Manni tritt nicht noch einmal, weil er fürchtet, dass Melanie innerlich verbluten könnte. Harry vergewaltigt Melanie weiter bis kurz vor der Geburt. Er steht auf ihren dicken Bauch und die schwellenden Brüste, das geilt ihn ganz besonders auf. Dann bringt sie unter Schmerzen und Schreien mit instinktgeleitetem Hecheln, Krümmen und Beineanziehen einen Jungen zur Welt. Kerstin hilft, so gut sie kann. Kerstin wird in zwei Wochen dreizehn. Sie haben zwar keinen Kalender im Keller, schauen aber mehrmals täglich Nachrichten im Fernsehen. Dort haben sie auch schon einmal eine Geburt gesehen. Kerstin säbelt die Nabelschnur mit der winzigen Nagelfeile durch, die Manni ihnen für die Maniküre gegeben hat. Den Mutterkuchen wirft sie in den Mülleimer zu den leeren Käseverpackungen und Joghurtbechern. Melanies Augen leuchten vor Glück und Liebe. Sie packt das Baby in mehrere Handtücher. Da kommt Manni die Treppe herunter, nimmt Melanie das Baby weg, schüttelt es aus den schützenden Handtüchern, packt es mit einer Hand an den Füßen und schlägt es mit dem Kopf gegen die Wand. Kerstin und Melanie hören, wie der weiche Schädel des Kindes aufplatzt, und sehen Blut und Hirnmasse hervorquellen. Melanie schreit wie ein angeschossenes Tier, stürzt sich kraftlos auf Manni und schlägt und beißt und kratzt ihn, bis Manni ihr einen Kinnhaken verpasst und Melanie bewusstlos zusammenbricht. Als sie wieder aufwacht, ist ihr Baby weg. Sie stiert tagelang auf den Blutfleck an der Wand, den Kerstin nicht gänzlich wegschrubben konnte, und sagt kein Wort.

»An dem Tag hat Melanie die erste Hälfte ihres Verstands verloren«, sagt Kerstin und öffnet die zweite Flasche Wein.

Kurz darauf wurde Kerstin schwanger. Melanie riss sich zusammen und kümmerte sich rührend um sie. Sie hat in der Spätphase von Kerstins Schwangerschaft sogar freiwillig alle vier Männer bedient, die die Treppe herunterkamen.

Kerstin geht nicht ins Detail, und ich bin ihr dankbar dafür.

Kerstins Junge kommt tot zur Welt. Manni muss ihn nicht gegen die Wand klatschen. Er nimmt ihn und trägt ihn weg. Ein paar Tage später bringt Manni die Pille mit. Er schärft den Mädchen ein, sie regelmäßig zu nehmen, damit er nicht wieder ihre Sauerei wegmachen muss.

Wenn keiner der Männer da ist, schauen die Mädchen fern. Sie empfangen sogar West-Fernsehen und schauen sich alles an, was es nur gibt, Shows, Ritterfilme, Sandalenfilme, Tierdokus, alte Stummfilme, Klassiker, Nachrichten, vor allem Liebesfilme sehen sie gern, besonders die besonders kitschigen ... und träumen von der Welt da draußen. Nachts, wenn im Fernseher nur noch Züge durch die Landschaft fahren oder im Privatfernsehen Sexwerbung läuft und sie nicht schlafen können, dann erzählen sie einander, was sie vor dem Loch gemacht haben. Wie und wo sie gelebt haben und was sie gernhatten. Und sie schmücken alles aus, soweit ihre Fantasie sie trägt – hinaus aus dem Kellerloch der Realität.

Beide sind sie hübsche Prinzessinnen gewesen und wohnten in Schlössern mit tausend goldenen Zinnen, die das ganze Jahr über in der Sonne glitzerten. Denn selbst in klirrend kalten Wintern schickte die Sonne etwas von ihrem Glanz in das Königreich, ganz so, als wollte sie selbst dort ihre Heimat haben. Die Eltern der Prinzessinnen waren sanftmütige Könige und Königinnen, die von diamantbesetzten Perlmutttellern exotische Früchte aus allen Welten speisten. Von den Zinnen ihrer Schlösser aus konnten sie auf sanft sich wiegende, sattgrüne Täler blicken, wo die Wiesen von Blumen bunt getupft waren und Einhörner aus silbrigen Flüssen tranken. Die Eichhörnchen konnten sprechen, ebenso wie die Rehe, und die Vögel hatten rosafarbene Bäuche, sangen Kanons und fächelten den in Seide und Brokat gewandeten Prinzessinnen mit ihren Flügeln Luft zu, wenn denen vor lauter Taumel im Glück zu warm wurde.

Als Kerstin mir davon erzählt, sieht sie plötzlich ganz jung aus, und ihre Haut beginnt in der novembergrauen Abenddämmerung zu glitzern wie die Zinnen ihres früheren Schlosses in der ewig scheinenden Sonne.

Wenn die Mädchen es leid sind, ihre glorreiche Vergangenheit bunt auszumalen, wenden sie sich ihrer Zukunft zu. Sie sind sich ganz sicher, dass irgendwann ein Mann auf einem weißen Pferd angeritten kommt, sie aus dem Loch befreit und mit in ein schickes, luxuriöses Hotelzimmer nimmt, wo sie in einer riesigen Badewanne im Schaum versinken und sich mit duftenden Essenzen salben, um sich einer reinen Liebe zu weihen.

Vor Kurzem haben sie von Manni einen Videorekorder bekommen und ein Paket Leerkassetten, damit sie sich Filme aus dem Fernseher aufnehmen können. Sie haben als Erstes *Pretty Woman* aufgenommen und schauen den Film mindestens zweimal pro Woche an. Er macht sie froh. Sie bitten Manni um etwas Schminke. Manni grinst, nennt sie »seine verdorbenen Lolitas« und tut ihnen den Gefallen. Kerstin und Melanie schminken sich gegenseitig, um so hübsch auszusehen wie Julia Roberts. Doch sobald sie Schritte auf der Treppe hören, wischen sie die Schminke schnell weg. Für die Männer wollen sie nicht schön sein.

Dann ist Melanie wieder schwanger. Manni prügelt sie windelweich, weil sie die Pille offenbar nicht regelmäßig eingenommen hat. Kerstin versucht Melanie zu helfen, indem sie Manni erklärt, wie schwer es ist, im Loch zu wissen, wann welcher Tag ist und wann welche Nacht. Daraufhin bezieht auch Kerstin Prügel.

Wir haben die zwei Flaschen Wein längst geleert. Es ist kalt, und die Luftfeuchtigkeit kriecht uns in die Knochen. Doch weder Kerstin noch ich wollen in eine Kneipe, um uns aufzuwärmen. Wir wollen keine Menschen um uns haben, die aussehen, als würden sie ein normales Leben führen. Auch wenn sie es vielleicht nicht tun. Also gehe ich zur Tankstelle und kaufe zwei weitere Flaschen, damit wir nicht mehr so viel spüren von der Kälte und all dem.

Dann werde ich geboren. Wieder ist keiner von den Männern da, um zu helfen, dabei hat Melanie schon vor den Wehen starke Schmerzen. Sie krampft, bekommt kaum Luft und erbricht sich. Kerstin hat schreckliche Angst. Sie hat nicht nur Angst um Melanie, sondern auch um sich. Wenn Melanie stirbt, ist sie mit den Männern allein. Dann muss sie sich umbringen, und das will sie nicht, denn sie will so lange leben, bis Richard Gere auf dem weißen Pferd kommt.

Ich werde in die Welt geblutet, ich spüre es, die Enge des Geburtskanals ist fürchterlich bedrohlich, es tut weh, es tut so weh, und dann ist da das erste Licht, und ich hole Luft, und ich schreie, und ich höre ein Stöhnen, lautes Stöhnen.

Kerstin nickt und sagt: »Ja, sie hat fürchterlich gestöhnt. Und du bist total besoffen.«

Ich stimme ihr zu. Dann frage ich, wie es kam, dass Manni mich nicht an die Wand geklatscht hat.

Als Manni zwei Tage später von einer Reise zurückkehrt und die Treppe herunterpoltert, hat Kerstin das Baby neben Melanie auf die Pritsche gelegt und zugedeckt. Melanie ist noch schwach, aber sie schützt das Baby mit ihrem Körper. Kerstin hat sich vor Melanie gesetzt und schützt Melanie mit ihrem Körper. Beide haben sie Gabeln als Waffen in den Händen. Messer haben sie keine, ihr Brot gibt ihnen Manni immer schon geschnitten, und die Margarine tragen sie mit der Gabel auf.

Als Manni das Baby nehmen will, faucht ihn Melanie an und fuchtelt wild mit der Gabel herum. Wenn Manni ihr das Baby wegnimmt, wird sie sich wehren. Und falls sie Manni nicht durchlöchern kann wie einen Schweizer Käse und er ihr das Baby trotzdem wegnimmt, wird sie sich umbringen.

Manni lacht zuerst, doch als Kerstin ihm sagt, dass auch sie sich umbringen wird und er und seine Schweine dann gucken können, wen sie vögeln, da merkt Manni, dass die Mädchen es verdammt ernst meinen. Er überlegt kurz, dann geht er und kommt an diesem Tag auch nicht wieder. Am folgenden Tag legt er Regeln fest: Melanie darf das Balg behalten. Vorerst. Aber sobald das Balg ihn oder einen seiner Freunde bei ihren Besuchen im Loch stört, muss es weg.

Die nächsten knapp drei Jahre sind Melanie und Kerstin damit beschäftigt, mich zu herzen und zu küssen, mir von den Zauberschlössern über den sattgrünen Tälern zu erzählen und von dem Gelb des Sonnenlichts und mir das Laufen und Sprechen beizubringen und mich vor den Männern zu verstecken und ruhig zu halten, solange einer von ihnen da ist. Wenn ich trotz all ihrer ängstlichen Bemühungen nicht aufhöre zu quengeln, legen sie, obwohl in meiner Ecke kein Licht ist, zusätzlich noch eine schwarze Decke über mein Körbchen, dann gebe ich seltsamerweise immer sofort Ruhe. Kerstin sagt, die drei Jahre damals mit mir, das war die glücklichste Zeit in ihrem und Melanies Leben.

Ich spüre ihre Liebe. Und ich sehe, wie eine schwarze Decke in Zeitlupe auf mich herabschwebt und mich einhüllt in Schutz und Schmerz, bis ich Ruhe finde. Und ich höre mich leise sagen: »Auf schwarzen Schwingen schwebt mein Schweigen durch die Nacht.«

Kerstin sieht mich fragend an, doch ich ignoriere sie, weil Rabenflügel über mir flattern und mich schützend und warm bergen. Es dauert eine Weile, bis ich wieder auftauche.

»Und warum bin ich dann aus dem Loch weggebracht worden?«

Kerstin schweigt einen Moment, ihre Miene verdüstert sich, und sie trinkt. Als sie die Flasche wieder absetzt, schaut sie mich nicht an, sondern blickt stattdessen auf das modrige Novembergrün des Parkrasens.

»Einer der Männer hat sich an dir vergriffen. Es war der Junge. Kunz. Er hat dich genommen und ... Da hat Melanie ihm ihre Gabel in den Bauch gerammt, einmal, zweimal, dreimal ... Sie hat ihn perforiert.«

Kerstin erzählt und erzählt. Und ich sinke immer tiefer in meinen ganz eigenen Keller und beginne zu verstehen, wer ich bin. Erinnere ich mich? Oder höre ich einfach nur zu?

Schließlich ist Manni gekommen, hat den Kerl aus dem Loch gezogen und zu einem befreundeten Arzt gebracht, der Manni auch die Rezepte für die Pille ausstellte. Danach hat Manni Melanie und Kerstin verprügelt. Anschließend hat er dann gefragt, was passiert sei. Kerstin hat es ihm erzählt. Manni hat nur mit den Schultern gezuckt und gesagt, wenn sein Kumpel so pervers ist und auf Babys steht, dann kann er auch nichts machen. Melanie hat ihn daraufhin angefleht, ihre kleine Pola zu schützen und den Kerl nicht mehr in den Keller zu lassen. Manni hat nur gelacht und gefragt, seit wann wir uns einbilden würden, etwas wollen zu dürfen. Melanie hat alles versucht, sie hat geweint und geschrien und gedroht und gebettelt, sie ist auf den Knien vor Manni herumgerutscht und hat sich ihm angeboten für alles, alles, was er mit ihr machen will, nur ihre Pola sollten sie in Ruhe lassen. Doch es hat nichts genützt, im Gegenteil, Manni ist sauer geworden wegen des

Aufstands, den Melanie gemacht hat, und hat gedroht, das Kind mit dem Kopf gegen die Wand zu knallen. Da ist Melanie zusammengebrochen und hat versprochen, ganz ruhig und brav zu sein, wenn Manni ihr Baby aus dem Keller holt und an ein Waisenhaus gibt oder noch besser an eine nette Familie, nur hinaus aus dem Keller, fort von dem Babyficker. Knapp zwei Wochen später ist Manni gekommen und hat das schreiende und weinende Kleinkind die Treppe hochgezerrt. Das Theater und der ganze Aufruhr waren Manni wohl zu viel, und er sah ein, dass es besser war, den kleinen Störenfried loszuwerden, statt erneute Übergriffe mit der Gabel zu riskieren.

Mir wird heiß und kalt, während Kerstin stockend spricht. Dann geht das Licht aus, und mir ist kurz schwarz vor Augen. Ich beginne zu zittern, die Hände, die Beine, alles zuckt unkontrolliert, findet keinen Halt mehr, der Boden unter mir sackt weg, ich schwitze und schlottere und klappere mit den Zähnen, als hätte ich auf einen Schlag hohes Fieber und Schüttelfrost. Ich beginne zu weinen und versuche krampfend, Schreie zu unterdrücken, die tief aus meinem Innersten aufsteigen und aus mir herausrollen wollen wie Wellen, die sich aus weiter Ferne langsam und unmerklich herangeschoben haben, über die Jahre, über Jahrzehnte, bis sie sich zu einer wuchtigen Wand aufbauen und sich jetzt, in dieser Sekunde der höchsten Fragilität, in weiß-schäumende Gischt ergießen, die alles hinwegfegt, die mich hinwegfegt und mich mitzieht zurück ins Meer, zurück in die Tiefe, aus der ich gekommen bin – drei Meter unter Null –, wo es kaum Licht gibt noch Luft. Ich habe das Gefühl zu ersticken, versuche zu atmen, aber es gelingt mir nicht, es gelingt nicht, ich gerate in Panik.

Kerstin springt erschrocken auf, schüttelt mich und schreit mich an und schlägt mir schließlich fest ins Gesicht. Ich sauge Luft ein, muss husten, sauge noch mehr Luft ein, es schmerzt in der Lunge, doch ich atme wieder und weiß, dass ich überlebe.

»Nicht hyperventilieren, dann wird dir schwindlig«, sagt Kerstin und legt ihre leichte kleine Hand auf mein Herz.

Das beruhigt mich seltsamerweise. Kerstin nickt und wartet, wartet und nickt, dann zieht sie ihre Hand zurück und gibt mir die Weinflasche. Ich trinke einen großen Schluck. Muss erneut husten. Trinke noch einen Schluck. Komme wieder zurück in den Park. Sehe, wo ich bin.

Im Freien. Im Freien.

Nach einer kleinen Weile erzählt Kerstin weiter.

Sie wussten nicht, ob Manni die kleine Pola weggegeben oder getötet hat. Melanie hat wieder tagelang nichts gegessen und nicht gesprochen. Sie hat auch nicht geschlafen. Saß einfach nur auf ihrer Pritsche und stierte mit leeren Augen an die Wand. Wenn einer der Männer herunterkam, ignorierte er Melanie und benutzte Kerstin. Kerstin ist sicher, dass Melanie in diesem entrückten, entseelten Zustand sogar diesen eiskalten Männern unheimlich war. Sie hat ihnen Angst gemacht, so wie sie nur noch Hülle war. Kerstin befürchtete, dass sie stirbt. Einfach nicht mehr in ihre Hülle zurückkehrt. Schließlich versprach Manni Melanie, ihr ein Foto von Pola bei ihrer neuen Mutter zu zeigen, wenn sie aufhört, die Wand anzustieren, und wieder spricht und isst. Melanie drehte langsam den Kopf zu ihm hin und kam in ihre Augen zurück. Dann stand sie auf, machte sich ein Butterbrot und aß es vor Manfred.

Kerstin zieht ein vergilbtes, zerfleddertes Foto aus ihrer Geldbörse.

»Manni hat Wort gehalten. Es war im Wohnheim, in Melanies Nachttisch.«

Sie gibt mir das Foto. Es zeigt mich als kleines Mädchen neben Maria, die mich an der Hand hält und glücklich lächelt.

»Der Pfarrer hat das Foto gemacht«, sagt Kerstin. »Konrad. Manfreds Bruder.«

»Wusste er von dem Loch und von euch?«

Kerstin schüttelt den Kopf.

»Ich nehme an, er hat es geahnt. Aber als dann plötzlich alles rauskam, als wir aus dem Loch rauskamen, war er wirklich erschüttert über das, was Manni getan hatte. Ich glaube sogar, dass Konrad der anonyme Anrufer war, der die Polizei auf seine Spur gebracht hat.«

»Wieso wurde eigentlich nur Manni verhaftet? Ihr konntet die anderen Männer doch sicher sehr gut beschreiben!«

»Als klar war, dass die Polizei vor der Haustür stand, schärfte Manni uns ein, keinen von den anderen dreien zu erwähnen. Sonst würden sie uns finden und töten. Uns und unsere Familien. Egal wann, egal wo. Wir haben ihm geglaubt und deswegen vor Gericht ausgesagt, dass es nur Manni gab.«

»Weshalb wollte Manni seine Kumpels schützen? Edelmut und Loyalität unter diesen perversen Arschlöchern? Wenn er ausgepackt hätte, wäre seine Kooperation sicher mit Strafmilderung belohnt worden.«

»Die paar Jahre!« Kerstin winkt bitter ab.

»Es war für ihn lukrativer, den Mund zu halten. Er wusste, wenn er wieder rauskommt, gibt es drei Männer, die er sein Leben lang in der Hand hat. Ich habe nie wieder etwas von ihm oder über ihn gehört nach seiner Entlassung. Ich vermute, die anderen haben ihm geholfen zu verschwinden. So wie sie alle aus der Gegend verschwunden sind. Melanie kam damals jedenfalls gleich in die Psychiatrie. Sie hat dort ein paarmal auch von anderen Männern erzählt, aber das haben die Psychologen ihrer Traumatisierung zugeschrieben. Sie redete von Babys an die Wand klatschen wie kleine Katzen und Hinz und Kunz und schmutzigen Stiefeln, die die Treppe herunterkommen, ganze Kompanien von Stiefeln. Nazistiefel mit großen Messern im Schaft und so ein Kram. Alle dachten, dass sie knallverrückt ist. Ein bisschen verrückt war sie auch, aber nicht so. Ich wusste genau, was sie meinte. Ich konnte ihre Geschichten aber nicht bestätigen, stattdessen musste ich ihr in den Rücken fallen. Weil Manni gesagt hat, dass er mich und Melanie und meine Eltern umbringt, wenn ich die anderen Männer anzeige oder von den toten Babys erzähle. Melanies Eltern waren schon tot, sie haben das Verschwinden ihrer Tochter nicht verwunden. Ihre Mutter hatte Selbstmord begangen, und ihr Vater war kurz darauf an Krebs gestorben. Wie jetzt Melanie auch. Ich war die Einzige, die noch da war für Melanie. Also habe ich sie und mich und meine Eltern beschützt und behauptet, dass Melanie häufig fantasiert. Ich habe die anderen Männer verschwiegen. Und das Foto von dir und deiner neuen Mutter habe ich vor der Polizei versteckt. Ich habe es Melanie erst zurückgegeben, als alles vorbei war. Später hat sie das Foto manchmal in der Psychiatrie und die letzten Jahre in der Wohngruppe herumgezeigt. Wenn sie strahlend behauptet hat, dass das Mädchen auf dem Foto ihre Tochter sei, haben alle immer nur mitleidig genickt und das hübsche, wenn auch viel zu magere Kind bewundert. Aber keiner hat ihr geglaubt. Und ich habe ihr nicht geholfen. Ich habe nur versucht zu vergessen.«

»Wie ist es dir gelungen, wieder ein normales Leben zu führen?«

»Gar nicht«, antwortet Kerstin und beobachtet ein Eichhörnchen, das vor uns einen Baumstamm hinaufhuscht.

»In den alten Zeitungen ist immer nur von Manfred W. die Rede«, sage ich. »Und an die Gerichtsakten bin ich nicht herangekommen. Noch nicht.«

»Auch da wirst du nur Manni finden. Die anderen gab es einfach nicht.«

»Wie hieß er mit Nachnamen? Mutter und Vater haben ihn nicht erwähnt. Nicht einmal den Vornamen. Sie haben immer nur von dem Kerl oder vom Bruder des Pfarrers gesprochen.«

»Wolf. Er hieß Wolf.«

»Wolf«, wiederhole ich.

»Sie waren alle Wölfe«, sagt Kerstin. »Und wir die Lämmer, die von ihnen täglich zur Schlachtbank geführt wurden. Jahr für Jahr, Monat für Monat, Woche für Woche, Tag für Tag.«

»Weißt du, wer von den vieren mein Vater ist?«

Kerstin schüttelt den Kopf.

»Sie kommen alle infrage. Aber zum Glück siehst du nur Melanie ähnlich. Ist es wichtig für dich?«

Ich horche in mich hinein.

»Nein«, entgegne ich und meine es so. »Aber nenn mir ihre Namen.«

»Ich kenne wirklich nur ihre Spitznamen. Aber ich glaube, Harry hieß in Wirklichkeit Hermann. Ich habe einmal mitbekommen, wie Manni auf der Treppe mit einem Hermann telefoniert hat. Irgendetwas war im Haus kaputt, und dieser Hermann sollte ihm helfen. Er war innerhalb weniger Minuten da, also muss er ganz in der Nähe gewohnt oder gearbeitet haben. Wir hörten sie oben hämmern und bohren. Danach kamen sie ins Loch. Manni und Harry.«

»Das ist ein Anfang.«
»Was willst du tun?«
»Ich gehe auf Wolfsjagd.«

Manfred

Ihr Kinderlein, kommet

Ich bin immer noch damit beschäftigt, meine Taxi-Idee auszufeilen. Um Manfred Wolf, der nun seit fünfzehn Jahren Wolfgang Schacht heißt, in die Falle zu locken. Sein neuer Name hat etwas ekelhaft Selbstgefälliges. So ganz konnte er von dem Wolf wohl nicht lassen. Und nicht von dem Ausschachten. Er will unbedingt einen Faden zu seiner früheren Existenz erhalten, und wenn es auch nur der Spinnenfaden eines erdachten Namens ist. Ich *wusste*, dass er sie vermisst – die Macht und die vermeintlich gottähnliche Größe, die ihm diese Macht fälschlicherweise suggeriert hat.

Zu meinem Ärger bekam ich heute Morgen mit, dass Manfreds Frau Irene entschieden hat, über Weihnachten und Silvester auf die Kanaren zu fliegen. Obwohl wir den wärmsten Dezember seit Jahrzehnten in Deutschland haben, ist es ihr hier zu kalt und zu schmuddelig. Am Nachmittag kommt der zwölfjährige Sohn aus seinem Internat in Bayern am Flughafen an. Dann bleiben sie noch zwei Tage in Hamburg, danach fliegen sie nach Fuerteventura in einen All-inclusive-Klub.

Ich hasse es, wenn meine Zielpersonen Dinge tun, die meine sorgsam erdachten Pläne über den Haufen werfen. Henryks Idee, in Heidelberg zu überwintern, hat mich zu überstürztem Handeln bei Karol genötigt und in letzter Konsequenz zu meiner Verwundung geführt. Dadurch habe ich Monate verloren und konnte meine Jagd nicht vor Einzug des Winters abschließen. Nun entschwindet Manfred bis Mitte Januar auf die Kanaren. Ich kann erst im neuen Jahr zuschlagen. Was meine Chancen auf nicht gefrorene Erde minimiert.

Ich sitze in einem Billig-Café am Niendorfer Markt und versuche mich nicht zu ärgern, sondern mich stattdessen an die neuen Gegebenheiten anzupassen. Hinterherfliegen und Manfred auf Fuerteventura erlegen ist keine Option. Die Kontrollen an den Flughäfen sind in Zeiten des internationalen Terrorismus viel zu gründlich. Ihn noch vor seinem Abflug zu töten kommt ebenfalls nicht infrage. Ich bin noch längst nicht ausreichend vorbereitet. Und einen nicht zu Ende gedachten Schnellschuss wie bei Karol werde ich mir nicht noch einmal erlauben. Also muss ich warten, bis sie zurückkommen. Das hat den Nachteil, dass ich vermutlich in den Frost hineingerate. Und mich außerdem meine Firma an meinem Arbeitsplatz zurückerwartet. Ich werde wohl fristlos kündigen müssen. Es gibt sowieso kein Zurück. Die Verzögerung hat aber auch ihre Vorteile. Ich kann alles fein säuberlich und in Ruhe vorbereiten. Fehlerfrei.

Ich trinke noch einen Kaffee und recherchiere im Internet, wie und wo ich mir das Benötigte unauffällig besorgen kann. Dann suche ich nach neuen Artikeln über den Stand der Mordermittlungen in Heidelberg. Ich versuche, mich auf dem Laufenden zu halten, um drohenden Gefahren frühzeitig ausweichen oder begegnen zu können. Die Presse berichtet nichts Neues, anscheinend hat sie das Interesse an den beiden Morden schon verloren. Also hacke ich mich in den Server der Kripo Heidelberg ein, den Zugang habe ich mir schon in den Vogesen verschafft. Erfreulicherweise sind die ermittelnden Beamten immer noch keinen entscheidenden Schritt weitergekommen. Ich durchforsche den gesamten, inzwischen endlich auf den aktuellen Stand gebrachten Polizeibericht und stutze kurz, als ich zum ersten Mal lese, dass Karols verstümmelte Leiche erst zwei Tage nach dem Zeitpunkt des Todes in einem Gebüsch am Feldrand aufgefunden wurde. Dabei weiß ich genau, dass ich ihn einfach auf dem Weg habe liegen lassen. Die Polizei hat Schleifspuren vom Tatort zum Fundort entdeckt und geht davon aus, dass der mutmaßliche Täter die Leiche versteckt hat. Ich weiß es besser. Da im Bericht von erheblichem Tierfraß an der Leiche die Rede ist, vermute ich, dass ein oder zwei Füchse die Beute einige Meter verschleppt haben, um in Ruhe zu fressen. Wildschweine und neuerdings auch Waschbären treiben sich ebenfalls in der Gegend herum. Insgesamt beruhigt mich der Polizeibericht. Es wurden zwar jede Menge DNA-Spuren sichergestellt, doch sie bringen die Kripo nicht weiter, da es keine erfassten Daten dazu gibt. Es scheint, als würden die Ermittlungen im Sande verlaufen.

Zufrieden zahle ich meinen Kaffee und mache mich auf den Weg zu Manfreds und Irenes Protzvilla. Ich will mir den Sohn ansehen, der gleich ankommt. Er ist noch eine Unbekannte in meiner tödlichen Gleichung für Manfred.

Ich parke gerade rechtzeitig gegenüber der Villa, als Manfreds Jaguar vorfährt und er mit seinem Sohn aussteigt. Der Junge ist schon ziemlich groß für sein Alter, trägt sein brünettes Haar bis auf die Schultern und geht mit schlaksigem Gang und zu Tode gelangweiltem Gesichtsausdruck um den Wagen herum. Er nimmt seinen Koffer, den Manfred aus dem Kofferraum hebt, dann verschwinden sie gemeinsam im Haus.

Ich warte ein Weilchen, dann starte ich meinen Leihwagen und fahre zurück zum Hotel. Unterwegs frage ich mich, woher die leise Enttäuschung kommt, die ich verspüre. Und warum ich überhaupt zu der Villa gefahren bin. Im Hotel setze ich mich an meinen Computer und schalte das Überwachungsprogramm ein. Natürlich habe ich in Manfreds Villa ein paar Wanzen und Kameras installiert. Nun sitze ich in meinem kargen Hotelzimmer und beobachte den Alltag der Familie Schacht. Irene läuft geschäftig zwischen Schlafzimmer und Badezimmer hin und her und packt mehrere Koffer für die bevorstehende Reise. Manfred sitzt im Wohnzimmer und sieht sich im Fernseher Wintersport an. Der Sohn hängt neben seinem Vater auf dem Sofa und scheint irgendetwas auf seinem Tablet zu spielen. Er hebt kaum den Kopf. Nebenbei frisst er Chips. Seine Umgebung scheint ihn nicht im Mindesten zu interessieren. Das Bild einer ganz normalen Familie. Während ich dem Sohn ein paar Minuten zusehe und dabei wütend werde, begreife ich, warum ich zur Villa gefahren bin: Ich wollte ihn anschauen. Begutachten. Lebensecht. In voller Größe. Ich wollte wissen, ob ich den Hauch einer Ähnlichkeit zwischen uns entdecke. Ich wollte wissen, ob ich einen Halbbruder habe. Und plötzlich weiß ich, dass ich auch die Kinder von Hermann und Karol mit prüfenden Augen angesehen habe. Und dass ich enttäuscht bin.

Diese Erkenntnis erschreckt mich. Was wäre gewesen, wenn es eine Ähnlichkeit mit einem der Kinder gegeben hätte? Hätte ich einen DNA-Test gemacht, um sicherzugehen? Dann hätte ich erfahren, wer mein leiblicher Vater, mein Erzeuger ist. Dabei habe ich Kerstin gegenüber behauptet, dass es keine Rolle spiele, wessen Sperma der vier Vergewaltiger für meine Zeugung verantwortlich war. Was ist los mit mir? Will ich das wirklich wissen? Wozu?

Ich schalte mein Überwachungssystem ab, stehe auf und gehe genervt in meinem Zimmer auf und ab. Als ich meine innere Unruhe kaum noch kontrollieren kann, verlasse ich das Hotel und laufe ziellos durch die Straßen. Es ist inzwischen längst dunkel, soweit man in der Hamburger Innenstadt von Dunkelheit sprechen kann. Ich lande am Rathausmarkt. Weihnachtsmarkt. Überall rote, gelbe, blaue und goldene Lichter. Silberne Plastiksterne. Der Geruch von Glühwein, Brat- und Currywürsten, Crêpes, Schmalzkringeln, Stände mit handgeschnitzten Krippenfiguren, Lebkuchen, Ohrenschützern, Schals und Mützen, gebrannten Mandeln und gerösteten Maronen ... Die Menschenmenge schiebt mich vorwärts, rückwärts, seitwärts, ich lasse mich willenlos treiben durch süßlichen Duft und klebrige »Ihr Kinderlein kommet«-Klangwelten. Bis mir so übel wird, dass ich beginne, meine Ellbogen einzusetzen, um aus dem Morast herauszukommen. Ich laufe, nach frischer Luft schnappend, bis ich an der Binnenalster bin. Wenigstens ein freier Blick, wenigstens eine ruhige Wasseroberfläche, auch wenn sich auf ihr statt bewegter Wolkenhaufen nur die Lichter des überdimensionierten Weihnachtsbaumes spiegeln, der in der Mitte der Binnenalster aufgestellt ist. Ich setze mich auf eine der Treppenstufen und starre aufs Wasser. Dabei bemerke ich, dass mir die Tränen aufsteigen. Um mich herum glitzert die Stadt, ein altes Paar geht an mir vorbei, sie halten sich an den Händen. Und wieder denke ich an Janis und an das Letzte, was er damals in Litauen zu mir sagte: »Irgendwann kommt unweigerlich der Tag, an dem du dir wünschst, wieder ein Mensch zu sein. Weil du die Einsamkeit nicht erträgst, kleine Wölfin. Die ist das Schlimmste.«

Er hatte recht.

Eigentlich müsste ich gleich Manfred und seiner Familie zum Flughafen folgen und überprüfen, ob sie auch wirklich in die Maschine nach Fuerteventura steigen. Aber ich schiebe mein Kontrollbedürfnis beiseite. Denn ich habe beschlossen, nach Berlin zu fahren. Jetzt. Ich will Weihnachten mit meinen Eltern verbringen. Ich will ein wenig Mensch sein dürfen. Wenigstens für ein paar Tage.

Wie ich wurde, was ich bin

TEIL 5

Drei Meter unter Null

Es ist schon spät, als ich ankomme. Aber meine Eltern freuen sich so sehr, dass mir vor Rührung die Tränen kommen. Mutter heizt sofort mein altes Kinderzimmer ein, Vater geht Bier holen. Während Mutter mir Linsensuppe aufwärmt, berichtet sie, dass ihr Diebstahl der Medikamente für mich und das Ausleihen des Defibrillators vom Krankenhaus vertuscht worden sind. Die Verwaltungsdirektion konnte den oder die Schuldigen nicht ausfindig machen, wollte aber unangenehmes Aufsehen vermeiden. Mutter ist erleichtert, hat aber trotzdem ein schlechtes Gewissen.

Die Suppe schmeckt wunderbar, fast empfinde ich so etwas wie Glück. Vater setzt sich zu uns an den Küchentisch. Er erzählt Kapitalisten-Anekdoten aus seinem Autohaus und zeigt mir begeistert eine schön gestaltete Neuauflage eines Romans von Rudyard Kipling. Nachdem ich die Suppe aufgegessen habe, stellt Mutter uns Bier hin und trinkt sogar eines mit. Ich muss ihr ganz fest versprechen, am nächsten Morgen bei der alljährlichen Weihnachtsdekoration zu helfen. Vater freut sich, dass er damit aus dem Schneider ist und in Ruhe sein Buch lesen kann, statt mit Mutter über Lametta und künstlichen Schnee aus der Spraydose zu streiten. Ich fühle mich zum ersten Mal seit Ewigkeiten wieder zu Hause. Geborgen und geliebt. Später, in meinem alten Kinderzimmer, schlafe ich sogar sehr schnell ein und werde kein einziges Mal wach in der Nacht.

Am nächsten Morgen beim gemeinsamen Frühstück fragt mich Mutter nach der Zukunft. Schließlich habe ich jetzt so lange nicht gearbeitet und sicher alle meine Ersparnisse aufgebraucht. Sie will wissen, wann ich an meinen Arbeitsplatz zurückkehre. Und ob ich den Verlust meines Verlobten inzwischen überwunden hätte. Sie macht mir Mut, dass ich sicher bald einen Mann finden werde, der besser zu mir passt als dieser Gernot. Sie hat ihn ja nicht wirklich kennengelernt, aber dass er mich in der schweren Zeit so schnell aufgegeben hat, sagt ihrer Meinung nach einiges aus. Wo eine Ehe doch nur hält, wenn man in guten wie in schlechten Zeiten ...

Während Mutter mit den besten Absichten vor sich hinbrabbelt, werfen Vater und ich uns heimlich Blicke zu. Ich bin Vater dankbar, dass er dichtgehalten hat und Mutter nicht weiß, was ich treibe und was mich treibt. Schließlich habe ich so schon Probleme, ihre vielen Fragen zu beantworten. Ich will nicht lügen, wenigstens nicht für die paar Tage, in denen ich hier bin. Mein ganzes Leben besteht aus Lügen. Ich bin hergekommen, um eine Pause davon zu haben. Womit ich mich streng genommen selbst belüge. Ich kann eine Auszeit von meinem Job nehmen. Aber nicht von meiner Wirklichkeit. Ein fröhliches, unbeschwertes Weihnachtsfest im Kreis der Familie kann es für mich nicht geben. Das alles habe ich hinter mir gelassen, und es war nur nostalgische Sehnsucht, die mich hierher zurückbrachte. Ein Traum von Normalität.

Vater bemerkt meine Not und bremst Mutter tadelnd aus.

»Lass das Kind doch mal zur Ruhe kommen, Maria. Du bist schlimmer als die Inquisition!«

»Ich bin ja schon still. Dann schmücken wir jetzt die Fenster und den Baum.«

Erleichtert räume ich den Frühstückstisch ab. Danach kommt Mutter mit Kisten und Kartons voll Dekorationsmaterial. Wieder stellt sie mir tausend Fragen, durch die ich spüre, wie sehr sie sich freut, dass ich hier bin und sie gemeinsame Zeit mit mir verbringen kann. Glücklicherweise sind diese Fragen unverfänglich: Nur die Strohsterne und Engelshaar? Oder bunte Kugeln und Lametta? Welche Baumspitze? Die goldene oder die silberne? Ich versuche, so gut ich kann, auf alles einzugehen. Falls Lametta, dann die silberne Spitze. Zum Engelshaar doch eher die goldene. Nebenbei schaffen wir es sogar noch, Plätzchen zu backen. Der Duft von Zimt, Anis und Nelken zieht durch die ganze Wohnung. Mutter und ich arbeiten ganz entspannt Hand in Hand, unsere Stimmung hat fast etwas Meditatives.

Am späten Nachmittag ist Mutter endlich mit dem Ergebnis unserer Bemühungen zufrieden. Sie legt sich für ein Stündchen aufs Ohr. Vater besieht sich unser Werk und schmunzelt. Die Tanne wirkt etwas überdekoriert.

»So ungefähr stelle ich mir die Hölle vor. Ewige Verdammnis in buntem Kitsch, stranguliert von Lametta.«

Wir lachen kurz, dann wird er ernst. Er schließt die Tür zum Flur, damit Mutter uns auf keinen Fall reden hören kann, selbst wenn sie wach sein sollte.

»Ich werde dich nicht fragen, was du nach den Feiertagen vorhast.«

»Danke.«

Er kramt in einer Schublade.

»Vor zwei Wochen kam ein Brief für dich. Ohne Absender. Litauische Marke. Ich habe ihn deiner Mutter nicht gezeigt. Sie würde wissen wollen, von wem er ist.«

Er gibt mir den Umschlag und lässt mich zum Lesen allein. Ich bin sehr überrascht, einen Brief von Janis in dem Umschlag zu finden. Wir haben seit unserem Kampftraining in der litauischen Waldhütte keinerlei Kontakt mehr gehabt. Auf dem Papier stehen nur ein paar wenige handschriftliche Zeilen auf Russisch. Janis teilt mir mit, dass er, wenn ich diesen Brief erhalte, an einem Hirntumor gestorben ist. Von dem wenigen Geld, das er besaß, hat er mir die kleine Waldhütte gekauft, in der wir uns kennenlernten. Damit, wie er schreibt, meine Einsamkeit den passenden Rahmen hat. Er gibt noch Namen und Adresse des Notars an, bei dem die Besitzurkunde hinterlegt ist. Unterschrieben ist der Brief mit einem kargen, diskreten J. Im Postskriptum steht: »Ich habe dich geliebt, Maschukas. Gib acht auf dich.«

Schon wieder muss ich weinen. Dann werde ich wütend. Was ist bloß los mit mir? Ständig am Flennen in letzter Zeit! Ich verlasse die Wohnung mit lautem Türknallen, kaufe gegenüber im Kiosk eine Flasche Wodka und kehre zurück ins Wohnzimmer, wo mein Vater sitzt. Mutter ist von meinem lauten Abgang wach geworden und kommt nun ebenfalls herein. Ich gieße mir wortlos ein großes Glas Wodka ein und biete meinen Eltern stumm das Mittrinken an. Beide schütteln den Kopf.

»Was ist denn los?«, fragt Mutter.

»Ein Freund ist gestorben.«

»Ach herrje, wer denn? Was hatte er denn? War er krank?«

»Frag nicht so viel«, mahnt Vater unwirsch, während er mich mit seinem Blick forschend fixiert.

Nun ist Mutter beleidigt.

»Man wird ja wohl noch fragen dürfen! Aber nein, nicht in dieser Familie!« Sie sieht Vater sauer an. »Du bist genauso! Bloß keine Fragen! Also, von mir hat sie das nicht!«

Plötzlich stockt sie und blickt mich unsicher an.

Da muss ich lachen, ich lache und lache und kann gar nicht mehr aufhören. Zu meiner Verwunderung findet Vater das überhaupt nicht komisch. Er wirkt richtig genervt, steht auf und verlässt türenknallend die Wohnung – wie ich vorhin.

»Wo geht er denn hin?«

Ich sehe meine Mutter irritiert an.

»Frag nicht«, sagt sie.

Und wieder muss ich lachen.

Als Vater zurückkommt und ohne ein weiteres Wort zu Bett geht, bin ich schon betrunken.

Am nächsten Tag ist Heiligabend. Verkatert wie ich bin, habe ich mich am Morgen aus dem Bett und durch ein paar Geschäfte gequält, um Geschenke für meine Eltern zu besorgen. Meine Mutter freut sich über ihre neue Kuscheldecke aus Kaschmir, Vater bekommt ein Buchpaket. Keiner erwähnt mehr den Brief oder den Tod, noch werden Fragen gestellt, die über Alltägliches hinausgehen. Wir sind eine ganz normale Familie, singen sogar am Abend – obwohl keiner von uns auch nur im Entferntesten religiös ist – einige Weihnachtslieder, weil Mutter darauf besteht.

Auch die nächsten beiden Feiertage verbringen wir in trauter Einigkeit mit Essen, Verdauungsspaziergängen, Musikhören und Lesen. Als Weihnachten vorüber ist und damit auch diese wattierte Gemütlichkeit, in die ich mich wohlig fallen ließ, kehrt schnell der Alltag zurück. Die Geschäfte öffnen wieder, alle rennen in Berlin hin und her, tauschen Geschenke um, bringen Müll hinaus und besaufen sich, um das

Übermaß an Besinnlichkeit runterzuspülen und sich warmzulaufen für Silvester. Auch ich tauche aus dem künstlich erschaffenen Idyll auf und erinnere mich schlagartig an die für drei Wunderkerzen-Tage verdrängte Wirklichkeit.

Am Montagmorgen sage ich meinen Eltern, dass ich nach Golzow fahren werde. Ich muss das Haus sehen, in dem ich in die Welt gepresst wurde. Das Haus mit dem Keller. Mutter ist entsetzt. Sie versteht nicht, warum ich mir das antun will. Auch Vater ist dagegen. Aber ich lasse es mir nicht ausreden, so sehr die beiden sich auch bemühen. Also beschließt Vater, mich zu begleiten. Ich akzeptiere das, unsicher, ob ich froh bin, nicht allein hinfahren zu müssen. Mutter hält uns für morbide. Sie ist verletzt, dass ich nicht auf sie höre, und macht Vater wütend Vorwürfe, weil er es mir nicht rundweg verbietet. Dabei weiß sie genau, dass ich mir nichts verbieten lasse. Aber sie muss irgendwohin mit ihrem Ärger, und Vater ist ein vertrautes Ziel.

Als wir nach einer heftigen Auseinandersetzung endlich unterwegs sind, gestehe ich meinem Vater, dass ich das Haus nicht nur von außen sehen will. Ich habe recherchiert, wer die aktuellen Besitzer sind, und mit ein paar fingierten Anrufen in Erfahrung gebracht, dass sie über die Feiertage an den Bodensee zu den Eltern der Frau gereist sind. Das Haus ist leer. Und wie Vater sich möglicherweise erinnert, steht es ein Stück vom Ort entfernt zwischen Feldern, weit weg von neugierigen Blicken. Ich weiß das von den Fotos, die damals in der Presse abgedruckt wurden, und von meinen eigenen Google-Map-Recherchen.

Vater sagt die ganze Zeit über kein Wort, er schaut finster nach draußen in die triste graue Landschaft, die wir durchqueren. Es ist immer noch recht mild. Ich hege langsam die Hoffnung, dass sich das warme Wetter bis in den Januar hinein hält. Ein stetiger Nieselregen hat die längst abgeernteten Ackerböden nass und schwer durchdrungen. Man kann die aufgerissene Erde riechen, wenn ich das Fenster öffne, was ich trotz des ungemütlichen Wetters jedes Mal tue, wenn ich rauche. Ich rauche wenig. Vater mag es nicht, wenn ich rauche. Ich mag es eigentlich auch nicht. Aber mit jedem Kilometer, den wir uns Golzow nähern, werde ich nervöser. Also rauche ich. Ich habe die Scheinwerfer eingeschaltet, obwohl es noch früh am Tag ist. Aber der Himmel hängt dunkel herab, starke Windböen treiben die Wolken tief über den Horizont. Der Scheibenwischer quietscht. Und so fahren wir stumm, nur begleitet von seinem rhythmischen Quietschen Richtung Osten, der Vergangenheit entgegen.

Als wir in Golzow ankommen, frage ich Vater, ob er Hunger hat und wir noch irgendwo etwas essen sollen, bevor wir zu dem Haus fahren. Wir haben beide seit dem Frühstück nichts mehr zu uns genommen. Vater verneint wortkarg. Er hat keine Lust, im Dorf auf jemanden zu treffen, den er von früher kennt. Mir ist es recht. Ich will auch lieber nicht gesehen werden. Außerdem würde ich sowieso keinen Bissen hinunterkriegen. Also durchquere ich das Dorf, ohne anzuhalten, und biege schließlich von der asphaltierten Straße ab auf eine Reihe holpriger Feldwege, die uns schließlich zum Haus bringen. Ich halte in einiger Entfernung und stelle den Motor ab. Die Scheinwerfer hatte ich schon ausgeschaltet, als wir von der Straße abgebogen sind.

Es ist plötzlich ganz still. Wir hören nicht einmal den Regen, der so fein ist, dass er die Landschaft wie ein hauchdünnes Netz einspinnt. In etwa dreihundert Metern Entfernung steht das Haus. Ein dunkler Klotz, nur schemenhaft zu erkennen.

»Ich komme nicht mit. Ich will das nicht sehen. Falls das Loch überhaupt noch da ist. Bestimmt haben es die neuen Besitzer zugeschüttet.«

Vater hat seit Stunden nicht gesprochen. Seine Stimme kommt mir beinahe fremd vor, als sie so überraschend die Stille durchbricht.

»Wie willst du überhaupt reinkommen?«, fragt er.

Ich greife nach hinten und hole eine kleine Tasche vom Rücksitz. Stumm zeige ich ihm mein Werkzeug und die Taschenlampe. Ich habe Angst, dass mir auch meine Stimme fremd vorkommt.

Er nickt.

»Wenn jemand auftaucht, hupe ich.«

Ich steige aus, ziehe meine Kapuze über, schlage den Mantelkragen hoch, nehme die Tasche und gehe los. Der Weg ist schlammig und voller Pfützen. Ich werde meine Schuhe ausziehen müssen, bevor ich das Haus betrete.

Mit jedem Schritt, den ich mache, wird das Haus größer, und ich werde kleiner. Es ist mittlerweile stockfinster. Ich schalte die Taschenlampe dennoch erst ein, als ich direkt vor dem Haus stehe und die Mauern auch noch das letzte Licht des Sichelmondes verschlucken, der ab und zu durch die Wolken scheint. Ich umrunde das Haus. Hinten huscht eine Maus über die Terrasse. Die Terrassentür ist nur mit einem Standardrollladen gesichert, ich kann ihn aus den seitlichen Führungen herausschieben und nach oben drücken. Mit einem Schraubenzieher und einem kleinen Keil habe ich die ungesicherte Tür schnell aufgehebelt. Ich warte kurz ab, ob ich etwas höre. Die Stille ist drückend. Dann ziehe ich meine Schuhe aus und setze den ersten Fuß ins Haus. Drinnen ist es kalt und klamm, die Bewohner haben vor ihrer Abreise die Heizung ausgeschaltet. Ich stehe im Wohnzimmer und schneide mit meiner Taschenlampe Schneisen ins Dunkel. Auf einer Kommode steht ein Foto in silbernem Rahmen: Mutter, Vater, Tochter und Sohn. Sie lächeln alle. Wissen sie, wo sie wohnen, was hier vor Jahren geschah? Gegenüber ist eine geöffnete Tür. Sie führt in den Hausflur. Linker Hand geht es in eine Wohnküche, rechts von der Haustür befindet sich eine Gästetoilette, daneben die Treppe ins Obergeschoss, das mich nicht interessiert. Alle Türen im Flur stehen offen, bis auf die Haustür und die Kellertür.

Meine Pulsfrequenz steigt an, als ich die Kellertür öffne und hinuntergehe. Janis hat mir Atemtechniken gezeigt, um den Puls zu beruhigen. Das ist vor allem für Scharfschützen wichtig, die eine ruhige Hand brauchen. Für mich ist es nicht wichtig. Es fällt mir nur gerade ein.

Der Keller hat eine Deckenhöhe von etwa zwei Metern, davon liegt nur ein Meter unter der Erde. Zum Garten hin sind recht große Kellerfenster angebracht, die im Licht meiner Lampe wie schwarze Augen glänzen. Ich leuchte durch den Keller: Regale mit Einmachgläsern, mehrere Stapel Kartons, Getränkekisten, zwei alte Kinderfahrräder, Wäscheleinen sind gespannt … In einem zweiten Raum steht ein Öltank. In den Ecken liegt Mäusekot. In einem dritten, recht kleinen Raum befindet sich der Sicherungskasten. An der Wand hängen Besen, Schaufel und einige Werkzeuge. Im Boden, nackter Estrich, ist eine Luke angebracht. Mein Herz steht kurz still, dann beginnt es zu rasen. Meine Füße stehen wie angewurzelt. Ich verspüre den Impuls, kehrtzumachen, das Haus zu verlassen und niemals wieder daran zu denken. Doch ich weiß, dass das nicht funktionieren wird. Also bücke ich mich und sehe nach, ob die Luke abgeschlossen ist. Nein. Nicht einmal ein Schloss hängt im Riegel. Ich hebe die Luke an. Sie ist aus schwerem Metall und quietscht. Ich denke an meine Scheibenwischer. Ich denke an alles Mögliche, nur nicht daran, dass ich gerade dabei bin, diese schmale, steile Holztreppe nach unten zu klettern.

Muffiger Geruch schlägt mir entgegen. Die Treppe führt in eine Art Schacht und mündet in einen winzigen Vorraum, von dem aus sich ein türloser Durchgang zu zwei ineinander übergehenden Räumen öffnet. Die Deckenhöhe beträgt etwa einen Meter achtzig. Es ist alles genau so, wie Kerstin es beschrieben hat. Der kleinere Raum misst maximal acht Quadratmeter. Hier müssen sich die beiden Pritschen befunden haben. Die Pritschen sind nicht mehr da, der Raum ist leer. Nichts ist mehr da. Nur noch die Dämonen, deren Haut die grobporigen Mauern überzieht und die mich aus dem löchrigen Putz mit ihren glühenden Augen anstarren. In dem zweiten, etwas größeren Raum steht ein Regal, in dem an die hundert Weinflaschen gelagert sind. Perfektes Klima für einen Weinkeller. Dunkel, konstante Temperatur unter der Erde, ausreichend Feuchtigkeit, damit die Korken nicht austrocknen und der Wein Luft zieht. Ich denke über Weinlagerung nach, um die Bilder zu verdrängen, die mir Kerstin von diesem Raum gemalt hat. Doch die Weinregale verschwimmen und verschwinden vor meinen Augen, und ich sehe zuerst schemenhaft, dann immer deutlicher ein durchgesessenes braunes Cordsofa, einen alten Heizradiator, Tisch, Kühlschrank und Kochecke, eine improvisierte Dusche über einem Holzbottich, daneben einen Hocker mit der Waschschüssel. Ich sehe Melanie und Kerstin, wie sie aneinander geschmiegt auf dem Sofa kauern und sich auf einem kleinen Röhrenbildschirm *Pretty Woman*« ansehen. Ich höre, wie sie sich von ewiger Sonne auf goldenen Zinnen erzählen. Ich lächele mit den beiden und spüre die Wärme der Sonne auf meiner Haut. Dann zucken wir entsetzt zusammen, als schwere Schritte die Holzstiege heruntergepoltert kommen. Wir halten uns aneinander fest, weil wir wissen, dass wir gleich auseinandergerissen und zerteilt werden. Dann höre ich plötzlich Melanies Stöhnen und ihre Schreie wegen der Geburtswehen, ich rieche Blut und Schweiß und Tränen.

Mir wird schwindlig. Der Sauerstoffmangel in diesem fensterlosen Loch macht mir zu schaffen. Ich muss hier raus.

Fast panisch klettere ich die Holztreppe hoch, kicke mit dem Fuß die Luke zu, verlasse den Keller, verlasse das Haus, schließe in einer letzten Bemühung um Sorgfalt die Terrassentür und den Rollladen, schlüpfe in meine Schuhe, nehme meine Tasche mit dem Werkzeug und stolpere auf den Feldweg, weg vom Haus, nur weg vom Haus. Ich schaffe es etwa hundert Meter weit, dann muss ich mich übergeben. Ich kotze mir meinen Rest von Seele aus dem Leib, ich will alles ausspucken, alles, was ich gesehen und gefühlt habe, alles, bis nur noch Leere in mir ist und sonst nichts mehr. Weil ich den ganzen Tag nichts gegessen habe, kommt lediglich Magensäure, die mir die Speiseröhre verätzt.

Plötzlich ist mein Vater bei mir. Er legt mir beruhigend die Hand auf den Rücken. Als ich fertig bin, streichelt er meinen Nacken und reicht mir eine Flasche Wasser, die er aus dem Auto mitgebracht hat. Ich trinke in vorsichtigen, kleinen Schlucken, traue meinem rebellierenden Magen nicht. Dann schultert Vater die Werkzeugtasche und bringt mich zurück zum Auto. Meine Knie sind weich, meine Hände und Beine zittern. Erst am Wagen merke ich, dass ich unaufhörlich weine und laut schluchze. Vater schält mir die Taschenlampe aus der Hand, die ich immer noch krampfhaft festhalte. Er bugsiert mich auf den Beifahrersitz und stellt die Rückenlehne so schräg, dass ich fast liege. Dann schlägt er die Beifahrertür zu, geht um den Wagen herum, steigt ein, startet den Motor und bringt mich fort von hier.

Er fährt langsam, nachts sieht er nicht mehr so gut. Ich habe meinen Kopf nach rechts an die Fensterscheibe gelehnt. Das kühle Glas ist angenehm, meine Stirn glüht, als hätte ich Fieber. Lange Zeit sagen wir beide kein Wort. Es dauert fast eine halbe Stunde, bis ich mich wieder einigermaßen im Griff habe. Ich nehme den Kopf von der Scheibe und richte die Rückenlehne in eine einigermaßen aufrechte Position. Dann greife ich nach der Wasserflasche, trinke sie in einem Zug leer und stutze.

»Entschuldige. Wolltest du auch was?«

Vater schüttelt den Kopf.

»Schon okay. Geht's wieder?«

Ich nicke.

Wieder Schweigen. Wir durchqueren einen Wald. Es hat aufgehört zu nieseln. Die Temperatur sinkt langsam. Außer uns ist niemand unterwegs, außer uns scheint es keine Menschen mehr zu geben. Ich würde mich nicht wundern, wenn plötzlich alle Blätter und Nadeln von den Bäumen fielen und sich die Welt in einer großen Aschewolke auflösen würde. Es wäre mir egal. Ich bin erschöpft. Das Schweigen tut gut.

Irgendwann spüre ich, dass Vater ansetzt, etwas zu sagen. Er kämpft mit sich, einige Minuten, doch dann muss es heraus.

»Wieso kannst du so was? Einbrechen ... und ... töten ...«

»Wieso können Männer Kinder vergewaltigen?«

Ich habe es gesagt, ohne zu überlegen. Vater verstummt wieder. Sofort tut es mir leid. Ich sollte meinen Schutt nicht auf ihn abladen. Es ist ein großer Liebesbeweis, dass er hier mit mir sitzt. Mich fährt. Bei mir ist. Er hat mich nicht verurteilt, er hat nur gefragt.

»Tut mir leid, Papa.«

Er schaut konzentriert auf die Straße.

»Das muss es nicht. Du hast ja recht.«

Ich überlege. Lange.

»Ich kann es, weil ich ein Tier bin.«

»Tiere töten nicht aus Spaß.«

»Glaubst du, mir macht das Spaß?« Ich schaue ihn fassungslos an.

Er schweigt.

Ich beruhige mich wieder. Nach einer Weile höre ich mich mit zitternder Stimme sagen: »Bin ich ein böser Mensch? Bin ich überhaupt noch ein Mensch? Ich bin gezeugt von einem Tier. Gemacht zum Tier. Eine Wölfin, die ihr eigenes Rudel jagt.«

»Egal, was du denkst und fühlst. Du bist mehr Mensch, als die vier Männer in dem Haus es jemals waren.«

Ich schaue ihn dankbar an. Nie hat jemand etwas so Tröstliches zu mir gesagt. Dann erzähle ich ihm von Janis. Von der Zeit in Litauen. Von unserem Training, unseren Gesprächen. Von all meinen Vorbereitungen. Von Janis' Brief. Vater hört zu.

Kurz vor Berlin sagt er wieder etwas, dieses Mal aber nicht zaghaft und unsicher, sondern entschlossen und bestimmend.

»Ich will, dass du aufhörst.«

»Womit?«

»Mit dem Töten.«

»Das geht nicht. Es ist noch einer übrig.«

»Und dann?«

»Dann bin ich fertig.«

»Und dann?«

»Weiß ich nicht.«

»Ich will, dass du aufhörst.«

»Das kann ich nicht.«

Als wir in Berlin ankommen, ist es spät in der Nacht. Mutter sitzt im Wohnzimmer, ihre Augen sind gerötet. Als wir hereinkommen, stopft sie schnell ihr Taschentuch in den linken Pulloverärmel und erhebt sich.

»Wollt ihr Kaffee? Oder Tee?«

Vater geht an den Wohnzimmerschrank, nimmt den Wodka und zwei Gläser und schenkt ein. Mutter schaut kurz zu, dann holt sie sich auch ein Glas. Wir trinken schweigend. Es gibt nichts zu sagen.

Manfred

Schwarze Bäume, weißer Schnee

Es ist Ende Januar. Der Winter hat nach der Wärme der letzten Wochen überraschend massiv Einzug gehalten. Klirrende Kälte wird nun seit einer Woche von erbarmungslosen Stürmen ungehindert aus Skandinavien und Sibirien herangepeitscht und bringt Schnee mit, der ohne Unterlass fällt und wie diamantene Eiskörner über die gefrierenden Böden fegt.

Silvester habe ich noch mit meinen Eltern verbracht. Es war ein bemühtes, schweigsames Feiern. An Neujahr habe ich Berlin dann verlassen. Meine Mutter hatte keine Ahnung, dass es vielleicht ein Abschied auf immer gewesen sein könnte. Mein Vater wusste es. Er hat nicht mehr versucht, mich von meinem letzten Mord abzuhalten. Aber er hat mich sehr lange im Arm gehalten, bevor ich ging.

Manfred und seine Familie sind pünktlich von den Kanaren zurückgekommen. Am nächsten Tag ist der Sohn wieder in sein bayerisches Internat gefahren. Und Irene, die dumme Nuss, kam durch den plötzlichen Wintereinbruch auf die

Idee, noch rasch für zwei Wochen in den Ski-Urlaub zu fahren. Nun wedeln Manfred und Irene in schicken Ski-Anzügen die Pisten beim österreichischen Obergurgl-Hochgurgl hinab und saufen sich in mondänen Bars beim Après-Ski zu.

Währenddessen stehe ich im ebenfalls verschneiten Norddeutschland mit Spitzhacke und Schaufel im Wald und versuche, den harten Boden aufzubrechen. Seit es friert, ist mir klar, dass ich das Loch nicht in ein paar Stunden graben kann. Es muss vorbereitet und dann abgedeckt werden. Insofern ist es gut, dass Manfred noch in Österreich ist. Wenn etwas schiefgeht, behauptet meine Mutter gerne, dass alles für etwas gut sei. Man müsse nur lange genug warten, bis man es erkenne. Ich halte das für ausgemachten Blödsinn. Nicht alles ist für etwas gut. Das meiste, das passiert, ist für rein gar nichts gut. Manchmal denke ich, dass nur das Nichts für etwas gut ist.

Ich habe mir eine perfekte Stelle zum Graben ausgesucht. Der nächste Waldweg ist fast einen Kilometer entfernt. Bei meinen Erkundungsgängen habe ich nicht einmal Spuren eines Försters im Schnee gefunden. Die Abgeschiedenheit des Ortes erhöht die Sicherheit, macht aber auch meine Anreise beschwerlich. Ich grabe jede Nacht.

Heute gehe ich zum dritten Mal hin, aber das Loch ist noch immer nicht einmal einen Meter tief. Ursprünglich wollte ich zu den zwei Metern Länge und einem Meter Breite auf drei Meter Tiefe gehen. Aus symbolischen Gründen. Doch das schaffe ich nicht in der verbleibenden Zeit. Und dann nützt mir die schönste Symbolik einen Dreck. Also hacke und grabe ich pragmatisch, zielorientiert. Ich hacke und grabe und hacke und grabe und grabe und hacke … Die Blasen an meinen

Händen steche ich jeden Morgen, bevor ich ins Bett gehe, mit Nadeln auf und verklebe sie mit Pflastern.

Schon der Marsch zum Loch ist anstrengend. Meine Stirnlampe kann bei normalen Wetterverhältnissen bis zu vierzig Meter weit leuchten, doch heute Nacht ist die Sicht gleich Null. Ich habe das Gefühl, gegen eine weiße Wand zu laufen. Der Schnee fällt in dicken Flocken, verwirbelt in der Luft und sinkt dann zu Boden, wo er in weniger als einer Minute die Abdrücke meiner Stiefel vollständig bedeckt. Ich orientiere mich mit GPS, auf Sicht würde ich mich verirren. Als ich eine Lichtung überquere, muss ich mich vornüberbeugen, so stark weht der Wind. Ständig trete ich in Bodenlöcher oder auf Wurzeln, die sich unter dem Schnee verbergen. Zweimal bin ich schon hingefallen.

Ich brauche lange für den knappen Kilometer von meinem zwischen Büschen versteckten Parkplatz bis hin zur Grube. Beim Laufen wird mir warm. Endlich angekommen, nehme ich mein Werkzeug vom Rücken und beginne unverzüglich zu graben. Zuerst kratze ich mit der Schaufel die frisch gefallene Schneeschicht aus dem Loch. Dann arbeite ich mit der Spitzhacke. Zunächst muss der Boden weiter aufgebrochen, dann gelockert werden. Zentimeter für Zentimeter. Heute ist die Arbeit besonders beschwerlich. Ich schwinge die Hacke in einem auf meine Atmung abgestimmten Rhythmus und nutze dabei den Schwung, um Kraft zu sparen. Ich habe den Eindruck, dass es noch kälter ist als gestern Nacht, der Boden noch härter.

Der Schnee knirscht unter dem Profil meiner Stiefel, das Hacken verursacht dumpfe Geräusche, die jedoch von Wald und Schnee fast vollständig verschluckt werden. Im Übrigen herrscht Stille. Nicht einmal eine Eule ruft.

Nach wenigen Minuten gefrieren Eiskristalle an den Haarspitzen, die unter meiner Mütze hervorlugen, ebenso an meinen Augenbrauen und Wimpern. Häufig stoße ich auf dicke Wurzeln, die ich mühselig zerhacke, an einigen großen Steinen scheitere ich. Dann muss ich die Hacke beiseitelegen und den Stein aus dem Loch herauswuchten. Meine Schultern schmerzen, alles schmerzt, vor allem die Wunde, die mir Karol zugefügt hat. Sie ist zugewachsen, sie kann nicht mehr aufbrechen. Doch bei körperlicher Anstrengung tut sie immer noch weh.

Nach einer Stunde sind meine Handschuhe so durchnässt, dass ich mit ihnen an der Hacke abrutsche. Ich ziehe sie aus und arbeite ohne weiter. Bald habe ich das Gefühl, dass meine Hände an der Hacke festfrieren. Ich brauche eine Pause, krabbele aus dem Loch und hüpfe ein wenig auf und ab, um mich zu lockern. Meine Hände und Füße spüre ich kaum noch. Aber kalt ist mir nicht, obwohl sich meine Gesichtshaut wie ein gefrorener See anfühlt. Durch das Hacken schwitze ich sogar. Der Schweiß rieselt mir wie Tauwasser den Rücken herab.

Es hört einfach nicht auf zu schneien. Der Schnee füllt mein Loch so schnell, dass ich wütend werde. Ich komme mir vor wie Sisyphos. Aber ich arbeite weiter. Will schneller sein als der Schnee. Doch er verhöhnt mich. Dringt in meine Grube, meine Lunge, in meine Augen, mein Gehirn, lähmt mein Denken und meinen Körper. Meine Bewegungen werden langsamer und unkoordiniert, meine Arme sind inzwischen bleischwer.

Als die Morgensonne einen trüben Lichtschimmer durch die Schneewolken wirft, bin ich am Ende meiner Kräfte. Ich begutachte die Arbeit der Nacht. Noch zweimal graben, dann muss es reichen. Ich bedecke die Grube wieder mit den bereitliegenden Ästen und mache mich auf den Rückweg zum

Auto. Abgesehen vom Knirschen meiner Schritte und einem gelegentlichen dumpfen Krachen, wenn eine zu große Schneelast aus einer Baumkrone fällt und auf den gefrorenen Boden klatscht, herrscht immer noch Stille.

Manfred ist wieder zu Hause. Braun gebrannt, erholt, bestens gelaunt. Er kehrt zurück in seinen Alltag, nimmt seine Gewohnheiten wieder auf. Ich habe mit falschen Papieren ein altes, ausgedientes Taxi gekauft. Und mich in Manfreds Handy eingeklinkt. Alles ist bereit. Heute ist es soweit. Ich werde den Leitwolf erlegen.

Als er gegen zwei Uhr nachts, erschöpft vom Skat und vom Saufen und Ficken, seinen Taxi-Dienst anruft, bestelle ich eine Minute später in seinem Namen den Fahrer wieder ab. Dann warte ich in meinem Taxi vor dem Apartment, in dem er wie üblich mit seinen Kumpels gespielt und gefeiert hat. Es dauert nicht lange, und Manfred kommt mit seinen Kumpanen heraus. Er verabschiedet sich großmäulig von den anderen und steigt zu mir in den Wagen. Er stinkt nach Alkohol. Ehe er sich auf dem Rücksitz in die Lederpolster sinken lässt, nennt er mir seine Adresse. Müde schließt er die Augen und vertraut auf gewohnte Abläufe. Zu meinem Glück schläft er sogar ein. Er merkt kaum, dass ich kurz anhalte und ihm eine Spritze in die Muskulatur jage. Als er weggetreten ist, lege ich ihm Handschellen an.

Ich lenke den Wagen auf die Autobahn Richtung Süden. Dann biegen wir ab nach Lüneburg. Manfred liegt ahnungslos schlafend auf dem Rücksitz. Wir verlassen die Autobahn. Kaum ein Mensch ist noch unterwegs. Ich fahre über Dahlenburg nach Dannenberg. Dann geht es ins tiefste Wendland.

In Hamburg sind die Schneemassen inzwischen von Räumfahrzeugen zu schmutzig braunen Matschbergen am Straßenrand aufgehäuft worden. Doch je tiefer ich aufs Land hinauskomme, desto wahrhaftiger zeigt sich der Winter. Hier im Wendland gibt er sich unverfälscht. Wattiert die Landschaft. Verwandelt Schwarz in Weiß. Schluckt Geräusche. Ich genieße die Fahrt und denke nicht darüber nach, was ich gleich tun werde. Solange ich noch unterwegs bin, ist nichts wirklich im schneebedeckten, nächtlichen Wendland, wo die Menschen nun in ihren Rundlingsdörfer-Höfen-Schlafzimmern schlafen. Ich stelle sie mir vor, die Menschen, wie sie unter dicken Daunendecken schlummern, eine Lampe vom Flohmarkt auf dem Nachttisch, und das Glas Wasser am Bett ist morgens mit einer dünnen Eisschicht bedeckt, weil man Energie spart, eingedenk der »Republik Freies Wendland«, die von Atomkraftgegnern an der Tiefbohrstelle 1004 im Jahr 1980 ausgerufen wurde und deren Geist immer noch schwach durch die Wälder weht.

Ich fahre über schmale, nicht geräumte Waldwege. Einmal muss ich anhalten, weil ein Wildschwein auf dem Weg steht und mich stier ansieht. Ich wage es nicht, zu hupen. Die Stille, die sogar das dampfende Keuchen des Schweins in sich aufsaugt, ist einfach zu magisch. Also stieren wir uns gegenseitig geduldig an. Ich warte, bis das massige Vieh endlich davontrottet und ich weiterfahren kann.

Manfred gibt auf dem Rücksitz leise Geräusche von sich. Ich werfe einen kurzen Blick über die Schulter. Er sabbert in seiner Bewusstlosigkeit. Fast hätte ich vergessen, dass er da hinten liegt. Es ist so schön hier mit mir und dem Schnee und dem Wald und der Stille. Nur das leise, sanfte Brummen des Motors. Meine Scheinwerfer schneiden Schneisen zwischen die schwarzen Scherenschnitt-Bäume, dicke Flocken schweben herab, erschweren mir schwerelos die Sicht und geben mir das Gefühl, mich fernab von allem in einer Schneekugel zu befinden. Meine kleine weiße Welt als Wille und Vorstellung. Nichts sonst existiert mehr. Es gibt nur noch mich und ein paar Tannen unter einem bleigrauen Himmel in einer Schneekugel, die von mir selbst geschüttelt wird.

Ich parke meinen Mietwagen an der üblichen Stelle. Es wird bald hell werden, ich muss mich beeilen. Ich zerre Manfred aus dem Auto und lasse ihn in den Schnee fallen. Dann schlage ich ihm rechts und links ins Gesicht, damit er wach wird. Er hat nur eine minimale Dosis von dem Ketamin bekommen, damit er für den Transport im Auto ruhiggestellt ist. Aber ich weiß, dass ich Manfred auf keinen Fall die ganze Strecke bis zum Loch hin tragen kann. Der Weg durch den Schnee ist lang und beschwerlich. Meine Verletzung ist zwar weitgehend ausgeheilt, aber ich bin immer noch geschwächt. Und ein bewusstloser Mann ohne Muskeltonus wiegt gefühlt doppelt.

Nachdem ich ihn ein paarmal geschlagen und einige Minuten gewartet habe, kommt er langsam zu sich. Irritiert blickt er sich um. Ich drehe meinen Kopf, damit meine Stirnlampe die Umgebung für ihn beleuchtet. Schwarze Bäume, weißer Schnee. Er begreift gar nichts. Eben war er noch in dem Hamburger Apartment und hat sich mit seinen Kumpeln und ein paar sehr jungen Frauen vergnügt. Dann fällt ihm wohl ein, dass er ins Taxi gestiegen ist, um nach Hause zu fahren. Er sieht mich an und erkennt in mir seine Taxi-Fahrerin. Er brabbelt etwas vor sich hin, ist aber noch zu benommen, um klar zu denken oder zu formulieren. Ich nehme die lederne Hundeleine aus dem Kofferraum und klinke sie in die Kette der

Handschellen ein. Dann zerre ich ihn hoch und hinter mir her. Mir war klar, dass ich mit einem benommenen und widerspenstigen Mann im Schlepptau lange brauchen würde, um zu meiner Grube zu kommen. Aber es ist noch beschwerlicher als vermutet. Manfred zeigt sich wenig kooperativ. Nach einigen hundert Metern ist er klar genug im Kopf, um seine Lage zu erkennen, auch wenn er noch keine Ahnung hat, was ihm droht. Die Kälte hat ihn aufgeweckt. Er schlottert am ganzen Körper und ist nun leider auch wach genug, um mit der üblichen Fragerei zu beginnen: Wo bin ich, was soll das, wer sind Sie, was wollen Sie ...

Ich ignoriere sein Geschwätz und zerre ihn weiter hinter mir her. Fast bei jedem Schritt muss ich an der Leine rucken. Irgendwann lässt er sich einfach fallen. Er keucht, bekommt kaum noch Luft. Wenigstens hat er deswegen aufgehört zu reden. Ich ziehe wieder an der Leine. Seine Handgelenke sind schon aufgescheuert von meinem Gezerre. Aber er bleibt liegen, egal, wie fest ich ziehe. Also gehe ich neben ihm in die Knie. Ich muss die Leine kurz loslassen, greife ihm mit der Linken in die spärlichen Haare und ziehe mit der Rechten mein Jagdmesser aus der Jacke. Ich sage ihm, dass ich ihm einen Finger nach dem anderen abschneide, wenn er nicht aufsteht und weitergeht. Er glaubt mir nicht. Ich beweise es ihm und fange mit dem linken kleinen Finger an. Er soll mich ernst nehmen. Nun tut er es. Er rappelt sich auf, und die restliche Strecke muss ich nicht mehr so stark an der Leine zerren, damit er Schritt hält. Die Blutspur, die er hinterlässt, wird vom fallenden Schnee bedeckt.

Als wir endlich an der Grube ankommen – wir haben fast eine Stunde für den Kilometer gebraucht –, lehne ich Manfred mit dem Rücken an eine Kiefer und binde ihn am Baum fest. Er kann die Grube noch nicht sehen, da ich sie abgedeckt habe. Ratlos blickt er sich um. Kaum hat er sich etwas ausgeruht und ist wieder bei Atem, geht die Fragerei von vorn los. Ich stopfe ihm einen Teil seines Schals in den Mund. Ich will nichts hören, gar nichts. Noch nicht. Nur das Fallen des Schnees von Ästen. Vielleicht leise Kaninchenpfoten, die unterwegs sind von hier nach da. Das Flügelschlagen einer Eule. Eine Maus, die ins Nest huscht. Oder eine Nachtigall, die delirierend von ihrer Sehnsucht nach dem Frühling singt. Aber sonst nichts. Keinen Menschen bitte. Schon gar keinen, der um sein Leben fleht. Der fade Erklärungen absondert, nicht um das Unbegreifliche begreiflich zu machen, sondern um sich zu entschulden. Mit einer schweren Kindheit. Mit einem manipulativen Bruder, einem perversen Freund ... All diese beleidigend-dummen Ausreden, die mir Henryk und Karol und Hermann angeboten haben, jammernd und flehend und zu meiner großen Verwunderung wirklich davon überzeugt, dass sie das Schicksal, das sie durch meine Hand ereilt, nicht verdient hätten.

Doch hier ist es nun ruhig. Es hat sogar aufgehört zu schneien. Manfred grunzt nur leise. Er beobachtet, was ich mache. Ich habe ihn extra so an die Kiefer gebunden, dass er sehen kann, was passiert. Damit er sehen kann, wie ich die Tarnzweige von der Grube vor seinen Füßen entferne. Natürlich liegen wieder einige Zentimeter Schnee in dem Loch. Ich nehme die Schaufel, klettere in die Grube und schippe den Schnee heraus. Als ich wieder aus der Grube steige, sehe ich, wie Manfred begreift, dass er in irgendeinem Wald gefesselt und gut verschnürt gegen einen Baum gelehnt ist und eine ihm unbekannte Frau, die er kurz vor seiner Ohnmacht für seine Taxifahrerin hielt, nun im Wald ein schon ausgehobenes Loch freiräumt. Ich frage mich, wie lange es wohl dauert, bis er begreift, dass das Loch für ihn ist. Noch sitzt er da, mit nasser Hose im Schnee, und versucht, vollständig wach zu werden und die Umstände zu verstehen. Wenn er denn so weit ist, werde ich ihm den Schal aus dem Mund nehmen, ihm in die Augen sehen und seine Angst trinken. Ich werde ihm die Holzkiste zeigen, die ich vorgestern schon in die Grube versenkt habe. In der ich ihn lebendig begraben werde. So wie er Melanie und Kerstin lebendig begraben hat. In einem dreckigen Loch.

Ich warte.

Wie ich bei Hermann gewartet habe. Damals. Hermann. Harry. Sein Tod scheint ewig her zu sein. Aber ich erinnere mich gut. An seine wächserne Haut, an seine Schreie, das Winseln, an das Flammenmeer ... Woran ich mich im Moment überhaupt nicht mehr erinnern kann, ist die Zeit davor. Die Zeit vor dem Töten.

Seit zwei Jahren lebe ich mit dem Gedanken ans Töten. Was wird sein, wenn ich fertig bin, aber mein Hunger nach Zerstörung noch nicht gestillt ist? Denn bislang habe ich eines ausgeklammert, was ich tief in meinem Innersten sehr wohl weiß: Ich töte alle vier Wölfe.

Trotzdem bleibt einer übrig.
Das bin ich.

Manfred scheint so weit zu sein. Er hört auf, an seinen Fesseln zu zerren. Stattdessen zittert er wie Espenlaub, aber noch vermute ich keine Todesangst. Er friert lediglich, ist einfach viel zu dünn angezogen, um im Schnee herumzusitzen. Aber er schaut mich aufmerksam und wach an. Ich kann das Ketamin anscheinend inzwischen ziemlich gut dosieren.

Langsam ziehe ich ihm den Schal aus dem Mund. Mit einem Finger auf den Lippen bedeute ich ihm zu schweigen. Ich habe keine Lust mehr auf die immer gleichen Fragen. Ich will auch kein Spiel spielen wie mit Karol. Deshalb rede ich Klartext.

»Sie glauben, dass Sie mich nicht kennen. Aber das ist ein Irrtum. Hallo, Manni. Ich bin die Tochter von Melanie. Geboren 1981 in Ihrem Loch in der Nähe von Golzow – drei Meter unter Null.«

Manfreds Begreifen kommt mir weniger angstvoll vor als bei den anderen. Er starrt mich nur einen kurzen Augenblick überrascht an, dann schaut er an mir vorbei, und seine Augen werden noch größer.

»Hallo. Du bist auch hier? Hast du mir die Kleine auf den Hals gehetzt?«

Zuerst denke ich, dass er jetzt durchdreht. Dass das Ketamin ihn noch fantasieren lässt. Doch dann bekommt er eine Antwort.

»Das war nicht meine Idee. Sie hat dich ganz allein gefunden. Dich und die anderen.«

Ich wende mich um und kann es kaum glauben, dass mein Vater hinter mir steht.

»Was machst du hier? Wieso habe ich dich nicht kommen hören?«, frage ich in meiner ersten Verblüffung.

»Ich bin deinem Lichtkegel gefolgt. In sicherer Entfernung. Im Takt deiner Schritte, sodass du mich nicht hören konntest. Erst als du den Schnee aus der Grube geschaufelt hast, bin ich näher gekommen.«

Er blickt Manfred und dann mich eindringlich an.

»Ich bitte dich noch einmal, es zu lassen. Du hast genug getötet. Hör auf. Es ändert nichts an der Vergangenheit.«

Manfred mischt sich ein.

»Was heißt hier ›genug getötet‹?«

Ich wende mich ihm zu.

»Harry und Hinz und Kunz habe ich erledigt. Hermann, Henryk und Karol. Jetzt sind Sie dran. Erst dann habe ich genug!«

Zu meiner Überraschung beginnt Manfred laut zu lachen.

»Henryk? Das arme Schwein! Der hat doch nur das Loch ausgehoben und die Wände gemauert. Und ein einziges Mal zugeguckt. Aber da hat er sich gleich wieder angeekelt abgewandt und sich seinem eigenen Fetisch gewidmet. Die jungen Dinger waren nichts für ihn. Henryk steht ... oder stand auf möglichst stark behaarte Frauen über fünfzig! Mädchen, du hast einen Unschuldigen gekillt!«

Ich verliere den Faden. Was ist hier los?

Manfred schaut meinen Vater an.

»Deine Kleine hat keine Ahnung, was? Und jetzt mach mich endlich los, Werner!«

»Woher kennt ihr euch?«, frage ich meinen Vater. In mir steigt eine Eiseskälte auf, die nichts mit dem Winter zu tun hat.

Mein Vater sieht mich auf eine Weise an, wie er es noch nie getan hat. Ich kann den Blick nicht deuten, nicht verstehen, er sieht aus, als würde er gerade sterben wollen.

»Ich war Hinz. Nicht Henryk. Ich war es.« Seine Stimme ist rau.

»Aber ... Henryk ... Hinz ... Karol ... Kunz ...«

Vater schüttelt den Kopf.

»Es hatte nichts mit den Anfangsbuchstaben zu tun. Es war einfach ein ... ein Witz, sonst nichts. Hinz und Kunz ficken Krethi und Plethi.«

Mir versagen die Beine. Ich knicke einfach ein, unversehens sitze ich auf dem Boden. Meine Hände greifen in den Schnee, damit ich etwas zum Festhalten habe. Ich spüre die Kälte nicht, ich spüre nichts, rein gar nichts.

Vater setzt sich auf einen morschen Baumstumpf mir gegenüber.

»Als du drei Jahre alt warst, hat mir Manfred erzählt, dass Karol sich über dich hergemacht hat. Und dass Melanie deswegen durchgedreht ist. Wir hatten zwei Möglichkeiten: dich umbringen. Oder dich aus dem Loch schaffen.«

»Aber ...?« Weiter komme ich nicht. Meine Stimme versagt. Verstummt.

»Maria hat sich so sehr ein Kind gewünscht, konnte aber keine bekommen. Ich hatte allerdings keine Lust, einen Bastard von Manfred, Hermann oder Karol großzuziehen. Also haben wir einen Vaterschaftstest gemacht.«

»Und siehe da: Werner war dein Papi!« Manfred scheint sich prächtig zu amüsieren.

Mein Vater nickt.

»Also hat Manfred das mit seinem Bruder, dem Pfarrer, eingefädelt. Der hat die Geschichte mit der jungen Polin geschluckt und sich wie von Manfred empfohlen an Maria und mich gewandt – das nette kinderlose Ehepaar.«

Mir rauscht das Blut in den Ohren. Ich wünschte, es würde noch viel lauter rauschen. Damit ich sonst nichts mehr höre. Nur noch weißes Rauschen. Übelkeit steigt in mir hoch, ich beginne, unkontrolliert zu zittern.

»Maria war so glücklich. Und ich … Ich … Mich hat es auch verändert. Ich habe neu angefangen. Bin mit euch weggezogen …«

»Du hast echt Schwein gehabt! Kaum hast du dich nach Lübben verpisst, standen die Bullen vor der Tür.«

»Halt die Fresse, Manni!«

Ich habe meinen Vater noch nie ordinär sprechen gehört. Vor mir steht ein Fremder. Das ist nicht der Mann, der mich so liebevoll aufgezogen hat. Und dennoch ist er mein Vater. Mehr denn je. Mein richtiger Vater. Aber ich kenne ihn nicht. Nicht diesen Mann. Nicht den Wolf. Alles in mir weigert sich, die Wahrheit zuzulassen. Mein Gehirn will nicht denken. Mein Herz stockt, dann rast es, überschlägt sich, bevor es wieder stockt. In meinen Händen und Lippen kribbelt es seltsam.

Manni hält nicht die Fresse. »Warum denn? Soll sie doch alles hören!« Er grinst mich an. »Wir haben die Mädels mundtot gemacht, ich habe bei den Bullen und vor Gericht dichtgehalten, dein Vater hat Henryk und Karol neue Papiere besorgt …«

Ein Käuzchen schreit. Mir fällt ein, dass Mutter früher immer gesagt hat, wenn ein Käuzchen ruft, stirbt jemand. Das war der Plan. Manfred soll sterben. Aber die Situation ist mir vollkommen entglitten. Ich weiß nicht, was passieren wird. Ich weiß nichts mehr. Ich sehe meinen Vater an. Wünschte, es wäre alles nur ein böser Traum. Doch das ist es nicht. Ich muss mich zusammenreißen. Ich will wissen. Alles. Koste es, was es wolle.

»Du hast falsche Pässe organisiert? Ich dachte, das war Hermann mit seinen dubiosen Kontakten.«

Ich höre mich selbst sprechen, habe aber das Gefühl, es wäre jemand anderes.

»Ich war Drucker. Hatte bessere Kontakte als Hermann«, sagt Vater.

»Wieso haben die anderen dich nicht an mich verraten? Hermann, Henryk und Karol?«

»Hermann und Karol wussten, dass ich sie dann umbringen würde, falls du es nicht tust. Und ihre Familien gleich mit. Warum Henryk geschwiegen hat, weiß ich nicht. Er hatte nichts zu verlieren.«

»Hermann hat mich tatsächlich gefragt, ob ich auch seine Familie umbringe«, gestehe ich leise. »Dabei kann seine Familie ja nichts dafür, dass er ein Monster war. Mich hat nur gewundert, dass ihm überhaupt etwas an ihr lag. Und Henryk ... dem habe ich keine Zeit gelassen, jemanden zu verraten.«

Wir schweigen eine Weile. Vater fixiert mich mit seinem Blick. Er sieht alt und müde aus.

»In der Hütte in den Vogesen wusstest du schon, dass ich Henryk und Karol umgebracht habe«, sage ich schließlich. »Wirklich aus der Zeitung?«

»Nein. Karol hat Hermann angerufen, um ihm zu sagen, dass Henryk tot ist. Aber er bekam nur Hermanns Frau an die Strippe und hat so erfahren, dass Hermann auch getötet worden war. Da hat Karol Angst bekommen und mich angerufen.«

»Na toll. Und wieso warnt mich keiner vor dieser Furie?«, schnauzt Manfred.

»Weil Karol deine neue Identität nicht kannte. Und du mir scheißegal bist«, schnauzt mein Vater zurück. Dann wendet er sich wieder mir zu.

»Ich hab eins und eins zusammengezählt. Dein Schock, als du Melanie und dann auch Kerstin kennengelernt hast. Dein plötzliches Sabbatical ... Und dann diese Todesfälle. Ich bin sofort nach Heidelberg ...«

»Um Karol vor mir zu schützen?«

»Um auf dich aufzupassen. Aber ich kam zu spät. Karol hat mich von unterwegs angerufen und mir euren Treffpunkt auf dem Feld genannt. Er wusste jedoch nicht, wer du bist, ich habe ihm nichts gesagt. Als ich ankam, fand ich nur noch Karols Leiche.«

»Hast du sie versteckt?«

Vater nickt.

»Ich habe mir schreckliche Sorgen um dich gemacht. Mir war klar, dass euer Treffen nicht ganz nach deinem Plan verlaufen war. Ich bin deiner Blutspur gefolgt bis zu der Stelle, wo du deinen Wagen geparkt hattest. Aber du warst weg, ich konnte nichts für dich tun. Nur noch hinter dir aufräumen. Um dir Vorsprung zu verschaffen.«

Ich bin wie betäubt. Kann nicht fassen, was hier geschieht, nicht begreifen, was ich höre, auch wenn sich langsam das Bild zusammenfügt. Aber ich will dieses Bild auf keinen Fall sehen. Mein ganzes Inneres lehnt sich dagegen auf.

»Bindest du mich jetzt endlich los?« Manfred kann seine Klappe einfach nicht halten. Er schaut meinen Vater auffordernd an.

Vater steht auf und geht zu ihm hin. Er kniet sich vor ihn. Manfred lächelt zufrieden. Bis Vater ihm die Hände um den Hals legt und ihn erwürgt.

Ich sehe zu. Sehe, wie das Gesicht meines Vaters rot und seine Fingerknöchel weiß werden vor Anstrengung. Sehe, wie

Manfred sich aufbäumt. Höre ihn röcheln. Aber ich spüre immer noch nichts.

Als Manfred endlich schlaff in den Seilen hängt, erhebt Vater sich, schüttelt seine verkrampften Hände und setzt sich wieder auf den Baumstumpf. Er schaut mich an. Jetzt erst sehe ich, dass er weint.

»Du musst mir glauben, dass ich dich sehr liebe. Ich habe mich bemüht, dir ein guter Vater zu sein.«

»Das warst du«, höre ich mich sagen. Aber meine Stimme ist vollkommen tonlos. Hohl. Ich sehe im Augenwinkel, wie ein Eichhörnchen neben mir einen Baum hinaufhuscht. Dann raschelt es, und etwas Schnee rieselt von oben auf mich herab.

»Weiß Mutter davon?«

»Nein. Ich schwöre dir, sie hat keine Ahnung. Und was immer du auch jetzt tun wirst, tun musst ... Sag ihr nichts! Niemals, hörst du?! Es würde sie umbringen.«

Wir schweigen.

Ich weiß nicht, wie viel Zeit vergangen ist, als Vater aufsteht, zu Manfreds Leiche geht und sie vom Baum losknotet. Er schleppt sie zur Grube und rollt den Körper mit einem Fußtritt hinein. Manfred verursacht ein dumpfes Geräusch, als er in der Kiste aufschlägt.

Vater begutachtet die Grube, die ich ausgehoben habe.

»Du hättest tiefer graben sollen. Damit noch Platz ist.«

Er holt eine Pistole aus der Innentasche seiner Jacke. Eine alte Makarow. Die drückt er mir in die Hand und setzt sich wieder mir gegenüber auf den Baumstamm.

»Du bist noch nicht fertig. Bring es zu Ende.«

Ich richte die Pistole auf ihn. Mein Arm zittert. Vater bleibt ganz ruhig sitzen.

»Wie bist du so geworden?«, frage ich.

»Ich weiß es nicht. Ich glaube, ich war schon immer so.«

»Und das soll mir als Antwort reichen?«

Er zuckt ratlos mit den Schultern: »Was willst du hören? Dass ich eine schwere Kindheit hatte? Dass mein Vater schon so war und mich mit dreizehn ...«

Jetzt zittert mein ganzer Körper, aber vor Wut.

»Wage es nicht, dich zu rechtfertigen!«

»Dann solltest du nicht fragen.«

Wir schweigen eine Weile. Ich versuche, ruhig zu atmen, um meine Übelkeit niederzukämpfen. Vater sitzt einfach da und schaut mich an. Er hat recht. Ich sollte nicht fragen. Es kann keine Erklärungen geben. Aber eines muss ich noch wissen.

»Und dann hast du einfach aufgehört?«

Vater nickt.

»Das konntest du?«

Er nickt wieder.

»Wegen dir. Ich konnte es wegen dir.«

Wir sehen uns an. Mir fällt wieder einmal auf, dass ich ihm ähnlich bin. Der gleiche dunkle, nach innen gekehrte Blick, wenn wir nachdenken. Die zwei senkrechten Falten zwischen den Augenbrauen. Der verächtliche Zug um die Mundwinkel. Mein ganzes Leben lang hatte ich mich darüber gefreut, dass ich meinem Vater ähnlich bin. Bis zu jenem November vor zwei Jahren. Als er sagte, was Mutter glaubt. Dass ich ein fremdes Kind sei. Dass er nicht mein Vater sei. Nicht er, sondern irgendein verdammtes Monster. An jenem Tag verlor ich meine Identität. Mein Ich verschwand und schlüpfte in eine neue Haut, die ich seitdem mit Wolfsblut einreibe, um mich nach innen abzudichten. Nun habe ich meine Identität wieder. Ich bin die Tochter meines Vaters. Ich sehe unsere Ähnlichkeit. Ich sehe sie deutlicher als je zuvor. Sie ist von schrecklicher Größe und Gestalt. Sie ist so groß und glühend wie ein Dämon.

Ich weiß nicht, wie lange ich ihn stumm betrachte. Den Mann, der mir das Lesen beigebracht hat. Der mir Lianen in meinen Traum-Raum gehängt hat, damit ich mich durch Fantasiewelten schwingen konnte. Der mit mir über dreißig Namen für die verschiedensten Grünschattierungen im Spreewald erfunden hat. Den Mann, der kleine Mädchen lebendig begraben und vergewaltigt hat. Der mich gezeugt hat.

Ich lasse die Makarow sinken. Sie ist zu schwer.

»Tu es!«, sagt er leise. »Du musst es zu Ende bringen. Sonst wirst du nie frei sein.«

In diesem Moment begreife ich, wie sehr er irrt. Wie sehr ich mich geirrt habe. Egal, was ich tue, ich ändere nichts. Der Tod der Wölfe führt zu keiner neuen Weltordnung, es kann keine Wiedergutmachung geben, niemals, und auch ich werde durch Rache nicht heilen. Plötzlich überkommt mich eine große innere Ruhe.

»Nein, Vater, das ist falsch. Nur wer gar nichts muss, ist frei.«

Ich höre ein leises Geräusch und wende den Kopf. In der herannahenden Morgendämmerung sehe ich ein Reh. Es steht nur wenige Meter von mir entfernt und schaut mich an. Hellbraun, zartgliedrig, mit riesigen dunklen Augen, die ruhevoll in mich hineinsehen. Lange. Dann wendet das Reh den Kopf und stapft langsam davon. Zur gleichen Zeit beginnt es wieder zu schneien. Zuerst rieseln ein paar vereinzelte Flocken ganz sanft herab, dann öffnen sich alle Himmel und schütten Schnee aus. Ich kann das Reh nur noch schemenhaft erkennen. Der schwarze Schatten einer Bewegung im Weiß.

Ich lasse die Pistole vor meinem Vater in den Schnee fallen, stehe auf und folge dem Reh in den Wald hinein. Wir gehen Richtung Osten. Vor mir sehe ich den Schimmer der aufsteigenden Sonne durch das fahle Grau des Schneehimmels. Ich werde dem Reh folgen, weiter, immer weiter nach Osten, an Berlin vorbei, an Golzow vorbei, vorbei, es ist vorbei, wir gehen bis nach Litauen. Oder noch weiter. Irgendwo wartet Janis auf mich.

Die Läuterung

In einer winterlichen Nacht im Januar dieses Jahres werde ich zertrümmert. Erneut.

Ich gehe. Vergehe. Es vergeht. Wir vergehen. Das Kind, ich und die Wölfin, die aus mir und dem Kind geboren wurde.

Ich gehe durch das Nichts. Einen Schritt nach dem anderen. Die Transformation beginnt. Zuerst fällt mir das Atmen schwer. Dann vergesse ich es. Fülle meine Lungen mit Schnee. Lasse Eiswasser durch meine Adern fließen.

Zwei Stunden, bis das Weiß mich umschließt.

Die Jagd ist zu Ende.

Epilog

Als ich damals in St. Tropez von Bord ging, dachte ich, ich würde nie wieder ein Boot betreten. Doch die Dinge ändern sich, und das ist gut so. Nun sitze ich auf meinem eigenen Boot und halte das Steuerruder in der Hand. Ich habe die Kapverden vor einer Woche hinter mir gelassen.

Die schneeverwehte Nacht im Wendland liegt noch weiter zurück. Aber immer noch nicht weit genug. Nach wie vor spüre ich die Kälte und das Dunkel in meinen Adern.

Ich bin gegangen, ohne mich ein einziges Mal umzudrehen. Kein Schuss hat die Stille der Morgendämmerung zerrissen. Sicher hat mein Vater wieder hinter mir aufgeräumt. Manfreds Grab zugeschaufelt, mein Werkzeug und meinen Wagen weggebracht. Jedenfalls ist er nach Berlin zurückgekehrt. Als ich Mutter ein paar Wochen später anrief, war er am Apparat. Ich schwieg. Er begriff, wer am Apparat war, und holte Mutter. Sie weinte und wollte wissen, was passiert sei. Ich habe ihr gesagt, sie solle ihn fragen. Dann habe ich wieder aufgelegt. Ich schicke ihr ab und zu Postkarten. Schreibe ihr, wie sehr ich sie liebe. Sie wird ihn jedes Mal fragen, warum ich ihn nicht einmal grüße. Es ist mir egal, wie er das erklärt. Ich bin unglücklich, weil meine Mutter unglücklich ist. Es bricht mir das Herz, wenn sie weint.

Mein Vater hat mir viel gegeben. Und noch viel mehr genommen. Als ich drei war, hat er mir ein Zuhause gegeben. Jahre später hat er mich zur Waise gemacht. Er hat mir auch meine Mutter weggenommen. Ich werde ihr nie wieder ins Gesicht sehen können, ohne dabei an seinen Lügen zu ersticken.

Das Reh führte mich aus dem Wald heraus. Als ich am Waldrand ankam, ging die Sonne auf. Ihr Licht glitzerte auf dem Schnee. Die Baumwipfel sahen aus wie goldene Zinnen. Ich stand da und musste nur einen einzigen Schritt aus dem Wald hinaus auf das freie leuchtende Feld tun. Vom Dunkel ins Licht. Von der Vergangenheit in die Zukunft. Vom Tod ins Leben. Ich stand lange dort, um zu erspüren, ob ich diesen Schritt tun konnte. Und wollte. Und durfte.

Dann tat ich ihn.

Zwei Monate war ich in der Hütte in Litauen, die Janis für mich gekauft und mir vermacht hat. Ich lebte von dem Geld, das ich für die Swan gespart hatte. Aber ich wollte nicht dort bleiben. An diesem Ort vermisste ich Janis zu sehr. Ich wartete, bis der Winter vorüber war. Dann flog ich nach Holland und kaufte mir eine Fahrtenjacht. Es ist keine Swan geworden, ich habe zu viel Geld für meine Jagd ausgegeben. Aber mit meiner Marieholm bin ich sehr zufrieden. Sie liegt selbst bei rauer See gutmütig und sicher im Wasser. Und meine Super-Genua sorgt auch bei leichtem Wind für guten Vortrieb. Das Wichtigste ist jedoch: Ich kann das Boot problemlos allein segeln.

Es ist Abend. Der Passatwind bläst stetig von achtern. Die Sonne versinkt langsam im Meer, der Himmel steht in Flammen, und die Dünung glitzert in glutvollem Orange. Der Atlantik zeigt sich von seiner sanften Seite und lässt mich gemächlich über seinen Rücken gleiten, während er ruhig und tief ein- und ausatmet. Seit etwa einer halben Stunde begleitet mich eine kleine Gruppe Delfine. Sie reiten auf meiner Bugwelle und vollführen dabei akrobatische Sprünge. Ihr Spieltrieb bringt mich zum Lächeln. Auf einmal empfinde ich völlig losgelöstes, unverfälschtes Glück. Für einige Momente denke ich nicht an Schnee, Schuld und Schmerz.

In etwa einer Woche werde ich Tobago erreichen. Ich sehne mich nach der Wärme der Karibik, den weißen Stränden, dem üppigen Grün der Inseln und dem klaren, funkelnden Türkis des Wassers. Und vor allem sehne ich mich nach dem intensiven, gleißenden Licht durch die im Sommer senkrecht stehende Sonne. Sie wird auch auf mich scheinen.

Ich habe genug von der Dunkelheit.
Ich will ans Licht.